MORDSREISE

Ingrid Schmitz

Ein Insel-Krimi

Edition Oberkassel

Verlag: edition oberkassel Verlag Detlef Knut, Lütticher Str. 15, 40547 Düsseldorf
Umschlaggestaltung: Detlef Knut unter Verwendung eines Fotos von © tasfoto / 123RF.com
Lektorat: Deborah Emrath
gesetzt mit Adobe InDesign

www.editionoberkassel.de
info@edition-oberkassel.de

Auflage 2020
Printed in Europe

ISBN(Print): 978-3-95813-217-7
ISBN(Ebook): 978-3-95813-218-4

Für dich!

1.

WALTHER HOB DEN HÖRER HOCH UND WURDE überfallen.

»Ich brauche dich! Sofort!«

»Messie-Moritz?«, fragte Walther und bekam ein Fluchen zurück.

»Hör auf damit! Mir ist nicht danach! Komm nach Leer!«

»Mitten in der Nacht? Außerdem, warum sollte ich dir helfen? Du hast dein Versprechen nicht eingehalten!«

»Du bekommst alles zurück … wenn ich nicht mehr bin. Das habe ich schriftlich festgelegt!«

Walther lachte laut auf. »Wenn du nicht mehr bist? Das dauert mir zu lange! Ich soll in deinem Vermächtnis stehen? Das will ich sehen … Schwarz auf Weiß!«

»Zeig ich dir! Komm jetzt! Sofort!«

»Also gut, aber sag erst, worum es geht.« So schnell wollte Walther sich nicht einschüchtern lassen.

Moritz wurde hysterisch: »Es geht um Leben und Tod! Du bist der Nächste, wenn du nicht kommst! Das muss als *Warum* reichen.«

Freizeichen.

Walther fasste sich ans Herz, spürte die unregelmäßigen Schläge. Er ging wieder zurück ins Schlafzimmer, wo seine Frau Nette leise schnarchte. Wenn er sie jetzt weckte, müsste er ihr alles haarklein erklären. Wie wohl? Er zog die Jacke vom Stuhl, der krachte aufs Parkett.

Nette schnellte hoch: »Wo fährst du hin? Walther! Komm sofort zurück!«

Er bekam nicht mehr mit, wie Nette nach seinem Handy griff, das er in der Eile auf dem Tischchen hatte liegenlassen. Nachdem auch das keine Klarheit brachte, nahm sie ihr eigenes zur Hand und löschte den letzten Chatverlauf.

Walther hatte sich verspätet. Er hoffte, dass Moritz mal wieder übertrieben hatte. Übertreibung war sein Markenzeichen, in allem. *Mehr ist mehr* hieß seine Devise. Selbst mit dreiundvierzig Jahren hatte sein Freund diese ruinöse Einstellung nicht aus seinem Gehirn gelöscht bekommen, das gleichlautende Tattoo nicht weglasern lassen.

Er wollte Karriere machen, vom Schnäppchenjäger zum Ramschgott. Dementsprechend sah es in seiner Halle aus. Reizüberflutung in Perfektion, falls sich seit letzter Woche nicht etwas Grundlegendes verändert hatte - zum Positiven. Doch eher bekamen Fuchs und Hase Häschen. So eine Schande! Würde die Halle ihm gehören, er hätte etwas Großartiges damit auf die Beine gestellt und sich am angrenzenden Bürogebäude dumm und dämlich verdient …

Walther stand vor dem grauen Flachbau. Kurz überlegte er, wo Moritz wohl sein mochte, im Büro oder in der Halle? Keine Frage!

Er hämmerte kräftig gegen das verbeulte, aber gut gesicherte Stahltor. Als sich nichts tat, ging er drei Schritte rückwärts, um die Lage zu peilen. Zwischen Tor und Boden schimmerte Licht durch einen schmalen Spalt.

Walther griff vergeblich zum Handy.

Plötzlich fiel ihn jemand von hinten an.

»Keine Poli …!«

Walther drehte sich aus der unfreiwilligen Umarmung und drückte dem Gegner dabei den Ellbogen ins Gesicht.

»Spinnst du?«, näselte Moritz. Blut lief aus den Nasenlöchern.

Walther wollte fühlen, ob die Nase gebrochen war.

Moritz zuckte zurück.

»Nichts passiert«, sagte Walther. »Schief wie immer«, besänftigte er ihn, verschwieg aber, dass der früh Ergraute wie ein Scheintoter aussah.

Moritz tupfte die Boxernase trocken und warf das Papiertuch achtlos weg. »Komm mit!«

Es dauerte sehr lange, bis der Angeschlagene das Tor mit all den Schlössern und Riegeln wieder hinter ihnen gesichert hatte.

Langweilig wurde es Walther in der Zwischenzeit nicht. Er sah zur maroden Dachkonstruktion. Noch immer hatte Moritz sie nicht reparieren lassen, riskierte, dass es irgendwann und irgendwo reinregnete und die Berge von Kartons durchnässten, die aussahen, als seien sie mit riesigen Lastern einfach abgekippt worden.

Moritz stupste ihn an: »Beeil dich!« Schmale Wege schlängelten sich von einem Ramschberg zum Nächsten.

Walther folgte dem Krempelkönig und betete, dass der von ihnen verursachte Luftzug nirgendwo eine Lawine auslöste. Sie erreichten den Durchgang zum nächsten Hallenraum. Dicke Kunststoffmatten trennten ihn ab. Was sich dahinter verbarg, wusste er, weil er Moritz damals dabei geholfen hatte, die Regale aufzubauen und die Kleiderständer hinzustellen.

Sein Freund und er hatten sich dabei gut ergänzt. Moritz war mit seiner Körpergröße ein guter Festhalter und Walther brachte die nötige Kraft für das Montieren mit. Für das Sortieren der Bekleidung war seine Frau Nette zuständig gewesen.

In dem Zusammenhang winkte ihm sein schlechtes Gewissen zu.

»Schon wieder neue Ware?«, fragte Walther und zwängte sich zu den Paletten mit den aufgerissenen Kartons.

Moritz nickte. Seine Augen glänzten. Aber es war ein eher fiebriger Glanz. »Ja, und morgen kommt der Bus mit den nächsten Kunden!«

Das schockte Walther jetzt nicht.

Jede Woche kam ein Bus mit angeblichen Reisegewinnern hierher, die mit minderwertiger Ware abgezockt werden sollten.

»Deswegen hast du mich mitten in der Nacht hierher gelockt? Damit ich die Klamotten aufhänge? Ich fasse es nicht!« Er öffnete stöhnend die Outdoorjacke, unter der er noch das Oberteil des Schlafanzugs trug, weil es schnell gehen musste.

»Nein … das heißt … ja«, antwortete Moritz.

»Was denn jetzt? Worum geht's?«

»Lass uns in den Kassenraum gehen.« Er gab einem der Kleiderständer einen Schubs. Die dünnen Polyesterblusen flogen wie auf einem Kettenkarussell.

Moritz machte die Tür hinter Walther zu, warf sich auf den Bürostuhl und hüllte sich zunächst einmal in unerträgliches Schweigen. Dabei wischte er sich mehrmals über die feuchten Augenlider.

»Raus damit!«, sagte Walther. »Wieso hast du nicht mehr lange zu leben? Warst du beim Arzt? Hat *er* dir das gesagt? Und wieso bin ich der Nächste?«

Moritz schüttelte den Kopf. »Ich bin da in eine Sache hineingeraten … habe auf den Deal meines Lebens gehofft, jetzt soll er mich mein Leben kosten.«

»Wegen der Klamotten? Deswegen wird man nicht umgebracht. Also, normalerweise ...«

»Du hast ja keine Ahnung!«, sagte Moritz.

»Worüber reden wir?« Walther fuhr sich durch die neue hochrasierte Frisur mit gegelter Tolle. Angewidert wischte er sich die fettigen Finger an seiner Jeans ab. Daran musste er sich erst noch gewöhnen. Für seine Begriffe dauerte die Antwort seines Freundes viel zu lange. Es schien wirklich ernst zu sein.

»Ich meine die Kollektion«, sagte er. »Die habe ich zum Spottpreis bekommen. Allein bei der Bezeichnung hätten alle Warnlampen blinken müssen. Das sollen alles Markenartikel berühmter Designer sein - Prada, Gucci und so weiter. Aber, für echte Marken sind sie zu billig und für gefälschte zu teuer. Das war mir erst nach einem nochmaligen Rabatt aufgefallen, den ich bekam, weil ich vom Kauf zurücktreten wollte.«

»Hast du Mängel oder Fehler an der Kleidung finden können?«

»Das ist es ja gerade. Nein. Sie sehen täuschend echt aus. Soweit ich es beurteilen kann.«

»Freu dich doch! Dann sind sie es auch! Wo ist das Problem?« Walther sah es völlig pragmatisch.

»Das Problem?« Moritz fasste sich an den Kopf. »Der Lieferant setzt mich unter Druck. Er will morgen jemanden schicken, um die vier Paletten Ware zu kontrollieren.«

»Zeig sie ihm.«

»Geht nicht. Ich habe nur zwei bestellt und auch erhalten - keine vier! Doch das glauben sie mir nicht.«

Walther runzelte die Stirn. »Die sind nicht die Hellsten, oder? Sie müssen nur auf den Lieferschein gucken, den du quittiert hast. Der Fahrer kann es sicher auch bestätigen, was er geliefert hat.«

»Der behauptet, er habe vier ausgeliefert. Habe mir vom Lieferschein eine Kopie mailen lassen. Da stehen vier Paletten und meine Unterschrift.«

»Was steht auf deiner Originalausfertigung?«, fragte Walther und hoffte, er würde ihm gleich für diese geniale Idee einen Kaffee ausgeben.

»Ich habe keinen Lieferschein bekommen und in meiner Hektik auch keinen verlangt. Könnte mir selbst eine runterhauen. Jetzt sitze ich in der Klemme und kann es nicht beweisen.«

»Dumm gelaufen. Fürchte, den Fehler musst du blechen.«

»Wovon denn? Nach der Bezahlung der zwei Paletten bin ich sowas von klamm.« Moritz rollte erst mit den Augen und dann mit dem Bürostuhl hin und her. Er sah seinen Freund flehend an.

Walther versuchte, Moritz' Ausführungen in seinen Worten zusammenzufassen. So richtig gelang es ihm nicht. Er beschränkte sich darauf, eine Begründung für die Misere abzugeben. »Das kommt davon, wenn du den Hals nicht vollbekommst und deine Augen blind vor Eurozeichen sind. Immer nur billig, billig! Gib den Ramsch zurück und fertig!«

»So einfach ist das nicht.« Moritz rieb sich durchs puterrote Gesicht, schrie auf, als er an die Nase kam. »Walther, du musst mich morgen bei der Reisegruppe vertreten. Der Betrieb muss weiterlaufen. Ich brauche jeden Cent vom Verkauf und wenn hier ordentlich was los ist … wird der Geldeintreiber nichts riskieren … hoffe ich mal.«

»Okay, ich helfe dir«, sagte Walther, hatte aber das dumpfe

Gefühl, dass sein Partner wieder einmal nicht die volle Wahrheit gesagt hatte und viel mehr dahinter steckte.

Moritz verzog die Mundwinkel nach oben, bevor wieder ein Strich aus seinen Lippen wurde. »Nette soll auch kommen und Fotos von der Busgesellschaft machen … und vom Geldeintreiber - unauffällig.«

»Gut, wir stehen morgen früh auf der Matte.«

»Nein, das ist zu spät!« Moritz bekam Panik in den Augen. »Ihr müsst jetzt kommen! Ihr könnt im Bürogebäude schlafen.«

Walther traute seinen Ohren und, als er auf die Uhr schaute, seinen Augen nicht. Es war zwei vor zwölf. Er tippte aufs Ziffernblatt.

Moritz ignorierte es, stand auf, steckte den Kopf durch den Türspalt und sah sich nach links und rechts um, anstatt gleich durch die große Scheibe des Kassenraumes zu blicken. Er kam zurück und flüsterte Walther ins Ohr: »Bei der Ware handelt es sich um eine teure Probelieferung. Wenn sie das Geld nicht bekommen …« Er ratschte mit zwei Fingern über seine Kehle.

»Ist ja gut! Reg dich nicht auf!« Walther wischte über seine Stirn. »Sie werden bestimmt nicht mitten in der Nacht auftauchen.«

»Weiß man's?« Moritz pustete ihm den Atem in sein Hochrasiertes, als er weitersprach: »Ich darf jetzt nicht lange alleine sein, hörst du?«

»Ähm, klar. Nur mal so eine Verständnisfrage: Sagtest du nicht, ich bin der Nächste, dem sie nach dem Leben trachten, oder gehörte das zu deiner Dramaturgie? Was habe ich damit zu tun?«

Moritz senkte den Kopf. »Sie könnten denken, dass du mit

drin steckst. Also beeile dich! Wir sind doch Partner und haben bisher alles gemeinsam durchgestanden.«

Walther zögerte. »Nicht alles! Du bist mir noch etwas schuldig. Eine ganze Menge schuldig!«

»Fang nicht wieder davon an! Das ist Vergangenheit. Die hatten wir doch begraben.«

»Du hast sie begraben.«

Moritz wütete: »Das ist nicht der richtige Zeitpunkt! Wenn das ausgestanden ist, bekommst du alles, was du willst.« Er öffnete die Schublade, wühlte sich nach hinten durch und holte einen weißen Umschlag hervor.

»Hier habe ich was vorbereitet. Falls mir was passiert.«

Walther griff danach.

Moritz zog den Umschlag zurück und vergrub ihn wieder in der Schublade. »Jetzt nicht!«

Obwohl Walther den Glauben an Moritz' Ehrlichkeit verloren hatte, stimmte er zu: »Okay! Ich fahre nach Hause, packe Nette und ein paar Sachen ein und komme sofort wieder.«

Moritz legte eine Hand auf seine Schulter. »Sag ihr nicht, was ich dir erzählt habe. Sag ihr, mir geht es nicht gut und ich brauche eure Hilfe für die morgige Reisegesellschaft. Verstanden?«

»Sie wird mich killen, wenn ich ihr verschweige, in welche Gefahr wir uns begeben - vorausgesetzt, es stimmt wirklich. Kann es sein, dass du in letzter Zeit ein wenig überarbeitet bist und die Bedrohung gar nicht so groß ist?« Walther hoffte es sehr.

Der Blick seines Freundes zeigte ihm, wie daneben er mit diesem Gedanken lag.

Walther stand auf und kam mit einer angebrochenen Flasche Cognac aus dem Getränkeversteck wieder, knallte sie vor Moritz auf den Tisch.

»Hier! Trink einen Schluck oder zwei oder drei, damit du ruhiger wirst. Nette und ich sind gleich zurück.«

Einen Hoffnungsschimmer hatte er noch. »Oder bist du ein wenig durcheinander von dem vielen Durcheinander hier? Mir wäre das auch zu viel. Da sieht und hört ... oder meint man plötzlich etwas, was gar nicht der Fall ist.«

»Du meinst ... du meinst ernsthaft ... ich bin verrückt?«, fragte Moritz.

»Nein!« wehrte Walther ab. »Nicht unbedingt, aber es könnte ja mal sein.«

Moritz zog die leere, aber gebrauchte Kaffeetasse zu sich heran und schüttete sich einen doppelten Cognac ein, trank ihn auf ex.

»Bis gleich«, sagte Walther.

»Halt! Warte!« Moritz griff in seine Anzugtasche und streckte ihm einen dicken Schlüsselbund entgegen. »Hier! Nimm den mit. Damit du nicht klopfen musst.«

»Okay.« Walther öffnete die Tür.

»Schließ mich ein!«, rief er hinterher.

»Was?«

»Schließ mich ein! Wenn ich jemanden kommen höre, weiß ich, dass nur ihr reinkommen könnt und niemand anderes.«

Walther ließ ihm einen Gesundheitstipp da: »Du solltest mal Urlaub machen. Ich mache mir ernsthaft Sorgen um dich!«

»Ich mir auch! Geh jetzt!«

»Hast du mal daran gedacht, die Polizei einzuschalten?«, fragte Walther.

»Was soll ich denen sagen?«

»Was du mir gesagt hast. Nenne den Lieferanten, die Kontaktdaten und wer dich bedroht hat.«

»Ach«, er winkte ab. »Bedrohung allein reicht da nicht aus. Da muss erst etwas passieren. Außerdem … es ist ein Internetgeschäft, die Mailadresse eine Hotmail. Kann niemand nachvollziehen. Habe selbst mal eine solche gebraucht. Seine Rufnummer ist unterdrückt.«

»Lass mich raten«, sagte Walther, »das Geld hast du denen bar angewiesen, anonym, richtig?«

»Natürlich.« Moritz trank einen Schluck Cognac aus der Flasche und schüttete Walther einen ein. Der schob die Tasse angewidert von sich.

Walther sperrte den Kassenraum nicht ab, so wie Moritz es verlangt hatte, denn er sollte die Gelegenheit behalten, sich bei Panik einigermaßen frei bewegen oder in der Halle verstecken zu können. Er sah sich ein letztes Mal nach Moritz um und machte sich daran, sämtliche Sicherheitsschlösser des Hallentors hinter sich abzuschließen. Wohl war ihm nicht dabei.

2.

KAUM HATTE WALTHER DIE SCHLAFZIMMERTÜR geöffnet, schnellte Nette wie ein Springteufel hoch: »Ich lasse mich scheiden!«

Walther zuckte zusammen. »Hast du etwa einen anderen?« Damit hätte er rechnen müssen. Schöne Frauen hatte man nie für sich alleine, auch die kreativen waren begehrt, die sich am Rande des Durchgeknallten bewegten. Nein, er wollte sie keinesfalls verlieren. Er brauchte sie - für seinen Plan.

Walther zog sich aus, zerrte frische Sachen aus dem Kleiderschrank und packte seine Sporttasche mit dem Nötigsten für eine Übernachtung.

Nette verfolgte jede seiner Bewegungen. »Iiich? Einen anderen? Natürlich nicht! Wie kommst du darauf? Aber du …!«

Walther warf nun ihre Tasche auf das Fußende der Bettdecke. »Pack deine Sachen!«

»Nein, Walther! So war das nicht gemeint. Ich meine, nicht so schnell. Ich geh hier nicht weg! Ich meine … ich kann doch nicht meine ganze orientalische Deko aufgeben … meinen Buddha … also gut, ich gebe dir noch eine Chance … wenn du mir sagst, wo du warst, dann können wir über alles reden.«

»Ich war bei Moritz!« rief er auf dem Weg zum Bad.

»Moritz?« Sie sah ihm hinterher. »Was hat er gesagt? Glaube ihm kein Wort! Er ist ein Betrüger! Hast du immer noch nicht die Nase voll von seinen obskuren Geschäften? Oder macht ihr jetzt etwa gemeinsame Sache? Seid ihr etwa …«

Die Dusche rauschte. Er hatte Nettes Nöte nicht gehört.

»Was ist jetzt?«, schimpfte Walther, als er aus dem Bad kam.

Nette sprang aus dem Bett und warf die Tasche gegen die Wand, holte stattdessen ihren Koffer. Doch sie brachte es nicht fertig, ihn zu packen, warf sich der Länge nach darüber.

Walther schüttelte den Kopf. »Mach nicht so ein Theater! Moritz wartet auf uns. Du sollst mitkommen. Wir übernachten dort, denn morgen früh kommt ein Reisebus mit Kunden, die wir betreuen müssen. Denen kannst du das Fotoshooting anbieten. Ich kümmere mich um den Verkauf der Klamotten. Moritz kann nicht, er bekommt zeitgleich Besuch vom Lieferanten.«

Nette lachte hysterisch. Walther tippte auf die Stirn. »Beeil dich lieber! Vergiss die Kamera nicht! Vielleicht ist es das letzte Mal, dass wir ihm helfen müssen.«

Im Auto hatte Nette letzte Zweifel ausgeräumt und war Walther gehörig auf den Nerven herumgetrampelt. Aber da musste er jetzt durch. Der Zweck heiligte die Mittel.

Mit Sack und Pack standen sie vor der Halle. Walther begann mühsam mit der Entriegelung des Tores. »Da muss es doch was Einfacheres geben!«, schimpfte er.

»Überwachungskameras«, schlug Nette vor. »Wieso wartet Moritz in der Halle auf uns und nicht im Büro?«

»In der Halle ist es ihm sich … sicher will er schon etwas vorbereiten, umsortieren … kennst ihn ja. Warum zitterst du so?«, fragte Walther, »ist dir kalt?«

»Um ein Uhr morgens umsortieren?« Sie zog ihre Jacke enger und die Schultern hoch.

Geschafft. Walther schob das Tor zur Seite.

»Wo sind die Schutzhelme?«, fragte Nette, die die Halle zwar kannte, aber das wahllos gestapelte Gerümpel kam ihr von Mal zu Mal bedrohlicher vor.

Walther nahm sie an die Hand und zog sie hinter sich her.

An einer Biegung mussten sie halten, weil der ohnehin schon schmale Weg durch Kartons verschüttet war.

Sie bahnten sich ihren Weg. Nachdem sie in den abgetrennten Bereich mit den Klamotten gekommen waren, rief Walther nach seinem Freund, damit der sich nicht tödlich erschreckte.

»Moooritz! Wir sind da! Nicht erschrecken! Wir sind's nur!«

Nette sah sich um, als verfolgte man sie und als lauerte hinter jedem Kleiderständer die Gefahr. Nicht auszudenken, wie ihr Verhalten gewesen wäre, wenn er ihr den wahren Grund erzählt hätte, warum sie zu dieser sehr frühen Morgenstunde hierher kamen.

Noch einmal rief er nach Moritz. Keine Antwort. Keine Regung. Nichts. Sie hatten den Kassenraum fast erreicht, da sah Walther die beschlagenen Scheiben. Mitten im Gehen stoppte er.

»Warte hier!«, befahl er kurz und ließ die Tasche fallen, ging mit übereifrigen Schritten alleine weiter.

»Walther!«, rief Nette ihm hinterher, doch da hatte er die Tür vom Kassenraum schon geöffnet.

Walther blieb stehen und hielt sich am Türrahmen fest. Er jammerte, leise unverständliche Worte.

Nette lief zu ihm. Sie stellte sich auf Zehenspitzen und sah über seine Schulter hinweg. Ihr spitzer Schrei gellte durch die Halle.

Moritz Oberkörper lag auf der Tischplatte, die Arme links und rechts daneben gestreckt. So als habe ihn während der Büroarbeit die Müdigkeit übermannt. Einzig und allein die glänzende Blutlache passte nicht so recht ins Bild.

»Ich … hätte … bei ihm … bleiben sollen!«, stammelte Walther und dann im Stakkato: »Ich hätte ihm glauben sollen! Ich hätte die Polizei …!« Schweiß tropfte von seinen Schläfen.

Nette ging einen Schritt vor, wollte womöglich Erste Hilfe leisten.

Walther bekam gerade noch ihren Arm zu packen. »Nichts anfassen! Ruf lieber die Polizei!«

Sie tippte auf dem Tastenfeld herum, vertippte sich …

Er sackte in die Hocke. »Nein! Halt! Warte! Ich muss dir vorher etwas sagen …«

Nette half ihm, wieder aufzustehen. Sie kletterten auf einen Kartonstapel und umarmten sich, wie zwei verlorene Seelen, die sich wiedergefunden hatten.

Nicht nur der ständige Luftzug ließ Walther frösteln, sondern auch das, was er sagte.

In der Halle rumorte es. Jemand schob die Kunststoffmatten am Durchgang beiseite und rief in den Raum: »Hallo! Ist da jemand?«

Walther legte einen Finger auf seine Lippen. Nette hielt sich den Mund zu, unterdrückte den Schrei.

»Hallo!« Nun rief eine dunklere Stimme, die immer näher kam.

Walther trat die Flucht nach Vorn an.

Nette erwischte seinen Jackenzipfel, der ihr durch die Finger glitt.

»Warte hier!«, befahl er.

Zwei fluchende Männer, in weißen Papier-Overalls mit strammgezogener Kapuze auf dem Kopf und angelegtem Mundschutz, kamen Walther entgegen. Auch sonst waren sie sicherungstechnisch für einen Tatort bestens gekleidet. Der Größere trug einen Koffer in der Handschuhhand. Sie gingen auf blauen Überziehern, um keine Sohlenabdrücke zu hinterlassen.

»Wo müssen wir hin?«, fragte der Füllige, der sich das Schienbein rieb.

Walther atmete erleichtert aus, doch dann fragte er zurück: »Wer hat Sie gerufen?«. Die Frage war nicht unberechtigt, hatte Nette doch den Anruf zur Polizei unterbrochen, weil er ihr etwas sagen musste.

»Der Kommissar«, meinte der Füllige von den Beiden. »Er kommt gleich nach. Wo ist das Opfer?«

Walther ging vor. Er rätselte noch. Vielleicht hatte jemand anderes die Polizei angerufen, weil er Schreie gehört oder etwas Verdächtiges gesehen hatte. Das musste aber kurz vorher geschehen sein, bevor Nette und er angekommen waren. Wie auch immer. Hoffentlich erschien bald der Leichenwagen. Zu wissen, dass Moritz tot im Kassenraum in seiner Blutlache lag, war für ihn schier unerträglich. Am liebsten würde er sofort mit seiner Frau nach Hause fahren. Jedoch mussten sie auf den Kommissar warten und ihre Angaben machen. Das war er nicht nur Moritz schuldig.

Er ging mit den beiden Männern.

Sie blieben ruckartig stehen. »Okay. Da hinten. Keinen Schritt weiter!«

Walther hielt sich nur kurz daran, bog nach links zum Kartonberg ab und setzte sich wieder zu Nette.

»Der Kommissar kommt gleich«, klärte er sie auf.

»Gut!«, Nette senkte den Kopf wieder auf ihre Knie -

bis der Schuss fiel - bis Walther sie am Arm zog.

»Raus hier!«, zischte er durch die zusammengebissenen Zähne. Geduckt liefen sie um den Kartonberg herum. Wenn er sich richtig orientierte, müssten sie auch auf diesem Wege zum Tor kommen.

Nette presste die freie Hand auf ihren Mund.

Plötzlich kreuzten die beiden Männer in den Overalls ihren Weg.

Der Größere drohte mit der Waffe. Mal hielt er sie auf Nette, mal auf Walther.

Die beiden wagten es nicht, sich zu rühren.

»Bis bald!«, grunzte der Große und spuckte vor ihnen aus.

»Bist du bescheuert?« Der Füllige rieb umständlich mit seinem blauen Überzug am Fuß darüber. Bei jeder Bewegung verschob sich das Plastikteil. Erst als nur noch eine staubige Spur zu sehen war, gab er sich zufrieden.

»Komm jetzt!«

Die Männer liefen los, kamen kurz darauf zurück und bogen diesmal in die entgegengesetzte Richtung ab.

Als Walther das Hallentor hörte, atmete er tief durch.

»Ruf an! Ruf die Polizei an!«, schrie er aus voller Brust in Richtung Nette. »Verdammt nochmal! Tu doch was!«

Er stolperte zum Kassenraum. Nette folgte Walther, blieb dicht hinter ihm. Sein erster Blick fiel auf Moritz' Nacken, in dem ein kreisrundes Loch mit Schmauchspur zu sehen war. Hier musste der Schütze die Waffe aufgesetzt haben - Genickschuss, wie bei einer Hinrichtung. Er wagte es nicht, den Kopf anzuheben. Hätte der Schädel nicht zertrümmert sein müssen? Viel mehr Blut …? Die Blutlache …! Warum wurde auf ihn geschossen? Er war doch bereits tot!

Er trat näher heran.

Die Blutlache unter Moritz hatte sich verändert! Es sah so aus, als habe sein Freund mit den Armen darin gerudert. Wie ein Engel im Schnee! Ein Engel im Blut! Es sah so aus … als habe er vorhin noch ge …!

Er rannte raus, an Nette vorbei und kämpfte mit der hochkommenden Übelkeit.

3.

MIA MAGALOFF ROLLTE DEN HARTSCHALENkoffer wie bei einem Hindernislauf durch die Räume ihres Einfamilienhauses. Für die diversen Trödelmarktfunde fand sie zwar immer wieder einen Platz darin, was aber zur Folge hatte, dass die Zimmer immer enger wurden. Bei Büchern, antiker Deko oder alten Kleinmöbeln bekam sie sich nicht in den Griff - bei Männern schon. Da überlegte sie zehn Mal, ob und wen sie mit nach Hause nehmen sollte. Mit 53 Jahren nach einer langjährigen Ehe und einer kurzfristigen Beziehung wieder Single zu sein, hatte Vor- und Nachteile. Keine Zeit für Reue und schon gar nicht fürs Ausmisten. Sie war spät dran, weil es zu früh war. Sie hatte sich um sechs Uhr morgens mit ihrer Freundin Gitti im Krefelder Hauptbahnhof verabredet.

Auf dem Weg ins Bahnhofsgebäude setzte sie sich ihre Handtasche auf den Kopf und sah kurz zum Himmel. Die Wetter-App würde wohl recht behalten. Für heute sagte sie den ganzen Tag Regen voraus. Ausgerechnet am Tag der großen Gewinnreise mit Gitti, zu der sie von ihr als Begleitperson eingeladen worden war.

Fünf Tage irgendwohin - ab Hamburg.

Wenigstens Gitti war pünktlich. Sie stand vor der Bahnhofsbäckerei. »Mia! Hier! Hier bin ich!« Nun hetzte sie auch noch: »Schnell! Wir verpassen sonst unseren Zug! Mach doch voran!«

Mia fiel ihr um den Hals - vor Erschöpfung. Schließlich war sie nicht mehr die Dünnste. »Hast du die Tickets?«, fragte Mia - nicht ohne Grund.

»Klar!« Gitti reichte sie ihr. »Sehen wie Flugtickets aus, meinst du nicht auch?«

Mia freute sich.

Die sahen tatsächlich vielversprechend aus, auch wenn sie die Reisekosten bis Hamburg selbst tragen mussten und ihr Endziel nicht eingetragen war.

Auf dem Bahnsteig angekommen, japsten sie im Gleichklang nach Luft. Kein Zug zu sehen.

»Verpasst!«, rief Gitti vorwurfsvoll. »Nun werden wir auch unseren Flug verpassen. Nur wegen dir! Bestimmt sind die anderen Gewinner gleich in der Luft, Richtung Dubai, Venedig, Kopenhagen oder so.«

»Aha«, antwortete Mia. »Du bist bestens über die heutigen Flüge ab Hamburg informiert, nur Düsseldorf hast du vergessen.«

Gitti schoss das Entsetzen ins Gesicht. »Das ergibt doch keinen Sinn.«

»Keinen!« Mia lachte und sah noch einmal auf den Fahrschein. »Das ist alles Unsinn!«, rief sie gegen den Geräuschpegel auf dem Bahnsteig an und etwas leiser: »Wir haben keine Flugreise gewonnen. Da steht nichts von Flug. Nur von Busterminal am Hamburger Hauptbahnhof. Also geht die Reise mit dem Bus weiter. Toller Marketing-Gag, es wie Flugtickets aussehen zu lassen.«

»Glaub ich nicht!«, sagte Gitti, »Das wird der Shuttle-Bus zum Flughafen sein.«

»Nee. Kein Flug! Viel zu teuer! Überhaupt: Wie viele Personen haben die Reise gewonnen?«

»Keine Ahnung. Woher soll ich das wissen? Das stand nicht in der Gewinnbenachrichtigung.«

Mia tat so, als würde sie angestrengt nachdenken. »Lass mich raten: Nur wir?«

Einmal hatten Mia und Gitti umsteigen müssen und nun saßen sie endlich im ICE nach Hamburg. Sie zogen es vor, ihre Koffer ins Gepäckregal zu stellen. Gitti bestand darauf, sich auf den Platz zu setzen, von wo aus sie den besten Blick auf ihr Gepäck hatte.

Zum Glück handelte es sich dabei um eine freie Vierer-Sitzgruppe, so dass Mia genügend Beinfreiheit bekam. Zufrieden ruckelte sie auf dem blau gepolsterten Sitz hin und her wie eine Glucke, die nun bereit war zu brüten. »Wohin auch immer es uns treibt«, begann sie fast lyrisch, »mir ist alles recht. Ich bin jedenfalls so froh und dankbar, dass du mich eingeladen hast. Das nenne ich wahre Freundschaft.«

Gitti winkte ab: »Ich habe dir zu danken. Du weißt doch, mich darf man nicht alleine reisen lassen. Das ist lebensgefährlich - für die anderen.«

Sie plauderten über dies und das, vertrieben sich die Fahrzeit. Gitti war etwas eingefallen. Sie holte einen Pikkolo aus der Tasche.

Mia lehnte ihn mit erhobenen Händen ab. Sie hatte beschlossen, für ihr restliches Leben auf Alkohol zu verzichten. Einfach nur so. Nicht, weil sie es musste, sondern weil sie es konnte.

»Dann eben nicht.« Es klang leicht beleidigt. Wieder kramte sie in ihrer Tasche, zog diesmal eine Plastikdose hervor, die sie mit Schwung und einem *Tadaaa*! öffnete und Mia unter die Nase hielt. »Möchtest du vielleicht ein Mettbrötchen mit Zwiebeln?«, fragte sie.

Mia drückte flott mit zwei Fingern die Nasenflügel zusammen. Der Gestank! Nicht auszuhalten! Schlimmer als Knoblauch!

»Wer nicht will, der hat schon.« Gitti biss herzhaft hinein, öffnete den Schraubverschluss des Piccolos und prostete ihr zu: »Auf unseren Urlaub!« Sie nahm einen kräftigen Schluck, rülpste verhalten. Doch nach kurzer Zeit steckte sie das Fläschchen und das Brötchen wieder weg, prüfte drei Mal, ob der Verschluss wirklich zugedreht war.

»Alleine macht es keinen Spaß«, meinte Gitti in ihre Richtung. Sie trommelte dabei mit den Fingern auf der Tischablage herum. Die Frauen schwiegen einige Bahnkilometer.

Aber Gitti wäre nicht Gitti, wenn sie das auf Dauer durchhalten würde. Schon gar nicht, wenn sie etwas beschäftigte. Das sah Mia an den steilen Falten auf der Stirn und tatsächlich brach es aus ihr heraus: »Was meint die große Hellseherin Mia Magaloff denn, wohin es geht, wenn es schon keine Flugreise sein soll?« Sie fragte so provokativ, als wüsste sie jetzt schon, dass Mia mit ihrer Vermutung auf alle Fälle daneben liegen würde.

»Alles, was weiter als 300 km ist, kannst du knicken«, grenzte Mia es realistisch ein.

»Wirklich?« Gitti nahm den Pikkolo wieder hervor und spülte den Kummer hinunter. Sie verschluckte sich, musste husten. »Wofür dann der ganze Aufwand? Da hätten wir gleich mit dem Bus fahren können.«

Mia schlug sich vor den Kopf. »Na, klar! Hamburg! Mit dem Bus durch Hamburg, Endziel Fischmarkt, oder so.«

»Phhh! Das wäre ja eine tolle Überraschung!« Gittis gute Laune sank ein paar Stufen tiefer. »Das hätten die sich dann schön ausgedacht. Wir bezahlen die Anreise selbst und die geben uns nur ein Fischbrötchen auf dem Markt aus. Das ist doch die reinste Verarschung!«

Mia grinste. »Was meinst du, wie sich erst ein Gewinner aus Hamburg fühlen würde.«

Gitti gibbelte schadenfroh.

»Pfui, Gitti!« Mia empörte sich künstlich. »Wie gehässig du bist! Wenn das mal nicht bestraft wird.«

4.

MITTLERWEILE HATTE SICH MIAS UND GITTIS Waggonabteil gefüllt, obwohl es zwischendurch keine Haltestation gegeben hatte.

Gitti sprach aus, was Mia in dem Moment selbst eingefallen war: »Die kommen sicher alle aus dem Restaurant und suchen wieder ihre Plätze auf. Das sieht man an den glühenden Gesichtern. Satt und … Was ist eigentlich das Gegenteil von durstig?«

»Das weißt du nicht? Das weiß doch jeder!«, antwortete Mia und sah schnell aus dem Fenster.

»Das ist mein Platz!«

Gitti fuhr herum und schrie auf. Da sie gegenüber Mia saß, also mit dem Rücken zur Tür, hatte sie ihn nicht kommen sehen.

Auch Mia war, beim aus dem Fensterschauen und gleichzeitigem Nachdenken, weit weg gewesen. Sie hielt vor Schreck die Luft an, pustete sie langsam wieder aus.

Der Fahrgast zeigte nicht an, welchen Platz er meinte, ließ so viel Raum für Spekulationen.

Gitti rutsche freiwillig rüber, überließ ihm ihren Fensterplatz. Sie lächelte ihn an. Nein, sie schmachtete förmlich nach ihm. Auch das noch!

Mia ärgerte sich, nicht auch ein Mettbrötchen mit Zwiebeln gegessen zu haben, dann hätte er seinen Sitzplatz bestimmt nicht eingefordert.

»Klar, dürfen Sie sich hierhin setzen, wenn Sie ihn reserviert haben.« Gitti klopfte neben sich. »Kommen Sie!«

Er zögerte.

»Keine Angst! Ich tue Ihnen nichts. Ich sehe nur so aus«, versuchte sie ihn zu beruhigen.

Der Mann lächelte noch nicht einmal.

Mia wünschte sich keine humorlosen Männer in ihrer Nähe.

Nun zeigte er auf Mias Platz.

Sie rutschte grummelnd nach links und überlegte, ob sie sich sein Ticket zeigen lassen sollte. Wer war er denn, dass er sich hier so aufführte? Nur, weil er einen Anzug trug? Noch nicht einmal eine Krawatte hatte er um. Feiner Geschäftsmann. Er hätte ja auch erste Klasse buchen können, wenn es nicht mehr Schein als Sein war.

Er setzte sich auf Mias angewärmten Sitz, verzog kurz das Gesicht, spreizte die Beine, um dazwischen seinen Koffer auf den Boden zu stellen. Es war ein Business-Lederkoffer mit Zahlenschloss, etwas breiter und dicker, mehr so ein Flugpilotenkoffer, aber Pilot war er ganz bestimmt nicht - die hatten Benehmen.

Mia war von dieser Sekunde an abgeschrieben. Gitti hatte nur Augen für ihn. Mia hingegen machte sein Anblick eher müde. Das lag wohl an seinen Schlafzimmeraugen. Ob er damit geboren worden war, oder unruhige Nächte ihn zum schläfrig aussehenden Opfer gemacht hatten? Mia musste wachsam bleiben.

»Darf ich mich vorstellen?«, flüsterte Gitti. Was sie immer machte, wenn sie erotisch wirken wollte. Sie war eindeutig in Urlaubs- und Angriffslaune. »Ich heiße Gitti und das ist meine Freundin Mia … und Sie sind?«

»Gitti!«, rief Mia, der es unangenehm war.

»E-mil!«, stellte er sich tatsächlich vor. Es klang weder erfreut noch freundlich, sondern eher wie eine Krankheit. Ob es tatsächlich sein richtiger Vorname war? Bestimmt, sonst hätte er ja nicht antworten müssen. Jetzt reichte er Gitti sogar seine fleischige Hand. Mia erwischte einen Blick in die Handinnenfläche und erkannte Schwielen darin.

Gitti schlug zögerlich ein, drückte dann aber kräftig zu, wie immer. Er drückte zurück. Sie verzog schmerzhaft das Gesicht und steigerte den Händedruck, was Mia deutlich an den weißen Fingerknöcheln, aber hauptsächlich an ihrem dämonischen Blick erkannte. Fehlte nur noch, dass sie gleich Armdrücken machten.

Mia verweigerte diese Art der Begrüßung mit ihm und hob stattdessen kurz die Hand, begleitet von einem dünnen »Hallo«.

Müsste sie seinen Beruf erraten, sie würde auf Metzger oder Tischler tippen, auf alle Fälle etwas Handwerkliches. Sie scannte Emils übrige Körpermaße. Am Bauch blieb sie kleben. Koch! Er könnte auch ein Koch sein. Auf seinem Handrücken, den er heimlich rieb, sah sie verheilte Narben. An einem Finger haftete sogar ein frisch aussehendes Pflaster.

Er holte die Tageszeitung hervor und versteckte sich dahinter.

Gitti machte Faxen darüber. Sie gähnte künstlich, was heißen sollte: ‚Oh, ist der langweilig' und legte dann mit den verbalen Attacken los.

»Weißt du, was ich absolut nicht haben kann, Mia?«, fragte sie laut.

»Ich weiß es, Gitti. Hoffe, du erzählst es jetzt nicht in aller Öffentlichkeit.« Mia zeigte kurz mit dem Daumen nach rechts.

Gitti grinste. »Ich kann es nicht haben, wenn ein Mann Zeitung liest, wenn ihm jemand gegenübersitzt. Das ist ein Zeichen von Ignoranz und Missachtung.«

Mia sah es nicht so eng. Schließlich kannten sie den Mann nicht und da konnte er tun und lassen, was er wollte.

Sie sahen wieder zur Zeitung mit dem Mann dahinter. Mia hatte eindeutig die bessere Sitzposition, um ihn von der Seite zu beobachten. Seine Augen fixierten nur die Stelle unten rechts des Blattes. Das war das Foto mit den zu Pyramiden gestapelten Obstsorten einer Supermarkt-Werbung.

Normalerweise war es ja Mias Part, neugierige Fragen zu stellen, aber Gitti kam ihr zuvor.

»Entschuldigung! Hallo? Darf ich Ihnen eine Frage stellen? Sie da, hinter der Zeitung? E … mil?«

In Mia kam der Verdacht auf, dass der Pikkolo nicht Gittis erste alkoholische Brause war und sie bereits einen Kreislauf-, Frühstücks- und Beruhigungssekt getrunken hatte. Es konnte aber auch sein, dass das überschüssige Adrenalin in ihrem Blut die Synapsen anschwellen und das Gehirn außer Kontrolle geraten ließ.

Zeitungsgeraschel.

Er legte sie auf seinen Schoß - also die Zeitung, nicht Gitti. »Fragen Sie ruhig. Ich kann nur nicht versprechen, ob ich antworten werde.« Er rieb über das Glas seiner protzigen Breitling-Uhr, die Mia auf hundert Meter erkannte, obwohl es so viele Fälschungen davon gab.

»Haben Sie es weit?«, fragte Gitti. Das Säuseln in ihrer Stimme gefiel Mia nicht.

Er brummte: »Bis Hamburg.«

»Ah, da müssen wir auch hin. Wir haben im …«

»Gitti!«, pfiff Mia sie zurück. »Ich denke nicht, dass es Herrn … Emil interessiert.«

»Bestimmt!«, antwortete sie. »Wir haben nämlich im …«

»Vielleicht möchte er einfach nur seine Ruhe haben«, versuchte Mia es erneut und setzte ihren bösen Blick auf.

»Möchte er nicht!«, sagte Gitti.

»Möchte er wohl!«, meinte Mia.

»Bitte! Meine Damen! Bleiben Sie ruhig. Was haben Sie … im was?« Er beugte sich zu Gitti vor, heuchelte Interesse.

Mia sah auf seinen breiten Kopf, der typisch für Polen oder Osteuropäer war. Nein, das war keine Wertung, nur eine Feststellung. Dieser hier hatte einen weißen Haarkranz, der wie ein halber Heiligenschein aussah. Der Haaransatz im Nacken war fein säuberlich ausrasiert.

Aus Gitti platzte es nur so heraus: »Wir haben eine Reise gewonnen und müssen uns am Hamburger Busbahnhof einfinden. Von dort fährt bestimmt der Shuttlebus zum Flughafen. Nur, wohin wir fliegen, wissen wir nicht. Es soll ja eine Überraschungsreise sein.«

Er runzelte die Stirn. Mia erkannte eindeutig das Fragezeichen darauf. Zögerlich kam ein: »Na dann.« Emil stöhnte auf.

Mia hoffte, diesem Mann nicht mehr begegnen zu müssen. Er löste Unbehagen in ihr aus. Warum, wusste sie nicht.

5.

ANGEKOMMEN. AUSGESTIEGEN. KAUM HATTEN Mia und Gitti den Bahnhof verlassen, schüttete es wie aus Eimern, blitzte und donnerte es, so als hätten sie selbst es durch das Hinaustreten aus dem Gebäude ausgelöst.

Sie liefen zurück und stellten sich unter, hielten Ausschau nach dem Reisebus am Terminal.

»Ich sehe keinen Shuttlebus, auf dem *Flughafen* steht!«, rief Gitti gegen den Donner an. Sie schob die Unterlippe nach vorne, holte tief Luft und ließ ihrem Unmut freien Lauf.

In diesem Zustand würde es lange dauern, bis sie sich wieder beruhigt hatte. Manchmal war es halt anstrengend mit ihr. Aber Freundinnen verzieh man fast alles. Nun kam dieser Emil aus dem Bahnhofsgebäude. Anstatt sich unterzustellen, ging er schnurstracks zum Taxistand. Auch Mia wollte nicht länger warten. Sie steuerte auf einen dreckig grauen Reisebus zu, der aussah, als habe er den Weg bis zum Schrottplatz nicht geschafft und würde gleich abgeschleppt werden. Diesen Bus schloss sie schon mal aus. Der Fahrer davor sah etwas besser aus. Er trug einen blauen Anzug mit hellblauem Hemd und rotgesprenkelter Krawatte. Die quietschgelben Cowboystiefel musste man nicht mögen. Es gab schlimmere Ungereimtheiten.

Nun steckte er sich eine Zigarette an, zog daran und blies Unmengen von Qualm aus - ohne zu husten. Das konnten nur Profis. Ein bisschen sah er aus wie Günther Jauch, mit seiner Brille, nur figürlich außer Kontrolle geraten und etwas kleiner. Gut, vielleicht hinkte der Vergleich. Das hielt sie nicht davon ab, ihm eine Frage zu stellen.

»Entschuldigung!«, sagte Mia und schaute sich kurz zu Gitti um, ob sie sich immer noch untergestellt hatte.

Gitti reckte den Hals.

»Wissen Sie, ob wir hier richtig sind?« Mia zeigte dem kleinen Günther die Tickets. »Hier steht …«

»Herzlichen Glückwunsch!« Der Busfahrer lächelte und reichte ihr seine Hand, die sich schwitzig und schwammig anfühlte. »Sie sind hier goldrichtig. Die anderen sitzen bereits im Bus. Sind Sie nicht zu zweit?« Er ließ seine Zigarettenkippe fallen und tanzte mit einem Bein Twist darauf.

Mia nickte und winkte Gitti herbei.

Wutschnaubend kam sie mit dem Koffer angerollt, stieg nach ihrer Beglückwünschung nur unter Protest ein.

Mia stieß ihr in die Rippen: »Pscht! Warte doch mal ab, was passiert, Gitti! Einem geschenkten Gaul schaut man nicht ins …«

» … Arschloch«, zischte Gitti zurück.

Mia nahm es nicht persönlich. Mit Zitaten hatte es Gitti nicht so. Während sie nach einem geeigneten Platz suchte, hatte ihre Freundin einen am Fenster gefunden. Mia plumpste auf den brüchigen roten Kunstledersitz daneben. Prompt stieß sie sich die Knie. Entweder war sie zu groß oder die Sitzreihen zu eng.

Sie sah sich um. Der Bus war nur mit zwei weiteren Personen besetzt. Seltsam. Auch so viel Prominenz hatte Mia hier nicht erwartet. Millionen von Menschen dürften seine Erscheinung kennen. Er war ein Toyboy, ein Herzensbrecher, besonders von großgewachsenen Blondinen mit Modelmaßen, und er war zu allem bereit. Was man so hörte, ließ er sich sogar von den weiblichen Wesen seine Sachen rauslegen und sich von ihnen an- und ausziehen. Es war kein geringerer als Ken!

Dieser Ken war zwar nicht aus Plastik, sah aber so aus. Botox und mit Sicherheit mindestens zehn Schönheits-OPs ließen sein Gesicht maskenhaft wirken. Aber nicht nur das. Mia meinte, zwei Silikonkissen unter seinem engen T-Shirt, beziehungsweise seiner Brust, entdeckt zu haben, weil sie so unnatürlich aussah.

Ken bemerkte den abschätzenden Blick und senkte den Kopf, so als schäme er sich für seine Sünden, oder die vom Schönheitschirurgen. Womöglich schämte er sich aber auch für Mia, die ihn wie eine blöde Pute anstarrte.

Ihre Sitznachbarin Gitti hatte andere Probleme. Sie murmelte ein Stoßgebet zum Himmel: »Lieber Gott! Lass uns sofort zum Rollfeld fahren und in den Jumbo einsteigen und bitte … bitte lass uns nicht mit dem Bus liegenbleiben oder womöglich verunglücken. Amen!«

»Gitti!«, mahnte Mia. »Manchmal übertreibst du wirklich.«

Während der Fahrt kam eine Reihe vor ihnen ein Tumult auf. Eine junge Brünette, total überschminkt, sehr schlank, stellte sich demonstrativ in den Gang. Unter dem Arm trug sie ihre Designertasche wie einen Pinscher und wollte den Verantwortlichen sprechen.

Mia lauschte gespannt.

Die Schöne fragte, mit leicht russischem Dialekt, wann sie denn in den moderneren Bus umsteigen könne, den mit Klimaanlage, WC und TV? Komfort muss sein und schneller muss es auch gehen. Sie habe es sehr eilig.

Gitti empörte sich: »Wir etwa nicht?«

Abfällig sah die resolute Russin zu ihr. Der Busmaster ignorierte das Gezeter. Nun betete Mia, er möge nicht taub sein. Es blieb ihr keine Zeit, sich in diesen Gedanken reinzusteigern. Er griff zum Mikrophon und drehte das technisch nicht ausgereizte Radio auf volle Lautstärke. Die Rückkopplung pfiff nervtötend.

»Einen wunderschönen Guten Morgen. Ich darf zwei besondere Gäste im Namen des … pieeep … recht herzlich begrüßen. Es sind die beiden Gewinnerinnen des … pieeep … Herzlichen Glückwunsch! Sie werden staunen, was sie in … pieeep … alles erwartet!«, sprachs und gab Vollgas. Eine Geschwindigkeit, die Mia von dem Bus nie erwartet hätte, die ihr aber auch gleichzeitig Angst bereitete.

»Wohin geht es?«, fragte Mia, die mit den Fingern in den Ohren rüttelte, um diesen Pfeifton wieder loszuwerden.

»Keine Ahnung«, antwortete Gitti.

Mia stupste die Russin an, die sich auf den Platz vor ihnen gesetzt hatte. »Wohin geht's?«

Keine Antwort. Warum gerade sie in diesen Bus gestiegen war, wenn sie nicht zu den Gewinnerinnen zählte, war ihr ein Rätsel. Ebenso, welche Rolle dieser Ken spielte, der bislang keinen Ton gesagt hatte? Konnte er überhaupt den Mund öffnen?

Die Russin nahm die Ohrstöpsel heraus. »Sind wir da?«

Nach langer Fahrt und angestrengtem Ausschau halten, in welche Richtung es ging, rieb Mia sich die Augen. Wenn das stimmte, was sie da gerade gelesen hatte, dann …

»Oldenburg?« Gittis Augen weiteten sich.

»Wohin fahren wir?«, rief Mia in den Raum.

»Nach Oldenburg?«, kreischte die russische Schönheit. »Ich muss nach Leer!«

Mia war es fast egal, Hauptsache sie blieben im Norden.

Gitti verzog die Mundwinkel nach unten. »Ich hatte mich so auf eine Flugreise gefreut.«

6.

MIA FASSTE SICH IN GEDULD. SICHER, NOCH besser wäre Spiekeroog gewesen. Sie wollte die Insel einmal so richtig genießen, ohne in einen Mordfall verwickelt zu sein. Sie dachte wehmütig an den durchgeknallten Ubbo zurück, der behauptet hatte, der wahrhaftige Utkieker zu sein. Ob die vier Ostfriesen noch täglich ins *Inselcafé* kamen und ihr *Elführtje* tranken? Mit Sicherheit!

»Was steht da?« Mia warf sich über Gittis Schoß. Die beiden Freundinnen atmeten schwer und drückten sich die Nasen an der Scheibe platt - nur sinnbildlich gesprochen. Der Ekelfaktor hielt sie davon ab, es wirklich zu tun.

Aus dem Off klang die Stimme des Busfahrers. Er entschuldigte sich, dass er es versäumt habe, sich vorzustellen. Er heiße Wolf, sei aber nur manchmal böse.

Nur Mia und Gitti lachten. Kens Gesichtszüge verzogen sich kein bisschen. Er wirkte eher ängstlich als amüsiert. Sobald ein LKW an der Ampel oder im Stau neben dem Bus stand und jemand zu ihm schaute, rutschte er tiefer in den Sitz. Hatte er sich noch nicht daran gewöhnt, dass die Leute ihn begafften? Er sah bestimmt nicht erst seit gestern so aus.

Nun griff der böse Wolf zum Handy und telefonierte. Eine moderne Freisprechanlage in diesem Bus hätte Mia auch sehr gewundert. Sie wünschte sich nur eines, dass sie alle heil ankommen mögen - in Oldenburg oder Leer, wo auch immer.

Bis es soweit war, überlegte Mia, ob Gitti nun von den Gewinnspielen endgültig kuriert war. Ihr ganzes Geld gab sie dafür aus. Etwas mehr Vorsicht wäre zukünftig angebracht. Mia ärgerte sich darüber, den Veranstalter nicht vorher im Internet durchleuchtet zu haben. Sie nahm das Ticket und ihr Mobiltelefon zur Hand, um es nachzuholen. Was nicht weiter auffiel, weil nun jeder auf sein Smartphone stierte. Weit kam Mia mit der Recherche nicht.

»Wir sind da!«, rief Wolf, öffnete mit einem hydraulischen Zisch-Klack-Bumm die Türen.

Ken machte sich als Einziger sofort auf den Weg, ging über den ansonsten auto- und menschenleeren Parkplatz direkt in die angrenzende Halle. So, als kenne er sich hier aus und habe einen Termin.

Die junge Russin, die Jekaterina hieß - das hatte Mia in einem ihrer Telefonate mitbekommen - nutzte die Gelegenheit, mit einem ihrer vier Handys den Bus, Parkplatz und die Halle zu fotografieren.

»Warum macht die Fotos?«, flüsterte Gitti. »Will die den Veranstalter verklagen?«

Mia zuckte die Schultern. »Keine Ahnung. Ich weiß nur, wo wir sind.« Sie zeigte auf das Firmenschild, auf dem der Ortsname angegeben war: Leer.

»Bitte folgen Sie mir unauffällig«, sagte Wolf wie ein müder und gelangweilter Reiseführer, fehlte nur noch der hochgehaltene Regenschirm. Aber bei drei Personen machte der wirklich keinen Sinn.

Sie gingen um den Gebäudekomplex herum in die Halle. Eine leicht modrige Luft schlug ihnen entgegen. Mia kamen kurz Bilder einer Entführung in den Kopf.

»Obacht! Stolperfalle!«, rief Wolf.

Mia rutschte das Herz in die Hose.

Es war nicht so einfach, die schmalen Gänge unfallfrei

weiterzugehen. Der Blick richtete sich nicht immer auf den Boden, sondern war abgelenkt durch die hochaufgetürmten Kartons und losen Gegenstände, die kreuz und quer herumstanden oder -hingen.

Nach etlichen Metern Fußmarsch kamen sie an den, mit dicken Kunststoffmatten abgetrennten, Durchgang eines weiteren Hallenraums. Ächzend schob Wolf eine Matte beiseite, damit Mia, Gitti und Jekaterina ungehindert durchgehen konnten. Dabei verabschiedete er sich: »Viel Vergnügen! Gleich kommt jemand zu Ihnen. Sie können sich solange umschauen.« Wolf hatte es plötzlich sehr eilig, nach draußen zu kommen.

Gitti traute sich nicht, weiterzugehen. Mit offenem Mund stand sie da und auch Mia staunte nicht schlecht. Sie fühlte sich, als hätte sie eine andere Welt betreten. Eine Shopping-Welt mit überdimensionierten Rabattschildern, die einen fast erschlugen. So sah es in vielen großen Kaufhäusern während des Sommerschlussverkaufes aus. Zahlreiche Kleiderständer und Wühltische standen auf hochflorigem Teppichboden. Es roch nach Leder, chemiegetränkten Stoffen und giftiger Auslegware. Mia bekam sofort ein Kratzen im Hals. Sie musste sich mehrmals räuspern, die Nase kribbelte, die Augen brannten, zudem zirkulierte über ihren Köpfen ständig ein kalter Luftstrom. Lediglich das gedämpfte Licht in der Halle war angenehm.

Mia schaute zu Gitti, die gerade dröhnend in ihr Papiertaschentuch schnaubte. Als sie es vom Gesicht nahm, wies ihre Haut rote Flecken auf. An eine Allergie dachte Mia dabei nicht, viel eher war es bei Gitti das typische Zeichen für höchste Euphorie. Dazu passten auch die wässrig-glänzenden

Augen und ihr Zeigefinger, der sich verselbstständigte und auf all die Röcke, Blusen, Hosen und Kleider auf den Rondells deutete, die ihr auf Anhieb gefielen - und das waren eine ganze Menge. Kurzum, sie bekam sich nicht mehr ein.

»Ein Traum! Mia! Schau! Da und da und da! Wie lange bin ich schon nicht mehr shoppen gewesen? Das ist das Paradies!«

»Petrüger-Paradies!«, ergänzte Mia, wohlbedacht in der Alliteration bleibend, damit sie niemand belangen konnte. 40 bis 50 Prozent Rabatt versprach man, von der durchgestrichenen Zahl, auf gefühlt tausend neonfarbenen Plakaten. Aber auch der reduzierte Preis darunter gehörte immer noch ganz klar zur Kategorie Mondpreis. Dabei hatte man den unverbindlichen Richtpreis, um mindestens zweihundert Prozent erhöht, um ihn dann mit angeblichem Rabatt wieder zu senken.

Mia machte das Beste aus der Situation. Die Klamotten musste sie sich erst aus der Nähe betrachten und vor allen Dingen fühlen.

»Mir nach! Ich folge dir!«, sagte sie zu Gitti, die sie immer noch hinter sich vermutete, doch da stand sie bereits bei den Damenhosen links von ihr.

Einen Kleiderständer weiter erschrak Mia. Damit hatte sie nicht gerechnet. Der mehrfach operierte Ken stand vor einem Rondell mit Männersachen und schob die Kleiderbügel bedächtig beiseite. Doch er interessierte sich weniger für die Kleidung, als für das Innere des Ständers. Vorsichtig schaute er hinein, so als würde dort jemand sitzen.

Mia wandte sich kopfschüttelnd ab und ging zurück zu den Damensachen. Den Stoff einer schwarzen Jacke ließ sie durch die Finger gleiten. Es knisterte. Ein kurzer Schlag traf sie. Für diese Jacke hatten viele Polyester sterben müssen. Hoffentlich stand gleich bei der Anprobe niemand in Flammen. Reibung erzeugt Hitze, oder wie war das? Sie wusste nun, warum hier so viele Feuerlöscher hingen.

»Schau mal hier!« Gitti ging ein paar Schritte weiter, verschwand hinter dem nächsten Rondell. *Klack, klack, klack*, Kleiderbügel flogen hin und her. »Mia!!! Ich habe auch was für dich gefunden. Guck mal!« Sie hätte es nicht lauter rufen und keine größere Kleidernummer hochhalten können. Das war eindeutig 4 x XL und so gar nicht ihre Größe. Würde sie Gitti nicht so lange kennen und schätzen, sie hätte sich den nächstbesten Ledergürtel geschnappt und …

»Viel zu klein!«, rief Mia zurück.

»Och, meinst du wirklich? So dick bist du auch nun wieder nicht.«

Mia sah peinlich berührt weg, erwischte dabei einen Blick zum Schuhregal, Abteilung Männerschuhe und … ach, das war ja interessant! Das glaubte sie jetzt nicht! Wo kam der plötzlich her? Emil, der Mann aus dem ICE, stand an einer Ecke und drehte und wendete einen Schuh, der wohl etwas Besonderes sein musste. Immer mit dabei: sein Koffer, den er diesmal auf dem Boden stehend zwischen die Beine geklemmt hatte.

Sie wollte es Gitti gerade mitteilen, doch die zog ihre Jacke aus und stürmte auf die Abteilung mit den Luxusmarken zu wie Dior, Gucci, Chloé, McCartney, Saint Laurent und wie sie alle hießen. Mia folgte ihr und geriet selbst in Verzückung. Vielleicht sollte sie … Sie hob ein Label an und erschrak. Wenn Wunschballons laut platzten, dann hier und jetzt. Schnell weiter! Ein Cappuccino wäre gut, ein Stück Kuchen zwar nicht, aber er könnte helfen. Und überhaupt: Hatte sie da etwas missverstanden? Was hatte ein Gewinn mit Kaufen zu tun? Kommt Gewinn nicht von gewinnen, zum Beispiel eine Flugreise mit Hotelunterkunft und Wellnessaufenthalt? Gut, von ihr aus auch mit dem Bus zum Zielort, aber nicht mit so einem, mit dem sie hierhergekommen waren. War das alles noch seriös? Mit Sicherheit nicht!

7.

WALTHER SCHAUTE IM VORBEIGEHEN KURZ zum Fenster des Kassenraums und bekam einen Schrecken. Er wischte die Schweißperlen aus den hochrasierten Haaren. Sein Spiegelbild war so blass, als habe er - wie sein Partner Moritz - mindestens fünf Liter Blut verloren. Dementsprechend fühlte er sich auch.

Da er nicht der Größte war, stieg er auf einen Karton und brüllte ins Mikro: »Alle mal herhören! Hallo! Bitte! Alle mal herhören!«

Wenigstens die Lautsprecher an der Wand funktionierten noch. Eine Grauhaarige ließ vor Schreck den Kleiderbügel fallen.

»Hier bin ich! Hier am Eingang!«, sagte Walther und winkte wie ein Fluglotse mit den Armen, nur ohne Kellen.

Endlich kamen sie nach und nach zu ihm. Warum waren es diesmal so wenige? Er fühlte sich wie ein Theaterschauspieler, der nicht damit klar kam, dass nur vier Zuschauer im Publikum saßen. Walther überlegte, ob es sich überhaupt lohnte, das mit den Gewinnreisen weiterzuführen, zudem war und blieb es Betrug. Wenn nur einer der Geprellten die Polizei anrief oder den Anwalt einschaltete, waren Nette und er geliefert und sie würden ihnen die Halle dicht machen. Ein Risiko, das er nicht unterschätzen durfte.

Walther wartete eine Weile, bis alle da waren. Zwischenzeitlich schnaubte er einhändig ins Taschentuch und hielt mit der anderen immer noch das Mikro vors Gesicht. Elefanten wären von der Lautstärke beeindruckt gewesen, Menschen schmerzte es in den Ohren.

Die schreckhafte Grauhaarige hatte sich dicht neben ihn gestellt. Gitti sei ihr Name, dabei hatte er nicht danach gefragt, auch nicht, wie ihre Freundin hieß. Nun wusste er es. Mia. Na gut. Er sollte mal nach der Gewinnerliste suchen. Gab es überhaupt eine?

»Herzlich willkommen!«, sagte er, »sehen Sie sich in Ruhe um. Doch vorher möchte ich mich kurz vorstellen und eine Überraschung ankündigen.«

Diese Mia beeindruckte es nicht. Sie sah sich seelenruhig nach den anderen beiden um. Walther folgte ihrem Blick zum osteuropäischen Model mit den hohen Wangenknochen, die gerade vor einem der Karrees mit der Billigware schmollte.

»Mein Name ist Walther ... Walther Bringst. Ich bin der Nachfolger von ... also, ich meine, ihr Verkaufsveranstalter.« Es klang viel zu schleppend und so gar nicht dynamisch. Auch egal. »Normalerweise hätten wir heute nicht geöffnet, weil wir einen Zwischenfall gehabt haben, aber das Leben geht weiter, zumindest für einige und ... ach, was rede ich. The Show must go on.«

»Moment Mal! Verkaufsveranstaltung?«, fragte diese Gitti laut. »Ich bin eine Gewinnerin!«

Die Mia hielt Gitti an der Schulter zurück.

Walther war es recht. Er nickte übertrieben.

»Ja, Sie haben hier die einmalige Gelegenheit, unsere neue Frühjahrs-, Sommer-, Herbst- und Winterkollektion zu Spottpreisen zu erwerben. Exklusiv für Sie! Für die Gewinner! Scheuen Sie sich nicht, zuzugreifen!«, sagte er. »Hier finden Sie einmalige Kleidungsstücke von besonderer Qualität. Die gibt es sonst nirgendwo, noch nicht einmal im Internet. Für jeden Geldbeutel ist etwas dabei. Wenn das kein Gewinn ist?«

Mit jedem Satz klang er aufgekratzter. Er musste nur an seine erfolgreiche Zukunft denken, dann fing er sich wieder. Dennoch hatte er es sich so nicht vorgestellt, gemeint, er käme besser mit Moritz' Tod im Besonderen und der Situation im Allgemeinen zurecht.

Irritiert vom ausbleibenden Jubelgeschrei, sah er zum Model mit der Stimmungsschwankung. Sie hielt ein grellfarbenes T-Shirt hoch, auf dem in megagroßen Buchstaben der angesagte Designer stand.

Walther witterte Euros: »Die Kasse befindet sich vor dem Ausgang, da wo der Tisch steht … nicht in dem Raum mit dem Fenster, wo Kasse drüber steht. Der ist geschlossen. Ich komme gleich zu Ihnen. Ach so, die …« Er lächelte schwach.

» … die Überraschung!«, fiel Gitti ihm ins Wort.

»Wir haben nebenan im Bürogebäude etwas für sie vorbereitet. In einer halben Stunde ist es soweit - schließlich soll Ihnen genügend Zeit zum Shoppen bleiben. Bis gleich.« Er fummelte am Mikro, schob den Ausschalter nach unten.

Gut, dass er noch mitbekommen hatte, wie diese Mia Richtung Kassenraum ging. Er musste schnell hinterher, schauen, was sie im Schilde führte. Jetzt machte sie eine abrupte Kehrtwendung. Walther wäre beinahe aufgelaufen. Er tat so, als würde er etwas zu sortieren haben, beobachtete dabei, wie sie mit ihrer Freundin Gitti tuschelte. Die aber schüttelte den Kopf und blieb stehen, wühlte weiter in den Karrees.

Walther nahm erneut die Verfolgung auf. Mia zwängte sich zwischen die Kleiderständer, sah ab und zu nach oben. Glaubte sie etwa, an der Decke würde auch noch etwas hängen? Geldscheine zum Beispiel? Am abgeschlossenen Kassenraum blieb sie stehen und verrenkte sich den Hals, um einen Blick hinter die flüchtig mit Papier abgeklebte Scheibe zu erhaschen. Er atmete tief durch, als sie sich zur Siegelmarke der Landespolizei bückte.

Walther musste dringend einschreiten. »Soll ich es Ihnen vorlesen?«, fragte er und tat es tatsächlich: *Wer dieses Siegel beschädigt, ablöst oder unkenntlich macht oder den dadurch bewirkten Verschluss unwirksam werden lässt, macht sich nach §136 STGB strafbar.*

Mia bedankte sich dafür. »Datum?«, fragte sie frech.

»Vor kurzem!«, warf er ihr an den Kopf.

Sie rieb sich die Arme, schob die Ärmel hoch. Er sah ihre Gänsehaut. Hatte seine Antwort nicht zu stolz, fast wie ein Triumph geklungen? Er wollte keinen falschen Eindruck erwecken, danach fragen durfte er besser nicht.

»Mord?«, fragte Mia.

»Moritz«, sagte Walther, »ihm gehörte die Halle. Wieso interessiert es Sie?«, fragte er - und einen Zacken schärfer: »Wo wollen Sie hin?«

»Ich … ich müsste mal müssen. Ich konnte nicht …«

»Was?«, fragte er und sah sie eindringlich an.

»Ich konnte nicht ahnen, dass hier jemand umgebracht wurde, ist doch so, oder? Bei einem natürlichen Tod macht die Polizei nicht so einen Aufstand.«

Er fasste Mia an die Schulter und lenkte sie stumm wieder zurück auf den Gang.

»Falsche Richtung!«, sagte er. »Da geht's lang!«

Walther hätte die Halle schließen sollen. Offiziell musste er es nicht. Selbst die von der Spurensicherung hatten in der Messiehalle den Überblick verloren und so lediglich den Kassenraum-Tatort versiegelt - und das würde nur für kurze

Zeit so sein. Er überlegte, wer die Unmengen an Blut wieder entfernte, wenn der Raum freigegeben war, er vermutlich. Nette war es nicht zuzumuten. Die würde beim Putzen was obendrauf legen. Einen Tatortreiniger durfte er sich nicht leisten, solange die Besitz- und Vermögensverhältnisse nicht eindeutig geklärt waren. Weil es ihm zeitlich nicht möglich gewesen war, aber vor allen Dingen, weil Moritz über dem Schreibtisch gehangen hatte, hatte er nicht nach dem Testament in der Schublade sehen können. Bestimmt hatten es die Kripobeamten gefunden und beschlagnahmt. Aber hätten sie ihm das dann nicht sagen müssen?

Er musste unauffällig danach fragen, wenn sie nicht von selbst auf ihn zukamen.

Sobald Nette alle Kunden fotografiert und sich die Gruppe verdünnisiert hatte, ging der Zirkus erst richtig los. Darauf musste er sich einstellen.

Es gab viel zu tun.

8.

GITTI STAND ABSEITS, WÜHLTE IM PORTMONEE. Ihr Kopf war stark gerötet. »Mia!«, rief sie und kam ihr entgegengelaufen. »Kannst du mir was leihen? Ich muss wohl meine EC-Karte zu Hause liegengelassen haben.« Sie wedelte mit der Designertasche vor ihrem Gesicht herum, als wolle sie Mia willig pendeln. »Ist die nicht traumhaft schön? Die muss ich haben!«

»Was willst du denn damit? Du hast doch tausend Taschen - von *Amazon*.«

»Ja, aber keine Wittong!« Es war nicht Gittis intelligentester Blick, so wie sie Mia anschaute.

Die gab nach, weil ihre Gedanken mit etwas anderem beschäftigt bleiben wollten. »Wieviel brauchst du?«, fragte sie.

Gitti schöpfte Hoffnung: »Nur drei …!«

»Sag das doch! Ich schau, ob ich es klein habe.«

» … hundert!«, ergänzte Gitti.

»Hundert kann ich dir nicht geben. Ich brauche selbst noch was.«

»Dreihundert! Die ist echt!« Gitti ging in Deckung.

»Waas? Wie kommst du darauf? Weißt du, was eine Echte kostet?«

»Ja, dreihundert.«

»Mindestens tausend!«

»Bitte?«, Gitti war außer sich. »Wahnsinn!« Sie drehte die beigebraune Tasche mit den auffälligen Logozeichen hin und her.

Auf Anhieb erkannte Mia zehn Schreib- und Druckfehler. Sie zeigte sie Gitti.

»Ja, aber ...«, sagte sie, »Ist doch toll, wenn es Dumme gibt, die das nicht wissen.«

»Gitti! Warte erst mal ab.. Wer weiß, was das für eine Überraschung ist, die wir gleich bekommen. Vielleicht wird uns eine Tasche geschenkt.« Mia manipulierte ihre Freundin nur ungern, aber sie musste Gitti vor sich selbst schützen.

Gitti ließ die Tasche sinken und warf sie auf das Rondell neben sich, so wie ein Kind, dass die Lust am einstmals heißbegehrten Spielzeug verloren hatte.

In diesem Zustand sollte Mia es ihr lieber nicht sagen, was sie am Kassenraum erlebt hatte. Sie selbst wollte es verdrängen. Kriminelles von gestern! Ihr einziges Ziel war es, der Kaffeefahrt ohne Kaffee ein Ende zu bereiten, ohne dass Gitti beleidigt sein würde.

Die schöne Russin Jekaterina kam zu ihnen.

»Wo finde ich die Herrenschuhe?«, fragte sie.

Gitti sah sie nur groß an.

Mia zeigte in die Richtung. Wobei sie sich bei Jekaterina nicht die Frage stellte, was sie mit Herrenschuhen wollte, sondern, wieso eine so augenscheinlich reiche Person, wie sie es war, es überhaupt nötig hatte, hier einzukaufen.

Gitti war direkter: »Haben Sie auch im Preisausschreiben gewonnen?«

Mia wusste es. Wolf hatte nur Gitti und ihr als Gewinnerinnen gratuliert.

Prompt kam Jekaterinas Antwort: »Nein, wie kommen Sie darauf? Ich bin privat hier - sehr privat. Außerdem geht Sie das nichts an!« Sie stolzierte zu den Schuhen.

Es wurde aber auch Zeit. Verkaufsleiter Walther ließ sich wieder blicken. Er setzte sein breitestes Lächeln auf und bat

Mia und Gitti überschwänglich zur Sitzecke. Nach einem kurzen Blick auf die Uhr entschuldigte sich der Hektiker. »Geben Sie mir fünf Minuten, dann verrate ich Ihnen die Überraschung.«

Ken beobachtete alles aus dem Hintergrund. Mia fragte sich, was das sollte. Suchte er Anschluss oder konnte er nicht alleine sein? Nun kam auch noch Jekaterina hinterher, setzte sich auf den Sessel und kramte in ihrer Handtasche. Sie war privat hier?

Gitti schien sich die Fragen erst gar nicht zu stellen, stattdessen sagte sie: »Schau mal!« Sie zeigte auf die Fotos an der Wand hinter ihnen. Es waren Frauen abgebildet, die man aus ihrem alltäglichen Leben gerissen, umgestylt und bis zur Unkenntlichkeit geschminkt hatte. Die angehenden Models setzten sich in Szene, aber derart, dass sie eher zu einem billigen Erotikkalender gepasst hätten, wenn sie nackt gewesen wären. Stattdessen trugen sie diese Billigschnäppchensuperdupersonderpreisklamotten, was man aus zehn Metern Entfernung erkannte.

Gittis Interesse an den Fotos hatte schlagartig nachgelassen, nachdem Wolf, der Busfahrer, auftauchte und sich zu ihnen gesellte.

Womöglich wartete er darauf, sie bald zur nächsten Verkaufshalle kutschieren zu dürfen. Was könnte es diesmal sein: Plastikschüsseln, Heizdecken, Matratzen, Kochtöpfe?

Gitti begann flüsternd ein Gespräch mit ihm. Hoffentlich bekam sie es rechtzeitig heraus.

Und was machte Jekaterina? Mia sah zu ihr. Die wibbelte mit ihren langen Beinen und vertrieb sich solange die Zeit mit ihren Handys. Mia schwor sich, ihres steckenzulassen. Das würde sie nur im Notfall benutzen und das hier war keiner - zumindest noch nicht.

Der Überraschungskünstler Walther kam zurück. Sein Gesichtsausdruck war eine Mischung aus aufgesetzter Freude und Entsetzen. Hatte er gehofft, dass niemand mehr hier sitzen würde? Seine großartig angekündigte Überraschung trug er nicht standesgemäß vor. Etwas später wusste Mia auch, warum.

»Soho, wir haben natürlich viel mehr für unsere beiden Gewinnerinnen vorbereitet.« Er stockte und sah zu Ken und Jekaterina. »Wenn ich jetzt richtig informiert bin, gehören Sie aber nicht dazu, oder? Darf ich fragen, was Sie hierher geführt hat?«

Ken gab ein knappes »Nein!« von sich. Er stand auf und ging.

Walther wartete auf Jekaterinas Antwort.

Die schaltete ebenfalls auf Abwehr. »Wieso wollen Sie das wissen?«

Er versuchte die Abfuhr der beiden zu ignorieren und zog seinen Hosenbund höher, was sein Bauch jedoch zu verhindern wusste.

Jekaterina war wieder in ihrer Handywelt, diesmal in der goldenen. Vermutlich setzte sie ein Posting oder eine WhatsApp-Nachricht ab. So, wie sie sich verhielt, war sie höchstens zwanzig Jahre alt, dem Aussehen und der dicken Schminkschicht nach könnte sie auch eine drei davor stehen haben.

Walther klatschte zur Eigenmotivation in die Hände.

»Sie haben sicher die Fotos an den Wänden gesehen. Sind die Aufnahmen nicht großartig? Die sind von Kundinnen wie Ihnen - alles keine Models.«

»Sieht man«, flüsterte Jekaterina, anscheinend hörte sie doch zu.

»Sie haben nun die einmalige Gelegenheit an einem Fotoshooting teilzunehmen - mit unseren hauseigenen Outfits, die Sie frei wählen dürfen ...«

Gitti jubilierte. »McCartney, Prada und Wittong«, rief sie. »So möchte ich gehen! Das ist eine tolle Überraschung!«

Er sah Gitti böse an. » ... mit Ausnahme unserer Designersachen. Dafür müssen Sie Verständnis haben!«

Gitti knurrte.

Auch Mia war nicht so glücklich. Da blieben nur noch die synthetisch aufgeladenen Klamotten. Außerdem, wieso setzte er ihr Verständnis voraus? Konnte er nicht vorher mal fragen, ob sie wirklich damit einverstanden waren?

»Wir starten in zehn Minuten«, fuhr Walther fort. »Suchen Sie sich Ihre Sachen bitte vom Ständer mit dem grünen Band aus. Ich wiederhole: Nur von dem mit dem grünen Band! Das Fotostudio ist nebenan im Bürogebäude, in der ersten Etage. Folgen Sie den Hinweisschildern und Sie können es nicht verfehlen. Viel Vergnügen!«

Wolf winkte ab und verschwand wieder.

Gitti sprang auf. »Komm schnell!« Sie lief vor und suchte den ominösen Kleiderständer. Mia entschuldigte sich kurz bei ihr. Sie schlug einen anderen Weg ein. Ihr war da etwas aufgefallen.

9.

MIA HATTE VERGEBLICH NACH EMIL UND KEN gesucht. Als sie zurückkam, sah sie Jekaterina immer noch auf dem Sessel sitzen, aber diesmal stand eine vollgepackte Tragetasche neben ihr. Wieviel Gitti wohl eingepackt hatte? Sie ging wieder zu den Kleiderständern, fand den mit dem grünen Band zwar nicht, aber dafür Gitti, die mit hochrotem Kopf die Bügel auf der Stange glühen ließ.

Das hätte Mia sich denken können, dass die Klamotten nicht gerade die beste Auswahl sein würden, aber die hier übertrafen alles an Abscheulichkeit. Das einzig Moderne daran waren die eingenähten Sicherungsetiketten, die ihrer Meinung nach nicht nötig gewesen wären. Wer klaute denn sowas? In den späten Siebzigern und frühen Achtzigern trug man dieses Blumen- und Schnörkelmuster. Der Händler hatte versucht, die Kleidung moderner zu gestalten. Es war gründlich misslungen. Durch die fehlenden fetten Schulterpolster hingen die Schulternähte mittig auf dem Oberarm.

Gitti hatte andere Probleme. Ihr fiel es schwer, sich zu entscheiden. Sie schwelgte in dem vielfältigen Angebot.

»Bist du endlich soweit?«, fragte Mia. Sie selbst hatte sich schweren Herzens für den hellblauen Billig-Jeans-Hosenanzug entschieden - mit Schlag und Fransen und aufgestickten Blumen. Fehlte nur noch ein T-Shirt mit Batikmuster oder eine Folklorebluse und ein Blumenkranz im Haar, um als der allerletzte Hippie durchzugehen.

Gitti strahlte. Sie kam aus der Umkleidekabine, als habe sie einen Hollywoodauftritt. »Tadaaaa!«

Mia zuckte zurück, sie war geblendet.

Zum schreiroten langen Plisseerock mit aufgedruckten schwarzen Blüten trug Gitti einen ebenso gemusterten Blazer aus dünnem Stoff mit kurzen Puffärmeln. Der Rock sollte durch einen sehr breiten Gummizug auf Taille gehalten werden, was er aber aufgrund fehlender Elastizität nicht mehr tat. Beide Teile bestanden selbstverständlich aus 100% Polyester, Schweißbildung und Geruchsbelästigung garantiert.

Gitti war Mias Naserümpfen nicht entgangen. Trotzig sagte sie: »Das nehme ich!«

Mittlerweile war es Mia egal. Hauptsache, sie kamen bald raus hier. Fotoshooting und ab die Post.

Mia und Gitti folgten den Schildern, gingen die Stufen des Bürogebäudes hoch. Vor der Tür des Studios gab es einen Wartebereich. Ken saß friedlich auf einem Sessel, als habe er auf sie gewartet. Oder war er nur wegen Jekaterina hier, die es sich ebenfalls bequem gemacht hatte? Es war mittlerweile auffällig, wie oft man sie zusammen sah. Die beiden hatten sich entweder als Leidensgenossen des Schönheitswahns angefreundet, oder sie kannten sich vorher schon. Jedenfalls strahlte Jekaterina plötzlich Hermès, Prada und Louis Vuitton aus.

»Nanu!«, rief Gitti. Es hätte nicht neidischer klingen können.

»Tja! Ausnahmen bestätigen die Regel.« Jekaterina legte den Kopf in den Nacken und schüttelte ihre unverschämt dunkelglänzenden Haare.

Gitti fielen bald die Augen raus. Damit es nicht eskalierte, lenkte Mia sie ab und zeigte zur Studiotür, die sich plötzlich öffnete. Es schepperte ein wenig, denn die große Glasscheibe hatte einen gewaltigen Sprung, so als habe irgendwann mal jemand dagegengetreten.

»Hallöchen!« Die Fotografin, eine große Frau in den Vierzigern, mit blondem langem Zopf, stand barfuß in Tunika und Pluderhose vor ihnen. Sie sah in die verkleidete Runde, blies die Wangen auf und stieß die Luft wieder aus. »Ich bin Jeanette, nennt mich Nette.« Ihre hohe Stirn glänzte. »Wer will zuerst?«

Jekaterina ging vor, Mia hinterher. Sie musste sofort wissen, was hier gespielt wurde. Da ließ sie sich nicht verdrängen.

Nur hatte sie nicht mit Jekaterina gerechnet. Die baute sich direkt vor der Hintergrundleinwand auf und nahm wie ein Profi verschiedene Posen ein. Sehr zum Vergnügen von Nette, die hinter ihrer Kamera vor Verzückung hin und her tänzelte. Nun legte sie selbst Hand an, brachte ihr Model in immer kompliziertere Positionen.

Allein vom Zuschauen bekam Mia Nackenschmerzen. Sie wollte doch lieber draußen warten, sollten sich die anderen erstmal verausgaben, umso gesprächiger waren sie. Mia schlich sich unbemerkt aus dem Raum.

»Da bist du ja!«, empfing Gitti sie, neben Ken sitzend. Hoffentlich hatte sie sich nicht von ihm anstecken lassen, was die OP-Freudigkeit anging.

»Macht euch auf was gefasst«, sagte Mia und peilte den freien Polstersessel an, der aussah, als habe er mit der Couch drei Wochen auf dem Sperrmüll an der Straße gestanden, bis man es sich dann doch anders überlegt hatte. Wenn sie sich sonst immer wie ein Kind auf die Sitzgelegenheiten plumpsen ließ, so zog sie es nun vor, es langsamer angehen zu lassen, um keinen Staubsturm auszulösen.

Auf dem Tisch vor ihr stand ein Tablett mit Gläsern und ein Krug mit grünlichem Gesöff. Wäre sie woanders gewesen, hätte sie auf Hugo getippt, aber hier handelte es sich wohl eher um besprochenen grünen Tee. Auf dem Vertiko dahinter kokelte ein Buddha mit Räucherstäbchen vor sich hin und sonderte einen süßlich-herben Geruch ab. Dabei hatte Mia gedacht, dass diese Zeit mit den Räucherstäbchen schon längst vorbei sei, aber dem Irrtum war sie auch bei der Kleidung erlegen.

Gitti war mutig. Sie goss sich ein Glas von dem Kaltgetränk ein, prostete ihr fröhlich zu und nahm einen großen Schluck davon. Im selben Moment hustete sie, knallte das Glas auf den Tisch. »Hugo!«, sagte sie. »Ich mag das Zeug doch nicht!«

Die Tür schepperte. »Mia und Gitti bitte!« rief die quirlige Fotografin. Sie hatte den Namen vom Zettel abgelesen, den sie in der Hand hielt. Vermutlich ein Spickzettel von Walther.

Mia wünschte sich nur, dass gleich alles vorbei wäre und sie sich aus ihrem Jeansanzug schälen dürfte. Zur Not würde sie ihn zerreißen.

Gitti hingegen fühlte sich sichtlich wohl mit ihren weiten schreiroten Sachen. Hoffentlich kam sie nicht auf die Idee, das zukünftig immer zu tragen. Sie müsste sich eine neue Freundin suchen.

Die nette Fotografin platzierte Mia auf einen Barhocker. Sie gab Kommandos: »Linkes Bein runter, rechtes Bein rauf …, nein umgekehrt … nein, beide Beine hoch.« Ihr wurden die Ansagen zu anstrengend. Sie machte die Stellungen vor. Mia erinnerte es eher an Yogaübungen.

Gitti begleitete alles mit einem: »Cheese! Mia! Sag Cheese! Nicht so verkrampft!« Sie hampelte hinter der Kamera wie ein Kobold im Plisseerock-Kostüm herum. Nun zog sie mit beiden Zeigefingern die Augenlider nach unten, drückte mit dem

Mittelfinger die Nasenspitze hoch und streckte ihr die Zunge heraus.

Mia fand es nur albern. Sie fragte sich, wie sich ein erwachsener Mensch so aufführen konnte, doch dann brach es aus ihr heraus. Sie lachte laut, warf den Kopf nach hinten und wieder nach vorn, bekam sich nicht mehr ein.

Die Fotografin war begeistert. »Oh my God! Great! Great!«, posaunte sie fremdsprachig.

Mia wünschte sich einen Regisseur, der »Aus! Aus!« rief, stattdessen rief Nette: »Bleib so! Nicht bewegen!« Ihre Stimme zitterte, hoffentlich nicht die Hände. Mia tat der Rücken weh.

Die Kamera surrte Serienaufnahmen. Gittis Aufnahmen waren schnell im Kasten. Wenn sie Pech hatte, bekam sie nur die gelungenen Aufnahmen - die mit der Grimasse.

Völlig erschöpft gingen Mia und Gitti zurück zum Wartebereich. Jekaterina saß alleine auf der Couch. Worauf wartete sie, auf die Fotos oder auf Ken?

Mia zog Gitti am Puffärmel. »Komm! Wir brauchen dringend frische Luft!«

»Oh, schau mal!«, flüsterte Mia Gitti zu, die in ihrem Outfit vor sich hin dampfte.

Gitti gab ein spontanes »Huhu« von sich, das man bestimmt im gesamten Industriegebiet gehört hatte.

Verstört drehten sich Ken und Emil von ihnen ab. Dabei standen sie so dicht, dass niemand es mitbekommen sollte, dass Ken den Pilotenkoffer von Emil übernahm.

Aha. Zu spät!

Die Männer gaben sich nun die Hand - was ganz und gar nicht nach Abschied aussah, sondern eher nach einer Abmachung. Ihre Wege trennten sich.

Ken ging ins Bürogebäude, Emil Richtung Parkplatz, wo lediglich der Schrottbus stand, hinter dem er verschwand.

Gitti drehte sich zu der noch denkenden Mia um und fragte: »Hörst du das?«

»Nein, was denn?«, Mia formte ihre rechte Hand zur Muschel und hielt sie ans Ohr.

»Die Klamotten rufen!«

10.

GITTI WAR MIA DURCHGEBRANNT.

Mia atmete tief durch. Das mit Sauerstoff angereicherte Gehirn nahm sofort seine Lieblingsbeschäftigung auf - es dachte nach. Was war wohl im Koffer, den Ken gerade von Emil bekommen hatte? Ihn zu fragen war zwecklos. Woher kannten sich die beiden Männer? Auch das ging sie nichts an. Wann lernte sie das endlich mal?

Die Tür öffnete sich. Heraus kam Walther, der Verkaufsanimateur, der für die Bespaßung zuständig sein sollte, was ihm bisher aber nicht so recht gelungen war. Er sah Mia und machte auf dem Absatz kehrt.

Sie rief ihn zurück: »Bleiben Sie doch! Sie stören nicht!«

Wenn er den Mund hält, dachte Mia und sagte: »Ich wollte sowieso gleich wieder in die Halle gehen.«

Er stellte sich neben sie. »Wissen Sie - unter uns - es ist manchmal so anstrengend, den Fröhlichen zu spielen. Da brauche ich ab und zu mal eine Pause.«

»Klar!«, sagte Mia. »Verstehe ich.«

Er zeigte ihr seine Zigarettenpackung. Mia ekelte sich kurz vor dem Farbfoto der schwarzen Raucherlunge.

»Entschuldigung«, sagte er und zog die Packung flink wieder zurück. »Ich wollte Ihnen nicht das Foto zeigen, sondern nur fragen, ob es Sie stört, wenn ich rauche ... und ob sie auch eine möchten.«

Da hatte er gerade nochmal die Kurve bekommen. Mia schüttelte den Kopf, danach noch einmal. »Rauchen Sie nur. Solange ich es nicht einatmen muss.«

Er ging ein paar Schritte zur Seite.

Mia kam nicht umhin, ihn auszufragen, so wie es immer ist, wenn sie auf noch zu kennenlernende Menschen traf: »Wissen Sie schon, wann wir die Fotos bekommen?«

Er antwortete nicht, sondern gab sich der Zigarettenzeremonie hin, blies das tief Inhalierte an Mia vorbei. In der Raucherwelt gefangen, sortierte er nun die Sargnägel in sein Lederetui um und warf die Packung zerknüllt in den Abfalleimer. Daneben. Walther stierte Löcher in die Luft, schien ihre Frage nicht gehört oder bewusst überhört zu haben.

Sie schloss sich dem Schweigen an. Zeit zur genaueren Personenbetrachtung. Er war klein. Der Bauch war groß. Seine dunklen Haare waren an den Seiten modern hochrasiert. Okay, das sah nicht bei jedem gut aus, selten bei Männern ab fünfzig. So alt schätzte sie ihn. Wobei die Seiten auch ein Rasierunfall gewesen sein könnten, da sie in unregelmäßigen Abständen die Kopfhaut sah.

»Seit wann machen Sie das hier mit der Halle, wenn ich fragen darf?«

»Dürfen Sie!«, gestattete er großzügig. »Noch nicht lange. Ich bin für meinen Freund Moritz eingesprungen, der vor kurzem … aber ich werde das hier übernehmen, wenn alles geklärt ist. Kenne mich mit dem Verkauf aus. Habe in meinem Leben schon so vieles verkauft …«

Mia biss sich auf die Zunge. Sie wollte die Frage nicht stellen, ob auch seine Großmutter dabei gewesen war. Nein, lieber aufmerksam zuhören.

»Soso«, sagte Mia nur.

Es kam ein wenig Leben in ihn. Er erinnerte sich: »Ja, auf privaten Partys: Kosmetik. Kochtöpfe. Plastikschüsseln, Sexspielzeug und Dessous. Die Dessous haben mir manche Männer aus den Händen gerissen. Ich war der Erste, der diese Marktlücke erkannt hat.«

»Oh, Dessous … für Männer?«, fragte Mia nach. »Das stelle ich mir heikel vor.«

Er winkte ab. »Ach was, die waren für ihre Freundinnen, manchmal auch für die Ehefrauen, um den Alltag zu beleben. Die Männer waren harmlos, im Vergleich zu den Frauen, denen ich mal Sexspielzeug verkauft habe. Da ging die Post ab.«

Mia hustete.

»Ich habe damit aufgehört, als die ersten Produkte mit Handy-Fernsteuerung aufkamen.«

»Warum das denn?« Mia hob die Hände, als sei sie überführt worden. »Natürlich benutze ich diese Di … diese Dinger nicht. Aber für andere könnte ich es mir praktisch vorstellen.«

»Na ja, wie man es nimmt«, antwortete er. »Man muss dafür den Ortungsdienst eingeschaltet haben und auch sonst den Zugriff zu anderen Handyprogrammen erlauben, von denen man nicht weiß, was sie mit den Daten machen. Dass der Hersteller erfährt, wie oft und wie lange man das Teil benutzt hat, ist dabei das geringste Problem.«

»Hat es etwa auch eine Kamera?« Für Mia war nun nichts mehr unmöglich.

Walther verzog das Gesicht.

Mia blieb dran. »Ist das denn überhaupt zulässig? Ich meine, das wären ja sehr … empfindliche Daten. Im wahrsten Sinne.« Noch ein Grund, sich solch ein Teil nie anzuschaffen. Nicht, dass sie jemals daran gedacht hätte. Und überhaupt, er erzählte sicher Lügenmärchen.

»Nein, natürlich ist das nicht erlaubt. Deshalb wollte ich

nicht in die Sache hineingezogen werden, verstehen Sie? Ich mache keine krummen Dinger! Niemals!«

»Da wir so intim miteinander reden, möchte ich Ihnen schnell das Du anbieten«, sagte Mia, die nichts lieber tat, als Menschen zu duzen - manchmal auch ungefragt. Das verschaffte die nötige Nähe und brachte bessere Informationen ein.

»Nenn mich Walther.« Er zeigte seine breiten Zähne und reichte ihr die Hand, hatte aber im Eifer wohl vergessen, dass dazwischen sein Zigarettenstummel steckte. Der glühte zwar nicht mehr, aber da wollte Mia kein Risiko eingehen.

Peinlich erwischt, schnipste er ihn weg. »Ich muss dann wieder in die Halle«, sagte er und zwang sich zu einem Lächeln.

Es war an der Zeit, Gitti ein Angebot zu machen, das sie in ihrem Shoppingrausch hoffentlich nicht ablehnte.

Ihre Freundin stand vor einem zurechtgelegten Berg an Blusen und Jacken. Sie frohlockte: »Mia! Ich blöde Kuh! Da habe ich in meinem Portmonee nach einem Geldversteck geschaut, aber nicht in meiner Handtasche nachgesehen. Du glaubst es nicht! In der Innentasche steckte ein Hunderteuroschein!« Sie zeigte auf den Stapel Sachen. »Das alles kann ich mir dafür leisten!«

Mia wandte sich entsetzt ab, sah dabei, wie Ken und Jekaterina in die Halle zurückkamen.

Walther stellte sich zu ihnen und zog ein paar Farbkopien aus dem Umschlag.

»Bitte alle mal herhören! Hier sind die Aufnahmen vom Fotoshooting. Bezaubernd, sage ich nur. Bezaubernd!«

Wieso glaubte Mia ihm das nicht?

»Kommen wir nun zum Gewinnspiel. Ich habe - notariell

unbeaufsichtigt - die drei Gewinner ermittelt, die ihre Kleidung, die sie auf dem Foto anhaben, behalten dürfen.«

Niemand klatschte.

Gitti raunte: »Endlich gibt es mal etwas geschenkt!« Sie trennte sich freudig von ihrer Shopping-Beute und näherte sich Walther.

»Und die Gewinner sind …!«, sagte er schleppend, »Gitti Bröckskes … «

Gitti schrie auf. Alle erschraken.

»… und Jekaterina Iwanowa Leonowa …«

»Das sind schon vier!« Gitti hatte gut aufgepasst und wusste doch nicht Bescheid.

»… und last but not least … Mia Magaloff. Herzlichen Glückwunsch!«

Mia fühlte sich reichlich veräppelt. Es gab nur drei Teilnehmer am Fotoshooting. Das Brimborium hätte er sich schenken können.

»Also, nochmal zum Mitschreiben«, sagte Gitti, »wir haben unser Outfit gewonnen?«

Er nickte.

»Das kann ich doch nicht annehmen … «

» … dass das schon alles ist«, ergänzte Mia, frei nach Otto.

»Natürlich ist das nicht alles!« Walther machte eine theatralische Pause: »Nicht nur die Sachen, sondern auch das Fotoshooting an sich ist der Gewinn. Herzlichen Glückwunsch!«

Die Begeisterung hielt sich in Grenzen.

Walther fuhr fort: »Die Fotos bekommen Sie von mir selbstverständlich zum Gewinner-Bonus-Preis.«

Mia runzelte die Stirn.

Gitti rief in bester Laune: »Ich möchte alle Fotos!«

Walther frohlockte. »Na, dann gehen Sie mit mir zur Kasse! Das macht dann 500 Euro.«

Gitti weigerte sich und blieb stehen.

Selbst Ken war aufgeschreckt und zeigte sich von der ironischen Seite: »Das ist ja mal preiswert!«

Allgemeine Meuterei kam auf.

11.

»WIR MÜSSEN DRINGEND REDEN!«, WANDTE sich Jekaterina an Walther, als wenn er nicht genug um die Ohren hätte. »Es geht um die Vereinbarung … Sie wissen schon, die …«

»Ich weiß«, würgte er sie ab. »Das machen wir gleich!«

»Nein! Sofort!«

»Kommen Sie mit!«

Walther führte Jekaterina durch die Halle, in die erste Etage des Bürogebäudes. Sein ehemaliges - und nun wieder - Büro grenzte mit einer Verbindungstür an das Fotostudio an.

Er nahm auf dem übergroßen Chefsessel Platz und fuhr die Hydraulik hoch - für den besseren Überblick. Jetzt war er der Boss. Ein schönes Gefühl … wäre da nicht Jekaterina.

»Gut«, sagte sie, doch ihre Mimik meinte etwas anderes, »Es geht um die Ware, die Sie zuletzt bekommen haben. Wo ist sie?«

»Schickt Sie der Lieferant?«, fragte er zurück. Fast hätte Walther gelacht. Er hatte noch Moritz Wortwahl im Kopf und dessen Furcht vor einem Eintreiber, der ihm Dampf machen sollte und dann saß die ihm hier gegenüber.

»Ob mich der Lieferant schickt?«, wiederholte Jekaterina seine Frage und stockte kurz. »Ja, könnte man so sagen. Also, wo ist die Ware?«

»Sie muss in der Halle sein! Normalerweise hängen meine Frau und ich die Kleiderpartien auf, aber die letzte Lieferung hat Moritz entgegengenommen. Keine Ahnung, wo er die Ware hingepackt hat. Da müssten Sie ihn selbst … ich meine, den können wir ja leider nicht mehr fragen.« Walther hob entschuldigend die Hände, als ergebe er sich, dann sah er auf die Uhr. »Ich muss wieder rüber.« Er stand auf, sah an ihr herunter: »Ach, übrigens, Sie haben da einen Knopf auf.«

Jekaterina ignorierte es, griff stattdessen in ihre Handtasche.

Walther war auf Hab-Acht-Stellung. Wenn sie eine Waffe zückte, würde er sich blitzschnell unter den Schreibtisch fallen lassen und ...

Sie zog einen kleinen Briefumschlag hervor, wie er normalerweise auf den Glückwunschkarten für Geldgeschenke klebte.

»Könnte ich bitte ein Glas Wasser bekommen?«, fragte sie.

Damit hatte Walther nicht gerechnet. War sie krank und brauchte dringend ihre Medizin - in Form eines Plättchens aus einem Umschlag?

Er ging zur Spüle der Küchenzeile und füllte ein Glas mit Leitungswasser ab, gab es ihr.

Sie zerbröselte das Plättchen auf dem Umschlag und schüttete die Krümel ins Glas. Sie lösten sich im Wasser rückstandslos auf. Das Model roch daran.

»Wissen Sie, was das ist?«, fragte sie und hob das Wasserglas hoch, hielt es gegen das Licht.

»Wasser mit ... keine Ahnung. Was ist es?« Er spielte den Genervten. In Wirklichkeit stieg Angst in ihm auf.

»Das ist ...« Eine Maschinenpistolensalve ertönte.

Walther hielt sich die Brust.

Das Model blieb gelassen. Sie zog das goldfarbene Handy aus der Handtasche, das weiterhin wild um sich schoss, bis die Besitzerin das Gespräch annahm. Sie wendete sich zum Sprechen ab.

Nachdem sie zehn Sekunden dem Anrufer gelauscht hatte, fauchte sie: »Jetzt rede ich! Ich bin in Leer. Ostfriesland. In der Halle. Nein, das wirst du nicht tun! Moritz? Geht nicht! Der ist tot! Du Schauspieler! Das weißt du genau! Jetzt bist du reif! So oder so. Ich habe da was gefunden und wenn es das ist, was ich vermute - und wenn ich noch mehr davon finde … läuft unsere Scheidung nach meinen Bedingungen, verstanden? Nein, mache dir keine Umstände. Lange bin ich nicht mehr hier.«

Sie knallte das Handy auf den Schreibtisch. Als sie es wieder hochhob, war eine Kerbe in der weichen Holzplatte zu sehen.

»Mitkommen!«, sagte sie zu Walther, der keine Widerworte wagte.

»Wir schauen uns mal den Bestand an, was da sonst so auf Lager ist.«

12.

MIA HATTE SICH IN EINE ECKE VERZOGEN UND nach dem Namen von Jekaterina gegoogelt. Das wollte sie jetzt wissen, um welche Lichtgestalt es sich handelte, ob sie berühmt oder nur berüchtigt war.

»Aha!« Auf Instagram und diversen Websites wurde sie fündig. Da gab es einige Fotos von ihr im Netz zu sehen, mal auf Veranstaltungen und mal in Clubs, immer in Begleitung von einem älteren gutaussehenden Herrn. Jekaterina Iwanowa Leonowa zwischen all den Promis war vermutlich selbst eine Prominente. Weder durch eine Modelkarriere, als Influencerin - oder wie die Bloggerkrankheit hieß - oder den reichen Vater, sondern durch einen Mann, der ihr Vater sein könnte. Sie klickte sich mit seinem Namen von einer Website zur nächsten. Er war ein Beau aus der Modebranche. Schau an! Mia hatte die älteren Schlagzeilen nur überflogen. Immer wieder war da von Trennung die Rede und immer wieder kam das Dementi. Das war ihr alles zu mühsam und grenzte an Zeitverschwendung.

Seit Jekaterina Walther dringend sprechen musste, ward sie nicht mehr gesehen. Was sie wohl von ihm wollte? Sie, die vermutlich in ihrer Villa einen hundertfünfzig Quadratmeter großen Ankleidesalon und einen Schuhschrank, so groß wie Mias Wohnzimmer, besaß. Nicht zu glauben, dass sie sich ausgerechnet hier mit Fake-Designerware eindecken wollte, geschweige denn mit Fotos von sich. Apropos Fotos.

»Mir reicht's!«, sagte Mia. »Ich muss mir dringend Luft verschaffen. Bin gleich wieder da, Gitti!«

Sie stürmte ins Bürogebäude, in die erste Etage und klopfte an die Scheibe des Fotostudios. Eine Scherbe fiel heraus. Mia sah auf ihre Faust. Nichts passiert. Klackernde Schritte näherten sich. Kaum öffnete sich die Tür, platzte es aus Mia heraus: »Hören Sie! Warum haben Sie den Wucherpreis nicht vorher genannt? Ich dachte, die Aufnahmen gehören zum Gewinn - und wie sehen Sie überhaupt aus?«

Die ehemals alternativ gekleidete Fotografin steckte in einem aufregenden Kostüm mit transparentweißer Bluse. Ihr Lippenstift signalisierte Bereitschaft, die hohen Hacken warnten vor Grenzüberschreitungen. Die blonden Haare trug sie offen. Was konnte sie in diesem Outfit vorhaben?

Mia war glücklicherweise kein Mann und ließ sich nicht davon blenden. Ihre Wut über die Abzocke blieb demnach ungemindert: »Fünfhundert Euro für alle Fotos, das ist eine Unverschämtheit und dann auch noch billige Farbkopien!«

Nette sah Mia begeistert an. »Wahnsinn! Bleiben Sie so. Ich hole nur schnell die Kamera. Verändern Sie nicht den Gesichtsausdruck. Klasse! So ein Portrait suche ich schon lange. Moment.«

»NEIN! Das will ich nicht!«, rief Mia ihr hinterher.

Die drehte sich im zügigen Gehen kurz um. »Ja, noch besser! Bleiben Sie so! Sie bekommen alle Fotos kostenlos!«

Als Mia das hörte, glätteten sich die Zornesfalten, verzog sich ihr Mund zu einem zufriedenen Grinsen.

Die Enttäuschung war auf beiden Seiten groß. Nette, die Fotografin, kam zurück und sah Mia lächeln. Ihr Deal war geplatzt. Nette schickte sie weg, meinte, sie solle sich an den Veranstalter wenden, sie sei nur ausführendes Organ.

Auf dem Weg zurück in die Halle dachte Mia darüber nach,

ob es sich dabei nur auf das Fotografieren bezog. Aber dann hatte sie nur noch einen Gedanken: Sie wollte endlich aus diesem fürchterlichen Jeansanzug herauskommen.

»Wann gibt es Kaffee und Kuchen? Ich brauche dringend eine Stärkung.« Das war natürlich Gitti, die Walther hinterhergelaufen war und ihn am Ärmel zu packen bekam, weil er wie ein aufgeregter Hahn hin- und herlief. Ihm schien der Ablaufplan abhandengekommen zu sein, oder er hatte erst gar keinen.

Mia sprang Gitti zur Seite und wurde konkreter: »Ist das Gewinnspiel auf ihrem Mist gewachsen?« Sie hatte beschlossen, ihn lieber nicht zu duzen.

Er sagte nichts.

Gitti hielt ihr Handy hoch und schwenkte in einer Affengeschwindigkeit von links nach rechts, nachdem sie Walther Gemeinheiten an den Kopf geworfen hatte und drohte, sofort zu gehen, wenn …

Er rastete aus: »Wie Sie wollen! Sie wissen ja, dass bei Nichteinhaltung der Teilnahmebedingungen keine Rückreise garantiert wird und dass Sie für sämtliche Kosten aufzukommen haben.«

»Welche Kosten? Welche Teilnahmebedingungen?«, rief Gitti von tief innen heraus, das Handy hochhaltend.

Mia fragte sich, auf welchem Wühltisch sie ihre Kampfeslust gefunden hatte.

»Welche Kosten? Da fragen Sie noch? Die für die Busfahrt und für die Sachen«, sagte Walther und zeigte auf sie und Mia.

Gitti giftete: »Die haben wir gewonnen! Das Smartphone zitterte in ihren Händen.«

»Hören Sie sofort auf zu filmen!« Walther kam einen Schritt

auf sie zu, erhob seine Hand. Mia musste Gitti dringend helfen. Sie stellte sich dazwischen.

»Wissen Sie auch ...«, begann sie im ruhigen Ton, um die Schärfe ein wenig rauszunehmen, »dass das nicht zulässig ist, was Sie da machen?« Sie erhob ihre Stimme, weil er flüchten wollte. »Bleiben Sie hier! Warten Sie!«

Gitti hatte zwar das Filmen eingestellt, war aber zum Fotografieren übergegangen. Mehr aus der Hüfte heraus, lichtete sie alles ab, was ihr vor die Linse kam. Bestimmt hatte sie auch Jekaterina drauf, die im Hintergrund in den Kartons wühlte und Ken, der sie aus sicherer Entfernung dabei beobachtete.

Mia war es satt. »Schluss jetzt! Steck dein Handy ein, Gitti! Wir fahren!«

Sie reagierte sofort. »Wohin denn?«

»Wirst du schon sehen. Ich bestelle uns ein Taxi - draußen. Bitte tue mir nur einen Gefallen - lass uns schnell umziehen.«

Gitti stimmte zu, aber nur, wenn sie das Outfit behalten durfte. Auch Mia wollte ihres mitnehmen - falls sie doch mal Karneval feiern würde.

Auf der Straße rostete der Bus vor sich hin. Einer der Außenspiegel lag auf dem Boden, als sei er gerade diesen Moment abgefallen. Auch Jekaterina hatte den Weg nach draußen gefunden. Sie diskutierte lautstark mit Wolf. Mehrmals fiel das Schlagwort »Euro«. Hatte sie womöglich etwas für die Fahrt bezahlt und verlangte nun ihr Geld zurück? Bestimmt steckte Wolf mit dem Veranstalter, also mit Walther, unter einer Decke, indem er ihm die Kunden heranschaffte.

Der Streit mit Jekaterina eskalierte. Wolf trat gegen die Seitenklappe für die Koffer, die kurz aufsprang und sich dann nicht mehr schließen ließ.

Gitti wollte hingehen und sich einmischen. Mia hielt sie zurück. »Hast recht.«, sagte sie zu Mia. »Lass uns lieber abhauen.«

Während Mia im Internet nach der Nummer des nächstliegenden Taxiunternehmens suchte und auf die Verbindung wartete, bekam sie mit, wie auch Gitti mit ihrem Handy beschäftigt war.

Sie hielt einen verknüllten Zettel in der Hand und übertrug die darauf stehende Rufnummer. Mia konnte gerade noch den Namen lesen: Jekat.

Was wollte sie denn damit? Bestimmt hatte sie während der Wartezeit vor dem Fotostudio Rufnummern gesammelt, um ihren Kontaktespeicher zu füllen. So ein Mobiltelefon konnte einen regelrecht zum Sklaven machen.

Mia erschrak, als sie die donnernde Stimme hörte. Sie orderte einen Wagen.

Endlich! Tief durchatmen! Nachdem der Taxifahrer das Ziel gehört hatte, das Mia ihm - sehr zum Erstaunen von Gitti - ins Ohr geflüstert hatte, lebte dieser förmlich auf. »Das passt!«, sagte er. Endlich mal keine Leer-Fahrt.

»Sag mir bitte, wohin es geht!«, bettelte Gitti. Sie wurde lauter: »Auf diese Geheimniskrämerei habe ich keine Lust mehr. Sonst lasse ich mich nach Hause fahren.«

»Wohin?«, fragte der Taxifahrer.

»Nach Viersen, an den Niederrhein.«

»Kein Problem!«, flötete er und rieb sich die Hände.

»Das kannst du nicht bezahlen, Gitti.« Mia drehte sich zu ihr nach hinten und beobachtete sie. »Es bleibt dabei! Neuharlingersiel! Auf direktem Weg!«, bestimmte sie. »Rate mal, wo es danach hingeht?«

Gittis Augen leuchteten. »Wenn es der Ort ist, der mir spontan einfällt, bin ich sofort dabei.«

»Sowieso!«, sagte Mia.

13.

AUF DEM PARKPLATZ DES FÄHRHAFENS IN NEUharlingersiel hielt der Taxifahrer Mia und Gitti die Tür auf und verabschiedete sich fast freundschaftlich. Das hatten sie Mias Trinkgeld zu verdanken. Ihre Freude darüber, ab sofort die Reise genießen zu können, hatte sie leichtsinnig werden lassen.

Die beiden Frauen trolleyten sich in Richtung Fährhuus zu den Fahrkartenschaltern.

Mia zeigte quer rüber zum Meer. »Da! Da ganz hinten ist sie!«

»Ja«, sagte Gitti. »… und sie scheißt alles voll. Selbst schuld, man soll sie eben nicht füttern.«

»Gitti! Ich meine die Fähre, die *Spiekeroog II*! Oje! Wir haben sie verpasst.«

»Wusste ich's doch! Du willst mit mir auf die Insel. Aber waren da nicht …«

»Keine Angst! Ich bin bei dir.«

»Das ist es ja. Wie lange bleiben wir?«

»Ich dachte, wir gönnen uns ganze fünf Tage, so wie es für die eigentliche Gewinnreise vorgesehen war. Übers Internet habe ich uns ein Doppelzimmer gebucht - Im *Hotel zur alten Inselkirche*. In der Nebensaison bekommt man meistens kurzfristig ein Zimmer, wenn es nicht nur für eine Nacht sein soll.«

»Aus dem Alter bin ich raus!«, sagte Gitti, im Brustton der Überzeugung. »Aber, ich …« Sie wurde ernst.

»Du darfst dich ruhig freuen. Machst du dir Gedanken um die Kosten? Ich übernehme das Doppelzimmer für uns. Ausnahmsweise. Kannst es wiedergutmachen und mich mal zum Essen einladen.«

Gitti schüttelte den Kopf. »Nein, darum geht es nicht.«

»Worum denn dann? Hast du Bedenken, weil ich mit dir ein Zimmer teilen möchte? Gibt es neuerdings etwas, das ich nicht mitbekommen, hören oder sehen soll?«

Gitti nickte zaghaft.

»Gitti! Wir kennen uns so lange … Du musst dich für nichts vor mir schämen.«

»Na gut. Hast ja recht. Ich habe unten eine Zahnprothese, die ich nachts rausnehmen muss. Du darfst dann nicht lachen!«

Mia lachte. »Ach, komm Gitti. Es gibt Schlimmeres. Freuen wir uns lieber, dass wir endlich mehr Zeit miteinander verbringen können.«

Die Frauen gingen zum Fahrkartenschalter.

Geschlossen.

Dennoch hatten sie Glück. Die nächste und gleichzeitig letzte Fähre fuhr um 19:10 Uhr.

»Mist!«, sagte Mia. »Jetzt müssen wir unsere Koffer mitnehmen. Die Gepäckcontainer werden circa eine halbe Stunde vor Fährankunft bereitgestellt, dann erst öffnen auch die Schalter.«

»Es gibt Schlimmeres!«, antwortete Gitti. »Ist nur ein sperriges Problem. Also du hast es, mit deinem XXL-Koffer. Ich habe ja einen kleinen mitgenommen.«

»Danke. Verstanden.« Mia musste nun doch lachen. Sie liebte es, sich mit Gitti zu necken und sich gegenseitig aufzuziehen.

Mias Magen knurrte wie ein Seelöwe.

»Hab ich einen Hunger!«, posaunte Gitti. »Hast du meinen Magen gehört?«

»Das war meiner.«, sagte Mia. Sie wurde sentimental: »Wir zwei Hühner auf der Insel. Wer hätte das gedacht? Ich zeige dir als Erstes das *Inselcafé*. Dort werde ich einen Sanddorn-Eisbecher essen. Kann ich sehr empfehlen. Du wirst nichts Anderes mehr wollen.«

Gitti beleckte sich die Lippen. »Hört sich gut an. Wie überbrücken wir es, mit Currywurst oder einem Wiener Schnitzel mit Pommes?«

»Wie wäre es mit fangfrischem Fisch?«, sagte Mia. Sie musste schlucken.

Gitti stand die Begeisterung im Gesicht geschrieben. »Oh ja! Fischstäbchen mit Pommes!«

»Du schon wieder!« Mia führte sie zu einem Café-Restaurant mit windgeschützter Dachterrasse. Von hier aus hatten sie einen direkten Blick auf die Bucht mit Promenade und die offene See.

»Hui, schau mal, die schönen Kutter!«, sagte Gitti. »Da, der blau-weiße und da hinten, der rot-weiße und da, die haben Fangnetze, die sehen aus wie Hängematten und da …«

»Gitti! Ich sehe es selbst«, unterbrach Mia sie. »Du musst es mir nicht beschreiben.«

Gitti duckte sich und nahm eilig am durchsichtigen Windschutz Platz. »Setz dich schnell!«, flüsterte sie Mia zu.

»Siehst du es, da an der Fischbude, die aus blauem Holz. Da läuft einer mit einem Eimer in der Hand, Richtung Parkplatz.«

»Na und?«, sagte Mia. »Das kommt an Fischbuden schon mal vor, dass Eimerweise gekauft wird.«

»Mia! Der hat sich den Eimer geschnappt, der zwischen Wagen und Hänger stand und ist abgehauen, ohne zu bezahlen.«

»Hm … Was war denn im Eimer drin? Etwa Fisch?« Mia grinste, aber mehr über ihre Frage.

»Keine Ahnung! Oder Krabben? Tintenfische? Das konnte ich von hier aus nicht sehen. Hatte meine Brille nicht auf.« 1:1 für Gitti.

Mia wollte sich lieber mit schönen Dingen beschäftigen. Sie dachte an die Überfahrt mit der Fähre. Ihr Herz schlug ein paar Takte schneller. Reine Vorfreude auf Spiekeroog.

Gitti hatte sich beruhigt und nur noch Augen für die Speisekarte. Mia schloss sich an. Sie bestellten die Getränke vorab. Da fiel die Wahl erst mal leicht.

Der heraneilende Kellner kam mit vollem Tablett an. »Bier?«

»Hier!«, rief Gitti, als müssten es alle mitbekommen.

»Wasser?«

»Brauch ich nicht!« Gitti winkte ab. Mia nahm es entgegen.

»Haben Sie schon gewählt?«, fragte er höflich distanziert.

»Oh ja, Schnitzel mit einer großen Portion Pommes, doppelt Majo und Ketchup«, sagte die unbekehrbare Gitti.

Wenigstens Mia wollte die ostfriesische Etikette bewahren und orderte zwar nicht die Scholle, aber den Seelachs, weil der gerade auf dem Arm eines anderen Kellners an ihnen vorbeigerauscht war und verdammt gut aussah - also der Seelachs. Auf den Kellner hatte sie jetzt nicht so geachtet. Sie wurde alt.

Mia hielt noch immer das Glas in der Hand zum feierlichen Anstoßen, doch Gitti hatte schon längst einen großen Schluck Pils genommen und sich dann wieder ihrem Handy gewidmet.

»Gitti!, kannst du mir bitte mal sagen, was du da andauernd

machst? Das ist mir im Taxi schon aufgefallen. Ständig daddelst du rum! Schreibst du jetzt an deine fünfzig Facebook-Freunde, wo du bist, oder was?«

Gitti hielt inne und rieb sich den Mittelfinger. Nur mit ihm war sie in der Lage schnell zu schreiben. Mia schaffte das gleiche Tempo nur mit zwei Fingern und der automatischen Wortvervollständigung, was oft zu peinlichen Wortverwechslungen führte, wenn das Programm sich verselbstständigte.

Gitti fühlte sich erwischt. Jetzt stotterte sie sogar. »Nun ja … es ist so … so eine Art Überraschung.«

Mia verdrehte die Augen und stöhnte. Von Überraschungen hatte sie die Nase voll. Aber sie musste nur warten. Gitti konnte Geheimnisse oder Überraschungen keine fünf Minuten für sich behalten. In der Beziehung waren sie wie Schwestern.

Mia beugte sich gespannt nach vorn. Gittis Erlösung kam auf Tellern.

Auch während des Essens war das Handy ein Thema. Wie eine Schülerin, die während des Unterrichts nicht damit spielen darf, hielt Gitti es unter dem Tisch versteckt. Als wenn Mia das nicht merken würde. Hatte sie etwa eine neue Männerbekanntschaft, mit der sie chattete? Das würde sie verzeihen, aber dann wollte sie, Bitteschön, alles über den Kerl wissen.

Eines war klar: Manchmal spielte Gitti nur die Unschuldige und Naive und Mia fiel immer wieder darauf herein.

Da schon wieder!

»Ständig dieser Dreiklang!«, meckerte Mia. »Das macht mich kirre! Kannst du das Ding nicht mal weglegen und dich mit mir unterhalten?«, forderte sie etwas lauter. »Ich komme mir vor, als seien wir ein altes Ehepaar, das sich nichts mehr zu sagen hat. Aber selbst die reden mehr miteinander!«

Der Club am Nachbartisch tuschelte.

»Warte, diese eine Nachricht noch, dann bin ich durch.«

»Durch? Mit was?«

»Gleich! Warte!«

Mia winkte dem Kellner. Sie hatte keine Lust mehr zu warten und bezahlte. Gittis Essen übernahm sie ausnahmsweise gleich mit, damit es nicht noch länger dauerte. Sie musste sich dringend die Beine vertreten - und Gitti auch, denn dabei konnte sie nicht schreiben.

Sie schlenderten schon mal Richtung Fährhuus. »Spätestens in einer halben Stunde müssen wir die Tickets kaufen und die Koffer wegbringen«, erinnerte Mia.

Gitti zeigte auf den blauweißen Strandkorb, der am Weg stand. »Stopp! Lass uns kurz verschnaufen.«

»Gitti! Wir haben gerade gesessen. Bewegung wird uns gut tun.«

»Ja doch ... nur einen Moment. Bitte!« Sie ging vor, ließ sich auf das blauweiße Polster plumpsen und holte sofort wieder das Smartphone aus der Tasche.

Mia meuterte. »Ich lass meinen Koffer hier stehen und geh rasch rüber zum Souvenir-Laden. Mir fehlen ein paar Schnittbrettchen. Du musst auch mal entschleunigen, Gitti!«

»Will ich doch! Du lässt mich ja nicht!«

Nach viel zu vielen Minuten im Laden - es gab aber auch so viel zu gucken und alles gefiel ihr - schrak Mia auf. Jetzt aber los. Vor dem Geschäft stand eine rostige Skulptur, die vier unterschiedlich große Robben darstellten. Eine von ihnen balancierte eine orangefarbene Boje auf der Schnauze und die größte Robbe hatte eine lachende Möwe auf ihrem Rücken sitzen. Ach ja, dahinter kam ein Wurm aus dem Watt. Das war ein Erinnerungsfoto wert … zwei Fotos, drei … und eins vom Meer … sie schwenkte hinüber und sah einen weißen Punkt, den sie - so gut es ging - mit dem Objektiv zoomte. Ja, das könnte die Fähre mit Kurs auf dem Hafen sein. Das bedeutete, dass nun auch der Fahrkartenschalter geöffnet sein musste und sie ihre Koffer verstauen konnten. Im Eilschritt ging sie zu Gitti.

Außer Puste kam Mia wieder am Strandkorb an. Gitti war weit und breit nicht zu sehen. War sie ihr etwa doch gefolgt und hatte sie verfehlt? Eher nicht. Hier in der Bucht war es möglich von einer Promenade auf die gegenüberliegende zu schauen.

»Huhu! Hier bin ich!«

Mia drehte sich um. Das war Gittis Stimme. Aber wo steckte sie?

»Huhu! Hier! Hier oben!«

Mia sah in die Luft, was natürlich idiotisch war, doch dann fiel ihr das wedelnde Halstuch auf, mit dem Gitti schwenkte. Sie stand eine Etage höher, am Mäuerchen vor der Eisdiele.

»Wir haben Besuch!«, rief sie gegen den Wind an.

»Besuch? Wir? Gitti, du solltest nicht so lange mit dem Handy spielen. Das ist nix für das Gehirn.«

»Komm hoch! Überzeuge dich! Es ist eine alte Bekannte.«

Mia beeilte sich die Stufen hochzukommen. Auf Besuch hatte sie weniger Lust. Ein Eis auf die Hand wäre besser.

»Hallo!« Jekaterina, das Modepüppchen, begrüßte Mia, ließ dabei ihre vier iPhones in die Handtasche fallen, die wie neu aussah.

»Was machst du denn hier?«, fragte Mia. Sie wusste nicht, ob sie lachen oder weinen sollte.

»Ich muss geschäftlich nach Spiekeroog. Habe ein Shooting!«, verkündete sie, als ginge es um ein Millionengeschäft.

Mia sah Gitti fragend an. »Mooooment! Ich habe nur ihre Chatnachricht beantwortet!«, wehrte sie sich. »Geschrieben, dass wir zur Insel Spiekeroog fahren und dort einen Kurzurlaub machen.« Ihr Teint bekam ein aufgeregtes Rot.

Jekaterina nickte. »Das hat nichts mit euch zu tun.« Sie sog heftig am Strohhalm ihres Eiskaffees, verschluckte sich dabei.

Die *Spiekeroog II* legte an. Gitti zeigte auf das heftige Treiben und die Touristen, die sich beeilten, rechtzeitig hinzukommen.

»Auf geht's! Fahrkarten kaufen und Koffer verstauen.«

Sie sprangen gleichzeitig auf und rafften ihre Sachen zusammen.

»Ja, geht schon vor!«, sagte Jekaterina. »Ich komme nach. Passt auf euch auf!« Ihre Augen weiteten sich, doch dann hatte sie sich wieder unter Kontrolle.

»Gitti! Kannst du mir mal verraten, was das soll? Warum hast du ihr geschrieben, wo wir sind? Ich dachte, wir zwei machen uns ein paar schöne Tage. Was meinst du, warum wir aus der Halle geflüchtet sind? Damit wir die alle nicht mehr sehen müssen.« Mia legte ihren Schnellgang ein. Am liebsten hätte sie sich alleine in ein Kanu gesetzt und wäre zur Insel gepaddelt - in Rekordzeit.

Gitti japste. »Nicht so schnell! Warte auf mich! Ich habe Jekaterina nur meine Handynummer gegeben. Sie hat sich bei mir über WhatsApp gemeldet, weiß auch nicht warum, und dann habe ich ihre Nummer abgespeichert.«

»Seit wann hast du denn WhatsApp?«

»Das hat Jekat für mich eingerichtet - in der Halle - nachdem du ...!«

Mia erreichte einen immer größeren Vorsprung. Sie schimpfte vor sich hin, ohne sich umzusehen: »Nein, damit kann man wirklich nicht rechnen, dass sich jemand meldet, wenn man ihm die Handynummer gibt.«

Die ankommenden Touristen, denen sie im Vorbeigehen begegnete, sahen ihr kopfschüttelnd hinterher.

Am Parkplatz stoppte Mia - tief durchatmen. Sie hielt das Gesicht zur Sonne, genoss kurzfristig die Wärme. Wenigstens das Wetter spielte mit. Mit jedem weiteren Atemzug legte sich ihre Aufregung. Natürlich war auch Jekaterina ein freier Mensch und durfte hinfahren, wohin sie wollte, doch das mit dem Termin auf der Insel glaubte sie ihr nicht.

»Huhu, Mia!« Eine männliche Stimme rief nach ihr? Quatsch. Ihr Name war nicht einzigartig, sogar ziemlich in Mode gekommen.

»Mia! Warte doch!«

Sie sah über den Parkplatz. Niemand winkte oder schaute sie direkt an. Sie alle waren damit beschäftigt, Koffer aus den Wagen ein- oder auszuladen. Einige verabschiedeten sich von ihren Liebsten - oder begrüßten sie. Nicht immer war es gut zu unterscheiden.

Ihr Blick ging Richtung Fähranlegestelle. Dort hatte sich eine lange Schlange gebildet. Wenn die alle auf die Fähre wollten, wurde es eng, dachte Mia beiläufig, dann hörte sie wieder dieses Rufen.

Gitti löste das Rätsel mit einem: »Huhu, Wolf! Hier sind wir!«

Mia hätte ihr gerne den Koffer in die Hacken gefahren. Was machte der denn hier? Hatte er den Auftrag, sie alle wieder einzufangen und zurückzubringen?

Der Wolf pirschte sich heran. Er kam vermutlich direkt von den Garagen, wo alle Spiekeroog-Reisenden ihre Fahrzeuge abstellten. Nahmen die auch Schrottbusse auf?

»Da seid ihr ja! Dachte schon, ich hätte euch verpasst und müsste auf der Insel nach euch suchen.«

»Was führt dich hierher?«, flötete Mia. Sie hoffte nicht, dass man den Dampf sah, der ihr jetzt gefühlt aus den Ohren und der Nase kam.

»Gitti hat …«, er sah zu ihr, die schüttelte heftig mit dem Kopf, tat nach Mias bösem Blick aber so, als schüttele sie ihre Kurzhaarfrisur. Doch da gab es nichts zu schütteln!

»Ich meine …«, Wolf rang nach Worten, »ich brauche dringend eine Auszeit. Ich muss mich erst einmal neu orientieren. Habe alles hingeworfen. Kann es nicht länger … und da kam Gittis Nachricht gerade recht.«

Gitti seufzte laut auf.

»Himmel, die Fähre! Die Karten! Die Koffer!« Mia ließ die beiden stehen und rannte los.

Wolf und Gitti hinterher.

Sie kreuzten den Weg von Jekaterina, die in ihren Highheels erstaunlich schnell laufen konnte.

Jekats Blick war mit Geld nicht zu bezahlen, als sie Wolf neben sich laufen sah.

14.

WALTHER HATTE NETTES KREISCHEN NOCH IM Ohr. Im großen Fotostudio hörte es sich besonders gruselig an: »Was suchst du in meiner Handtasche?«

Er warf sie ihr vor die Füße. »Es ist aus!«, schrie er zurück.

Ihr Blick war eine Mischung aus Entsetzen und abgrundtiefem Hass. Walther wedelte mit dem Umschlag vor ihrer Nase.

Sie riss ihn an sich. Das Kuvert war leer.

Nun hielt er in der anderen das handgeschriebene Blatt hoch.

Sie griff danach.

Diesmal war Walther schneller. Das Papier zerriss.

Er lachte höhnisch. »Ohne Unterschrift wird es dir nichts nützen! Gut, dass ich das Testament gefunden habe - rechtzeitig gefunden habe! Du Miststück! Du hattest was mit Moritz! Tolle Nummer! Wie oft musstest du die Beine dafür breit machen, damit er dir Halle und Haus vererbt?« Walther sah sie angewidert an. »… und dir habe ich vertraut! Pfui!« Er tat so, als würde er ausspucken. »Seit wann bist … nein, warst du mit ihm zusammen?«

Sie ignorierte die Frage. »Ja, es stimmt! Moritz wollte mich zu seiner Frau. Mit dem Testament versuchte er mir seine Liebe zu beweisen.«

Walthers Augen waren schreckgeweitet.

»Ich habe so getan, als würde ich darauf eingehen«, fuhr Nette fort, »aber ich hatte nie vor, dich zu verlassen! Ich habe es für uns getan! Für uns, Walther! Das kannst du mir glauben!«

Er schüttelte den Kopf. »Seit wann warst du mit ihm zusammen?«

»Seit einem halben Jahr …«

Walthers Herz schmerzte. Er holte tief Luft, versuchte, gleichmäßiger zu atmen. Mehr zu sich selbst sprach er: »Moritz wollte mir den Anteil an der Halle zurückgeben und mir auch seinen Teil vermachen. Nur mir! Hörst du? Er hatte alles dafür vorbereitet, mir den Umschlag gezeigt … das Schwein!«

»Dir auch?« Nette stemmte die Hände in die Hüften. »Jetzt musst du nur noch behaupten, Moritz hatte ein schlechtes Gewissen dir gegenüber?« Sie lachte eiskalt auf, als er nickte.

»Das hast du ihm geglaubt? Du bist dümmer als ich dachte.«

Walther ging auf sie zu.

Nette wich aus - ein alter Reflex von ihr.

Wieder hatte sie in Walthers Seelenwunde herumgestochert. Nur nicht ausrasten! Er musste sich schnell in den Griff bekommen.

Doch Nette ließ nicht locker. »Du bist so erbärmlich! Wie konnte ich nur … Ich habe den größten Fehler meines Lebens gemacht.«

Nettes Tränen liefen die Wangen hinab. Er hatte kein Mitleid. Sie machte ihn nur wütender. Er trat gegen die Tür und stürmte nach draußen.

Sein bester Freund hatte ihm nicht nur die Halle unterschlagen, sondern ihn auch mit seiner Frau betrogen. Ihre täglichen Motivsuche-Touren waren also anderer Natur gewesen. Im Nachhinein wurde ihm vieles klar. Das ständige Ausfragen wohin er fährt und was er macht, diente lediglich dem Zweck, ihm nicht in die Quere zu kommen. Wie hatte er sich so in ihr täuschen können?

Nette würde es bitter bereuen. Mit ihrer Fotoausrüstung und einem Koffer hatte sie soeben das Haus verlassen. Noch nicht einmal die Tür geknallt, wie sie es sonst machte. Sie wusste genau, dass die Schuld einzig und allein bei ihr lag. Fünfzehn Jahre in den Dreck geschmissen und draufgetrampelt. Dafür hatte er sich jahrelang als Verkäufer abgerackert und sich von seinen Kunden erniedrigen lassen. Wofür? Für eine Frau, der er alles gegeben hatte, nur kein Kind ... weil sie keines gewollt hatte, damit es ihr nicht die Fotografenkarriere verbaute. Dabei hatte er sich so sehr ein Mädchen gewünscht. Sicher, er könnte es mit einer anderen versuchen, doch von Frauen hatte er erst einmal die Nase gestrichen voll - mit Ausnahme von Jekaterina. Aber das war geschäftlicher Natur. Ihr Angebot nahm er jetzt an und dann ...

Ein Anruf unterbrach seine Gedanken.

»Ja, hallo?«

»Herr Bringst?«

»Ja doch!«

»Kriminalermittlungsdienst der Polizei Leer, mein Name ist Kriminaloberkommissar Hoffen. Es geht um ...«

Walther wartete, bis der Oberkommissar mit der Einleitung fertig war, wünschte sich, er komme endlich zur Sache.

» ... und deshalb müssten Sie nochmal zu einer Befragung hierher kommen. Bitte heute noch, wenn es machbar ist. Es gibt einige Ungereimtheiten und die wollen Sie sicher auch so schnell wie möglich aus dem Weg geräumt haben.«

»Was ist mit meiner Frau Nette? Die sollten Sie mal in die Mangel nehmen.«

»Wieso?«

»Das soll sie Ihnen selbst sagen.«

»Aha.«

»Genau!«

»Wir haben es bereits versucht, sie über Handy zu erreichen. Wissen Sie, wo sie sich derzeit aufhält?«

»Mit Sicherheit nicht bei ihrer Mutter. Die lebt nicht mehr. Bei ihrem Geliebten kann sie auch nicht sein, der … nein, weiß ich nicht. Bei mir ist sie nicht!«

15.

MIA SASS AUF DECK, NEBEN GITTI. BEIDE schmollten.

Glücklicherweise waren Jekaterina und Wolf auf der Fähre untergetaucht. Zeit, sich mit Gitti auszusprechen.

»Hör du erstmal zu, Mia! Es wird dich interessieren!« Sie rückte näher und sprach direkt in ihren Gehörgang: »Es geht um einen Kriminalfall! Ich habe Walther - dem Veranstalter, du weißt schon - gesagt, dass du ihm weiterhelfen kannst, du privat ermittelst. Wusstest du eigentlich, dass er mit der Fotografin Nette verheiratet ist?«

Mia nickte und schüttelte danach den Kopf. »Gitti! Ich bin keine Privatdetektivin«, flüsterte sie zurück. »Ich bin bisher immer - mehr oder weniger - unfreiwillig an die Fälle gekommen und habe nie Geld dafür genommen.«

Sie rückte ab: »Genau das habe ich ihm gesagt! Stimmt doch! Ich habe ihm deine Handynummer gegeben und ich habe seine.«

»Du hast was?« Mia schnappatmete.

»Ich hab seine!« Gitti grinste.

»Gitti! Das ist nicht lustig!«

»Wieso regst du dich so auf? Ich helfe dir dabei! Wir zwei - ein Team! Er wird sich bei dir melden.« Sie hob die Hand zum Abklatschen.

Mia sah sie an, als habe sie eine Erscheinung.

Gitti senkte die Hand wieder.

»Unser Gewinn ...«, fuhr Gitti unbeeindruckt fort, »war kein wirklicher Gewinn.«

»Ach was!«, sagte Mia. »Darauf wäre ich im Leben nicht gekommen! Gut, dass du es sagst!«

»Die brauchten Leute, denen sie was unterschieben konnten.«

»Aha! Was denn zum Beispiel?« Mia nahm ihre geräumige Handtasche vom Schoß und stellte sie zwischen Gitti und sich auf die Bank. Mit ihrer weißen Sommerjacke bedeckte sie Henkel und Druckknopf. Ihre nächste Citybag musste unbedingt wieder einen Reißverschluss haben. Auch sonst, fühlte sich Mia unwohl, weil sie mit dem Rücken am Durchgang zum Heck der Fähre saß. Neben Gitti, direkt an der Reling, zuckte eine kleine zierliche Frau mit den Beinen. Sie trug Kopfhörer in den Ohren. Die Heavy Metal-Songs drangen bis zu ihr. Gitti müsste sie noch lauter hören. Hüllte sie sich deshalb in Schweigen? Mia hatte Zeit, bis sie anlegten.

Ruckartig drehte sie sich um, ein Ellbogen stach ihr in den Rücken. Menschen aller Art, Größe und Gewichtsklasse standen hinter ihr. Teilweise hatten sie ihre Kappen tief ins Gesicht geschoben oder die Kapuzen eng um den Kopf gezogen und fast alle trugen dunkle Sonnenbrillen, weil der Fahrtwind ihnen ins Gesicht peitschte. Bei so vielen dichtgedrängten Leuten bekam sie eine Ganzkörper-Gänsehaut. Das hatte etwas mit ihren gemachten Erfahrungen zu tun. Oder nannte man es schon Trauma?

Hin und wieder sprangen ein paar losgelassene Kinder durch die Gänge. Gitti hatte ihre Sprache wieder gefunden. Sie redete lauter, weil auch die Geräuschkulisse um sie herum lauter geworden war.

»Ich hatte mich in der Halle sehr lange mit Walther unterhalten können …«, meinte Gitti.

»Wann denn? Warst du nicht die ganze Zeit mit den Klamotten beschäftigt?«

»Ja, aber er war dazu gekommen und hatte mir sein Herz ausgeschüttet. Er ist auch nicht immer nur lustig, hat durchaus seine ernsten Seiten.«

»Klar. Wer nicht? Dennoch ist es kein Grund, die Nummer mit der Gewinnreise abzuziehen. Sachen teuer zu verkaufen, die ich noch nicht mal zum Putzen anziehen würde - weil das Gummi ausgeleiert ist und man Sorge haben muss, dass man sie verliert.«

Gitti zog eine beleidigte Schnute.

Mia wollte darauf keine Rücksicht nehmen. Sie war so richtig in Fahrt, wie die Fähre. Das mit dem Shooting saß ihr auch immer noch im Nacken.

Gitti zuckte mit den Schultern. »Man musste die Fotos nicht nehmen.«

»Ist klar, Gitti. Die Klamotten auch nicht.«

»Wir haben aber auch was gewonnen. Wo ist eigentlich dein Jeansanzug?«

Mia antwortete nicht.

Das Pärchen gegenüber stand auf und ging eine Etage tiefer. Sie hatte ständig in ihr Taschentuch geschnieft und war wohl erkältet, er mitfühlend. Niemand sonst setzte sich zu Mia und Gitti.

Ob es daran lag, dass sie sich eben angegiftet hatten?

»Lass gut sein, Gitti. Was ist das für ein Kriminalfall? Ich sag dir gleich, ich will nichts damit zu tun haben.« Mia konnte es sich natürlich denken, um was es ging, aber vielleicht wusste ihre Freundin mehr.

»In der Halle war die Tür vom Kassenraum von der Polizei

versiegelt worden. Das muss dir aufgefallen sein, als du zu den Toiletten gingst! Da gab es einen Toten!«

»In den Toiletten?«

»Nein! Im Kassenraum!« Gitti sah sich um.

»Rede weiter«, forderte Mia sie auf. »Die hören uns nicht, die sind alle beschäftigt.«

»Der To …, du weißt schon, war der Freund von Walther - der eigentliche Veranstalter der Gewinnreisen.«

»Ich sag mal nix dazu.«

»Warum er sterben musste, weiß man nicht.«

»Weiß man wenigstens wie?«

Gitti schüttelte den Kopf. »Danach habe ich nicht gefragt.«

»Ist auch nicht so wichtig, Gitti«, sagte Mia.

»Nur so viel: Walther meinte, seitdem … seitdem fühle er sich bedroht. Außerdem hat er Angst, dass man ihn verdächtigt, diesen Moritz getötet zu haben. Ach, er soll dir das alles selbst erklären.«

»Das glaube ich jetzt nicht! Dieser Walther hat dir das alles sofort erzählt, obwohl er dich nicht kennt und nicht weiß, ob er dir vertrauen kann? Was macht das denn bitte für einen Sinn? Warum geht er nicht zur Polizei?«

Gitti schnappte ein. »Frag ihn doch danach.«

Mia rückte die Tasche zurecht. Irgendetwas stank hier fürchterlich. Ob das Gittis vor sich hingammelnde Mettbrötchen waren? »Sag mal, hast du deine Mettbrötchen noch?«

»Ja, wieso? Möchtest du eins?«

Mia überkreuzte ihre beiden Zeigefinger zur Abwehr. »Oder hast du etwa ge… Gitti! Sind dir die Zwiebeln nicht bekommen?«

»Mia, was stellst du für blödsinnige Fragen? Ich pupse nicht in der Öffentlichkeit und die Mettbrötchen sind in Pergamentpapier eingewickelt, in der luftdichten Plastikdose.«

»Seltsam. Riechst du das nicht?«

»Was?«

»Es stinkt hier nach Verwesung.«

»Ich riech nix. Seit meinem Fahrradsturz mit dem Elektrorad kann ich das nicht mehr. Habe ich dir doch gesagt! War doch in Behandlung damit. Da kann man nichts machen, meinte der Arzt. Oder habe ich dir das etwa nicht …? Ich hätte beim Sturz sterben können! Das Rad hat jetzt meine Nachbarin.«

Mia hielt sich die Nase zu. Der Gestank! Die Sitznachbarn im Nebengang sahen Mia an, als sei sie die Verursacherin. Sie meinte, sich rechtfertigen zu müssen: »Keine Ahnung, woher das kommt. Habe ich selbst gerade erst gemerkt.«

Zwei Frauen standen unter Protestgemurmel auf und verließen Mias Nähe.

Gitti sah ihnen nach.

Mia roch unter ihren Armen. Alles in Ordnung. Sie schnüffelte bei Gitti. Der Gestank wurde stärker.

»Du bist das!« Sie flüsterte, um ihre Freundin nicht bloßzustellen, musste dann aber doch flüchten und setzte sich mit ihrer Tasche auf den soeben freigewordenen Platz gegenüber. Nach dem Absetzen der Tasche kam die eklige Duftwolke verstärkt wieder. Sie sah auf ihre Jacke, hob sie mit zwei Fingern vorsichtig an und unterdrückte einen Schrei. Mia schob die Sonnenbrille ein Stück höher. Jetzt nur nicht auffallen, schoss es ihr durch den Kopf. Nur nicht auffallen!

»Ich geh mal eben wohin«, sagte sie in Gittis Richtung.

»Oje!«, rief Gitti. »Ist dir ein Malheur passiert?«

»Schrei doch noch lauter!«, sagte Mia.

»IST DIR EIN MALHEUR PASSIERT?«

Gitti duckte sich. Mia machte, dass sie wegkam.

Mia ging immer den herumtollenden Kindern hinterher, die ihr so freie Bahn verschafften. Sie verschwand auf die Toilette, öffnete die Tasche und erschrak sich abermals über den Anblick. Angewidert rollte sie mehrere Meter Toilettenpapier ab und holte mit einer Fünffachlage zwei Heringe hervor, die man normalerweise ausnahm, in eine Salzlake legte und zu Matjes verarbeitete. Doch die hier waren nicht mehr ganz so frisch, sahen eher nach Fischabfall aus - und dass bei den Temperaturen.

Mia schüttelte sich.

Wer machte denn sowas? Wann war das passiert? Sie traute Gitti allerhand zu, aber so etwas nicht.

Mia fiel ein Mafia-Film ein. Es könnte auch eine Drohung sein.

Hatte man das Gleiche wie mit Moritz, auch mit ihr vor, wenn sie … wenn sie was? Aber von ihr ging keine Gefahr aus. Sie konnte nicht mehr in der Halle herumschnüffeln, hatte mit dem Thema abgeschlossen … was hatte sie mit diesem Moritz zu tun? Nichts! … und wieso zwei Heringe? Einen für Mia und einen für Gitti?

Mia schlug sich die Hand vor den Mund. »Nein, Blödsinn!«

Es klopfte an die Tür.

»Brauchen Sie Hilfe?«

Beinahe hätte sie »Ja!« gerufen.

»Nein, ich bin gleich fertig. Moment bitte.«

Mia spülte die Heringe durchs Schiffsklo und bedauerte, dass sie nicht mehr eigenständig schwimmen konnten. Vielleicht sättigten sie noch Möwen oder Meerestiere, dann wäre ihr Tod nicht sinnlos gewesen. Ob sie mit Gitti darüber sprechen würde, wusste sie nicht. Mit ihren wilden Vermutungen wollte sie ihr keine Angst einjagen.

Sie öffnete die Tür. Eine zappelnde Mutter stand mit ihrem Kind davor. Wer von ihnen es eilig hatte, war erkennbar. Halb in der offenen Tür stehend, drehte sich die Notbedürftige mit zugedrückter Nase um. Das Kind begann zu weinen, es wollte nicht in die Kabine.

Mia entschuldigte sich schnell mit einem: »Ich war das nicht!«, und machte, dass sie wegkam.

Bereits auf den Stufen zum Deck, sah Mia neben Gitti einen Mann auf der Bank sitzen, der sich wild gestikulierend mit ihr unterhielt. Das war unverkennbar Wolf, in seinem Busfahreranzug mit der rot gesprenkelten Krawatte, die locker gezogen auf acht Uhr hing. Mit hochgeschlagenem Kragen, leicht wehender Haarsträhne und den Bartstoppeln sah er sogar etwas verwegen aus.

Kurz überlegte Mia, ob sie sich von hinten anschleichen und das Gespräch belauschen sollte. Aber sie wollte ihre Freundin nicht bespitzeln, soviel Vertrauen musste sein.

Wolf sprang auf, als er sie sah und verschwand in der Menge.

»Was wollte er?«, fragte Mia und sorgte sich um Gitti, deren Kopf bedenklich rot anlief.

»Mia! Es ist so tragisch! Wolf hat uns gewarnt. Während der Verkaufsveranstaltung in der Halle ist wertvolle Kleidung verschwunden …«

Mia runzelte die Stirn. Das klang widersprüchlich.

» … und alle, die zu diesem Zeitpunkt in der Halle waren, sollen sich in Acht nehmen. Mehr könne er im Moment nicht sagen. Moritz, der Hallenbesitzer, sei an dubiosen Geschäften beteiligt gewesen. Ob Walther auch etwas damit zu tun hat, ist nicht sicher.« Gitti streckte die Arme zum Himmel. »Mia! Das ist kein Spaß! Wolf hat vorhin in seiner Anzugsjacke einen toten Hering gefunden Der ist doch nicht zum Sterben da reingeschwommen! Den hat doch jemand tot reingelegt! Das ist doch eine Drohung!«

Mia fiel das Schlucken schwer.

16.

KAUM HATTEN SIE DIE FÄHRE VERLASSEN UND ihre Koffer aus dem Container gefischt, blieb Gitti vor dem roten Imbisswagen *Hafenbude* stehen.

»Warte mal eben, Mia!« Mia, gedanklich weit entfernt, aber ganz nah bei ihrem Koffer, hörte sie nicht und ging weiter den *Wüppspoor* entlang, der direkt ins Dorf führte.

Gitti versuchte es lauter: »Mia, so warte doch!«

Abrupt wendete Mia den Koffer. Sie riskierte einen kurzen Seitenblick auf den geschlossenen Imbisswagen. »Worauf soll ich warten?«, fragte sie.

»Auf die anderen. Siehst du sie nicht?«

Nun verließ Wolf die Fähre, in Begleitung von Jekaterina. Das war nichts Neues, aber sie traute ihren Augen nicht, als ihr Nette, die Fotografin entgegenkam. Mit dem Hut hatte Mia sie kaum wiedererkannt. Kurz dahinter nahm Ken gerade seine Sonnenbrille ab. Wo hatten sie sich auf dem Schiff aufgehalten?

Gitti kreischte zur Begrüßung: »Ihr auch hier?« Die Wiedersehensfreude hielt sich bei Mia in Grenzen. Sie bescheinigte Gitti insgeheim Talentlosigkeit im Schauspielern. Bestimmt hatte sie davon gewusst.

Gemeinsam gingen sie den *Wüppspoor* entlang. Auf dem Weg dorthin kamen sie an der Kneipe *Blanker Hans* vorbei.

»Wartet mal eben«, sagte Nette. »Zwei Dinge: Erstens, lasst uns alle duzen und zweitens, lasst uns heute Abend um 20:00 Uhr hier treffen. Ich möchte euch etwas Wichtiges mitteilen. Es geht um euren Hallenbesuch.«

»Termin passt, bei Mia und mir«, sagte Gitti.

Mia bestätigte es durch ein Nicken. »Ich weiß ja nicht, was ihr sonst so vorhabt und wie lange ihr überhaupt auf der Insel bleiben wollt …«

Allgemeines Gebrummel und Kopfnicken, keine konkreten Pläne. Der Trick klappte auch nicht immer.

»Also, bis später«, sagte Gitti, »wir gehen erst einmal aufs Zimmer.«

»Ist es nicht unheimlich, dass Jekat, Nette und Ken plötzlich hier sind?«, fragte Gitti auf dem Weg zum Hotel. Ihre Stimme vibrierte dabei.

Sollte Gitti diesmal wirklich unschuldig sein, zumindest was die drei anging? Für Wolfs Anwesenheit war sie eindeutig verantwortlich, davon ging Mia nicht ab.

»Ja, merkwürdig«, antwortete sie. »Es scheint fast so, als verfolge einer den anderen.« Schnell fügte sie hinzu: »Aber uns kann keiner was. Keine Sorge.«

Gittis Miene erhellte sich nicht.

Angekommen. Das *Hotel zur Alten Inselkirche* sah in Natura noch schöner aus als im Internet. Allein der Anblick des familienbetriebenen Hotels, ein Backsteingebäude mit einem roten Ziegeldach und verschiedenen Anbauten, war eine Augenweide. Ganz besonders gefiel ihr aber das hoteleigene *Café Klönstuv*. Die weißen Sprossenfenster reichten fast bis zum Boden und waren grün abgesetzt, die Inneneinrichtung besaß einen rustikalen bis antiken Charme.

Im Anmeldungsbüro begrüßte sie ein Herr Kröger und von Frau Kröger bekamen sie die Schlüssel. Die kleine Tochter saß währenddessen auf der Couch und las in einem Buch.

Das hätte Mia jetzt auch gerne gemacht, völlig unaufgeregt

mit Gitti im Strandkorb und nur Meeresrauschen als Hintergrundgeräusch.

Mia schloss die Tür des Hotelzimmers auf. Sie seufzte aus vollem Herzen. Gitti sah sich anerkennend um, stellte den Koffer ab und sprang aufs Bett. »Perfekt!«, sagte sie.

Die Freude hielt nicht lange an, prompt machte Gitti wieder ein besorgtes Gesicht. »Warum musste ich ausgerechnet an diesem dämlichen Gewinnspiel teilnehmen?«

»Lass gut sein. Du kannst ja nichts dafür, dass die Welt nicht nur aus guten Menschen besteht. Hättest mich auch so fragen können, ob ich mit dir Urlaub machen will.« Sie gab ihr einen Kuss auf die Wange.

»Es ging mir ja darum, kostenlos zu verreisen«, antwortete Gitti. »Außerdem ist es mir peinlich, dass du das alles bezahlen willst.«

»Alles?« Sie tat künstlich empört. »Nur die Übernachtung. Die ist drin. Da musst du kein schlechtes Gewissen haben. Ansonsten muss ich auch schauen, wie ich zukünftig klar komme. Seit ich nicht mehr bildhauere, kommt nicht viel in die Kasse und was auf den Trödelmärkten los ist, weißt du ja selbst. Sie handeln dich runter und wollen nur fünfzig Cent für jedes Teil bezahlen - steigen dann aber in ihren Audi, BMW oder Mercedes.«

»Siehste Mia, deshalb hatte ich am Gewinnspiel teilgenommen. Ich wollte uns mal was gönnen. Doch wer rechnet mit sowas? Anfahrtskosten und … und … und«, Gitti erhob sich.
»Spätestens da hätten wir stutzig werden sollen«, sagte Mia, wobei sie sich mehr über sich selbst ärgerte.

Gitti trug ihren Kulturbeutel und eine Tragetasche aus der Drogerie ins Bad und packte alles aus.

»Was hast du denn da?«, fragte Mia, die ihr gefolgt war.

»Rote Haartönung. Ich bin meine grauen Haare leid. Möchte mal Pep reinbringen und auch etwas jünger aussehen. Wer weiß … Hilfst du mir dabei? Habe sowas noch nie gemacht.«

»Ich auch nicht, Gitti«, antwortete sie.

»Ach komm, bitte! Gemeinsam bekommen wir das bestimmt hin.«

»Wünsche es dir nicht! Das wird eine Riesensauerei!«

Mia trat die Flucht an, damit sie nicht auf die Idee kam, es sofort zu machen. Gitti hinterher.

»Gehen wir eine Kleinigkeit essen?«, fragte sie. »Bis zwanzig Uhr kann ich nicht warten.«

»Gerne. Hier unten im Restaurant kann man gut essen. Die riesige Currywurst - ein Traum, die Soße - ein Gedicht! Die Pommes …!«

»Aufhören!«, rief Gitti.

»Schließt du ab?«, fragte Mia.

Da hatte Gitti es bereits getan und den Zimmerschlüssel in ihre Jackentasche fallen lassen.

Mia gab die Richtung vor. Sie zog an der Restauranttür.

Geschlossen. »Warme Küche bis 17 Uhr«, steht hier.

»Wir müssen elendig verhungern!« Gitti gab vor, zu heulen.

» … und verdursten. Komm mit. Wir finden was.«

Mia hielt ihr die Tür auf, die zur Straße führte und zeigte nach schräg gegenüber. »Da ist die *Givtbude*!«

»Mia!«

»Dort gibt es Pizzen. Leckere Pizzen. Oder darf man Pizzas sagen? Mal schauen, ob die einen Platz für uns frei haben.«

Kaum hatten sie die schwergängige Tür geöffnet, brach eine Geräuschkulisse über sie herein. Stimmengewirr, italienische

Musik, Besteckklappern. Dieser Duft, der durch die hohe Luftfeuchtigkeit bestens transportiert wurde - herrlich! Ein Duft nach heißem Pizzateig, Knoblauch, Oregano, Basilikum, Tomaten, überbackenem Käse …!

»Ich kann nicht mehr!«, rief Gitti. Sie blieb mitten im Raum stehen und nahm einen tiefen Atemzug. »Wenn ich hier keinen Platz bekomme, binde ich mich mit meinem Halstuch an einem Stuhl fest, bis er frei wird.«

Es ging auch ohne Sitzstreik. Sie bekamen den Tisch direkt hinter der Tür rechts, am Fenster. Gitti wollte den Eingang im Blick behalten. Mia war es diesmal egal, wo sie saß. Was sollte ihnen passieren? Hier waren alle Gäste mit Essen beschäftigt, oder bereits satt und friedlich.

»Iss schneller!«, sagte Gitti. »Hast du immer schon so langsam gegessen? Ist mir nie aufgefallen.«

»Ich genieße es!« sagte Mia. »Lasse mir jeden Bissen auf der Zunge zergehen. Solltest du auch machen. Hat was mit Achtsamkeit zu tun.«

Gitti nickte, nahm einen großen Bissen, kaute zwei Mal darauf herum und schlang ihn hinunter, wie ein Fischreiher seine Beute. Mia meinte deutlich zu sehen, wie das Stück Pizza den Hals hinunterglitt.

Die Tür öffnete sich.

Mia merkte es deutlich am Luftzug an ihren Haaren. Es störte sie nicht, im Gegenteil. Gitti hatte ja recht mit dem Beeilen. Wenn sie das Gespräch im *Blanken Hans* von Anfang an mitbekommen wollten, sollte sie wirklich schneller kauen. Ob sich der Fischmörder in der Gruppe befand und er bei der Gelegenheit nach seinem nächsten Opfer - diesmal auf zwei Beinen - suchte?

Mia sah zu Gitti, die abrupt mit dem Essen aufgehört hatte und nun die Augen aufriss. Sie sagte nichts, machte nichts. Saß nur da und schaute an Mia vorbei.

Mia drehte sich langsam um.

Jemand huschte zur Tür hinaus.

»Wer war das?«, fragte sie. Sie selbst hatte von der Person nur den verlängerten Rücken und die Beine gesehen.

»Keine Ahnung. Er war ganz in Schwarz gekleidet und hatte seine Kappe tief ins Gesicht gezogen«, beschrieb Gitti.

»Hast mir einen schönen Schrecken eingejagt. Dachte, es wäre der Leibhaftige gewesen.«

Gitti lachte nicht, wie sie es sonst getan hätte. »Ich habe nur eine Vermutung, wer es war.« Sie sprang auf.

»Komm, lass bezahlen und zum *Blanken Hans* gehen. Ich erzähle dir unterwegs, wen ich meine, erkannt zu haben.«

»Bist du ganz sicher, dass er es war?«, hakte Mia nach.

»Ja, je länger ich darüber nachdenke. Er ist auf der Insel und muss mich auch erkannt haben! Aber warum ist er davon gelaufen?«

»Weil wir nicht wissen sollen, dass er hier ist?«, meinte Mia.

»Sagtest du nicht mal, Spiekeroog ist eine kleine Insel, auf der man sich mindestens zwei Mal begegnet?«

»Sagte ich. Das ist unser Glück, oder auch nicht. Hör zu, Gitti. Kein Wort zu den anderen, verstanden? Überlasse das mir!«

»So gefällst du mir wieder, Mia.« Gitti lächelte zaghaft. »Meinst du, er hat Wolf den toten Fisch in die Tasche gesteckt?«

»Die Heringe!«, rutschte es Mia heraus. Sie durfte nicht länger darüber schweigen.

»Das ist ja furchtbar! Gleich zwei in deiner Tasche? Wieso zwei?«

Gitti machte es Mia aber auch schwer. »Einer für dich und einer für mich.« Sie hoffte inständig, dass Gitti sich in ihrem Schock nicht lustig darüber machte und so Sprüche kamen, wie: »Was soll ich mit einem toten Hering?«

Doch Gitti blieb stumm und wurde blass im Gesicht.

17.

WALTHER STAND IM KOMMISSARIAT REDE UND Antwort. Mehrmals nickte sein Gegenüber, bis er in die Mappe griff und einen weißen, unbeschrifteten Umschlag hervorholte.

»Den haben wir im Kassenbüro gefunden«, sagte er.

Walther setzte sich gerade, reckte den Hals.

»Ihr Partner oder Freund … oder, wie sollen wir ihn nennen?«

»Moritz Meier«, sagte Walther und räusperte sich, weil der Kommissar eine Augenbraue hob. Oder bildete er es sich nur ein?

»Herr Meier hat Sie in seinem Testament als Erben der Immobilien bedacht. Damit können Sie Ihren Erbschein beim Amt beantragen. Dort wird die Rechtmäßigkeit geprüft und sobald die Ermittlungen abgeschlossen sind, steht der Übernahme, beziehungsweise Überschreibung, nichts mehr im Wege.« Er reichte Walther den Umschlag. Bestimmt hatte der Kommissar sich bereits mit dem Amt in Verbindung gesetzt und sich eine Kopie davon gemacht, bevor sie das Original im Labor, oder wo auch immer, geprüft haben. Ging das überhaupt so schnell?

»Derweil«, sprach der Kommissar weiter, obwohl Walther mit Lesen beschäftigt war und sich ungern dabei stören ließ, weil es so wichtig war, »derweil werden wir uns vorbehalten, die Örtlichkeiten zu betreten, beziehungsweise andere Bereiche zu versiegeln, wenn es nötig ist, oder die Halle komplett zu schließen.«

Walther schlug auf die Tischplatte. »Die Halle schließen? Das geht nicht! Was meinen Sie, was in der Zwischenzeit mit der Ware passiert?«

»Wieso? Sind die leicht verderblich? Wie zum Beispiel Bananen, Ananas, Zitrusfrüchte, Kern- und Steinobst, Beerenobst, Gemüse, Kartoffeln und Zwiebeln, oder animalische Produkte wie Fleisch, Fisch, Eier, Fette und Käse?«

»Leichen?«, ergänzte Walther und biss sich auf die Zunge.

»Wie meinen Sie das?«

»Das sollte ein schneller Scherz sein«, brummte Walther und sah auf den Boden.

Der Kommissar griff zum Hörer.

»Sven? Kannst du mal zwanzig Leute zusammentrommeln? Treffpunkt bei mir, zur Lagebesprechung, in exakt zehn Minuten. Okay.«

»Hören Sie!«, rief Walther. »Man wird doch mal einen Scherz machen dürfen. Das fiel mir nur so ein!«

»Mir auch!«, sagte der Kommissar. »Hier werden keine Scherze gemacht. Das ist genauso wie auf dem Flughafen. Sobald einer auch nur das Wort *Bombe* flüstert, wird ein Sicherheitsmechanismus in Gang gesetzt. Da ist man quasi machtlos.« Er grinste. »Sie warten bitte bei meinen Kollegen. Ich muss mal kurz mit dem Staatsanwalt telefonieren, wie er die Sache sieht. Nehmen Sie sich Zeit - viel Zeit.« Er drückte auf eine Taste. Zwei kompakte Männer erschienen in der Tür und nahmen Walther freundlich in die Mitte.

18.

SIE HATTEN IHR ZIEL ERREICHT. MIA ÖFFNETE die Tür zur Kneipe. Noch war nicht viel los. Nur aus dem Nebenraum hörte sie aufgeregte Stimmen.

Der urig eingerichtete Raum, in dem dunkle Eckbänke mit rotem Kunststoffpolster und rustikale Wirtshaustische standen, hatte etwas von Hafenkneipe. An der Wand hing ein rotweißer Rettungsring. Er trug die Aufschrift *Verona Leith.* Vermutlich war der Besitzer früher zur See gefahren.

Gitti ließ sich neben Nette auf den Stuhl fallen, brachte lediglich ein schwaches »N'abend« heraus. Wolf und Ken grüßten knapp zurück, fehlte nur noch Jekaterina.

Mia klopfte auf den Tisch, weil sie nicht jedem Einzelnen die Hand geben wollte und die Stimmung eher bedrückt war. Sie setzte sich auf die Bank.

Der Wirt nahm die Bestellungen auf.

Mia passte. Mehr als ein Wasser ohne Kohlensäure würde ihr nicht gut tun. Die anderen hatten dafür mehr Kapazitäten frei, einige wollten sich berauschen.

»Also«, begann Mia: »Wir sind zusammengekommen, um …«

Niemand hörte ihr zu. Alle redeten durcheinander. Mia hoffte, wenigstens Bemerkungen aufzuschnappen, bei denen es sich lohnte nachzuhaken. Weit gefehlt.

Es dauerte nicht lange, da brachte der Wirt die ersten Essen und sorgte so für eine spontane Schweigeminute. Wolf gierte nach den Pommes frites. Der Frittenduft waberte zu Mia, was ihrem vollen Magen nicht gut bekam.

Auch Gitti wandte sich ab. Sie wischte sich über die Augen.

Weinte sie etwa? Mia hätte ihr das mit den toten Heringen nicht sagen sollen. Auf der anderen Seite …

Nun kam Jekaterina in den Raum gestürmt. Diesmal trug sie keine Handtasche bei sich. Nanu? Sie stellte sich vor die Gruppe und zischte bemüht leise: »Ich habe einen toten Fisch in meiner *Vuitton* gefunden! Wer von euch war das?«

Nette hob die Hand.

Mia fiel vom Glauben ab. »Bitte was?«

»Ich habe auch einen gefunden - einen Kleinen, in meiner Rucksacktasche, wo man die Getränkeflasche reinstecken kann. Habe ihn sofort über Bord geworfen«, sagte Nette. »Es war ein Hering. Bestimmt gekauft und erstmal liegengelassen, so wie der stank. Jedenfalls nicht frisch gefangen.«

Mia wurde ärgerlich: »Das ist doch unwichtig!« Sie fragte in die Runde: »Also, haben alle einen Fisch bekommen, die in der Halle waren?«

Gitti bekam den Mund nicht mehr zu.

»Ich nicht!«, antwortete Ken. Dabei sah er stur vor sich auf den Tisch. Bevor Mia darüber nachdenken konnte, wie das zusammenpasste, fragte Gitti völlig zurecht, aber zeitlich ungünstig: »Und was ist mit Emil? Der war auch in der Halle.«

Ken zuckte zusammen.

»Den lassen wir mal außen vor«, antwortete Mia schnell, »den können wir jetzt nicht befragen.« Sie räusperte sich, hoffte inständig, dass Gitti sich nicht verplapperte.

Endlich setzte sich Jekaterina hin, ausgerechnet in die Nähe von Gitti, die gegen stark duftende Parfüms allergisch war.

Nette schien zwischenzeitlich in Gedanken versunken, bis sie das sagte, was sie beschäftigte: »Es wird Zeit, dass ich euch sage, was mit Moritz in der Halle passiert ist.«

»Es ist so«, begann die Fotografin. Sie sah kurz zu Mia. »Walther ist durch seinen ehemaligen Partner Moritz in eine missliche Lage geraten.« Sie nahm einen großen Schluck aus ihrem Glas, wie jemand, der sich Mut antrank. »Schlimm genug, dass Moritz den ganzen Müll in der Halle hortete, hinzu kam dann auch noch dieser Moderamsch, wie Prada …«

»Prada ist kein Ramsch!«, protestierte Jekaterina.

»Wenn es Prada wäre!«, konterte Nette. »Ist es aber nicht!«

Jekaterina zog ihren rechten Schuh aus und knallte ihn auf den Tisch. Es hörte sich so an, als habe sie den Absatz in die Holzplatte gerammt. »Ich kenne mich mit Luxusmarken aus!«, rief sie. Das klang nicht nur erzürnt, sondern auch zutiefst beleidigt.

Nette lächelte müde. Sie nahm den Schuh, knibbelte an der Sohle, zog daran und hielt eine rote Plastikfolie in der Hand. »Das gibt es nicht bei der Originalmarke! Das weißt du, oder?«

Für Jekaterina brach eine Welt zusammen. Sie zog nun den anderen Schuh aus und hielt ihn mit zwei Fingern hoch, als hinge Möwendreck daran, dabei war es die rote Folie, die sich bereits an einer Stelle von alleine gelöst hatte.

»Weiter!«, sagte Mia. »Halten wir uns nicht mit Kleinigkeiten auf.«

»Kleinigkeiten?«, Jekaterinas russisches Temperament ließ nicht locker. Sie fluchte ein paar Sätze in ihrer Landessprache, bevor sie ihr Deutsch wiederfand. »Ich will mein Geld zurück!«

»Du hast sie geschenkt bekommen«, erinnerte Nette sie. »Schon vergessen?«

»Kommt zur Sache!«, mischte Mia sich ein.

Jekaterina zog an ihrer Hermès-Bluse, fühlte den Stoff.

»Bevor du dich gleich völlig ausziehst, weil du deine Fake-Sachen loswerden willst, lass Nette endlich zu Ende reden.« Gitti zeigte Stärke im Gedankenlesen.

Stille.

»Die Geschichte!«, erinnerte Mia. Anstatt zu Nette sah sie zu Ken, der noch immer, wie von fremder Hand hingesetzt, auf seinem Platz verharrte.

Nette fuhr fort: »Walther sollte noch in derselben Nacht zu Moritz kommen, weil dieser sich bedroht fühlte und nicht alleine bleiben wollte - anderntags sollte er sich um die Reisegruppe kümmern und ich um das Fotoshooting. Darüber hatte ich mich sogar gefreut, weil ich nicht wusste, um was es wirklich ging.«

»Ja, wenn man das immer vorher wüsste, würde man so manches nicht machen«, sagte Gitti messerscharf.

Nette nickte nicht, sondern redete weiter: »Ich kenne Moritz schon sehr lange. Noch nie hat er um Hilfe gebeten, aber auch selbst nie anderen Hilfe angeboten.« Sie trank einen Schluck Bier, beruhigte sich ein wenig.

Ken wischte sich mit dem Handrücken über die glatt gebügelte Stirn. Ein Handy-Vibrieren kam aus seiner Richtung. Sofort schielte er auf das Telefon, dass er unter der Tischplatte versteckt hielt.

Kurz darauf bat er Gitti und Jekaterina, die neben ihm saßen, ihn rauszulassen. Doch anstatt nach draußen zu gehen, wie Mia es erwartet hatte, verschwand er in Richtung Toiletten.

Nach Nettes Gesichtsausdruck zu urteilen, nahm sie es persönlich, dass er so wenig Interesse an der Bedrohungsgeschichte zeigte, was ihren Redefluss jedoch nicht stoppte: »Man hatte Moritz gewarnt, dass er nicht mehr lange zu leben habe, wenn er sich nicht kooperativ zeige!«

Mia wünschte sich mehr Fakten und keine Andeutungen.

Die Fotografin schluchzte: »Die wollten Moritz fertigmachen! Ich weiß bis heute nicht, warum! Es ging um irgendwelche Waren, die er bekommen haben sollte, was aber wohl nicht stimmte. Dem zu Folge sah er nicht ein, sie zu bezahlen.«

»Wenn ich ehrlich bin«, sagte Mia, »habe ich das alles nicht richtig verstanden und überhaupt ... welcher Lieferant schickt Geldeintreiber? Das geht über das Mahnverfahren, schlimmstenfalls über den Anwalt, das Gericht.«

Gitti nickte.

Nette redete einfach weiter: »Jedenfalls versprach Walther, bei ihm zu bleiben, unter einer Bedingung: Er wollte mich erst abholen und danach ausführlicher mit Moritz darüber reden. Doch als wir zurückkamen ... « Sie holte ihr Taschentuch hervor und verdeckte damit das Gesicht.

»Du musst nicht weiterreden, wenn ...« Gitti machte einen zaghaften Versuch, sie zu trösten.

»Lass nur! Ich muss darüber sprechen! Seit der Sache mit den Heringen glaube ich, dass wir alle in Gefahr sind! Man verfolgt uns!«

»Wer?«, rief Jekaterina, viel zu laut.

»Wenn ich das wüsste«, antwortete Nette, »hätte ich es längst der Polizei gesagt. Doch glaubt ja nicht, dass es nur ein Einzeltäter ist. Es können auch mehrere sein.«

Die Köpfe der anderen ruckten hin und her.

»Reden wir hier von einem organisierten Verbrechen?«, fragte Jekaterina.

Nette nickte.

»Ich muss mal kurz weg. Wartet nicht auf mich«, sagte Jekat. »Wir sehen uns später.«

Gitti rang um Fassung. »Eher hacke ich mir die Hand ab, als dass ich je wieder ein Preisausschreiben ausfülle.«

Mia ging etwas anderes durch den Kopf: »Was hat er noch gesagt und was ist nach dem Gespräch passiert, Nette?«, fragte sie und dann etwas lauter: »Bitte! Lass dir nicht alles aus der Nase ziehen! Wir dürfen keine Zeit verlieren!« Mia, war auch nur ein Mensch mit mittlerweile angeknacksten Nerven. Umso weniger verstand sie, warum Ken und Jekat gegangen waren. Es ging schließlich auch um sie.

Die Kneipe füllte sich. Der Geräuschpegel stieg an. Auf Mias Zeichen rückten Gitti, Nette und Wolf zu ihr heran. Allerdings förderte das nicht, wie erwartet, die Aufmerksamkeit der noch Anwesenden. Im Gegenteil. Gitti ließ die Eingangstür nicht aus den Augen, wenn doch, beobachtete sie die übrigen Gäste und Wolf drehte sich die x-te Zigarette für die Flucht nach draußen. Anscheinend waren auch die beiden sich der Tragweite nicht bewusst.

»Schluss jetzt!«, rief Mia, in der Lautstärke stark unterdrückt, damit die restlichen Gäste es nicht mitbekommen sollten.

Stille.

Nette verstand ihren Einsatz sofort. Sie klagte: »Bevor Walther mich noch in der Nacht abholte, schloss er Moritz - auf eigenen Wunsch - in der Halle ein. Nur eine Stunde haben wir gebraucht, bis wir zurückkamen. Eine Stunde zuviel.«

Wider Erwarten kam nun auch Jekaterina zurück. Sie nahm ihren alten Platz wieder ein und sah aus, als habe sie geweint. Frauen wie sie weinten nur, wenn sie modische Katastrophen erlebt hatten und das war zweifelsohne so.

Mia durfte sich von Bagatellen nicht ablenken lassen. Sie konzentrierte sich auf das Thema Moritz und Halle: »Warum hatte er sich einschließen lassen?«, griff sie den Faden wieder auf.

»... er sagte, er wisse dann genau, dass wir es sind, die sich an der Tür zu schaffen machen. Bitte seid mir nicht böse«, unterbrach Nette, »aber, ich brauche dringend eine kurze Pause. Das nimmt mich zu sehr mit. Wartet auf mich! Gebt mir zehn bis fünfzehn Minuten, dann erzähle ich, wie wir Moritz aufgefunden haben.«

Alle nickten, Gitti machte Platz, damit sie an ihr vorbei kam.

Nach einer Weile hatte Nette ihr Versprechen eingehalten. Auch wenn sie nicht unbedingt erholter aussah, so hatte die Pause etwas mit ihr gemacht. »Wo waren wir stehengeblieben?«, fragte sie in die Runde und setzte sich wieder.

Gitti meldete sich: »Moritz wurde eingeschlossen ...« Sie griff in ihre Jackentasche und öffnete danach die Handtasche, so als suche sie etwas. »Moment Mal! Apropos einschließen«, sagte Gitti. »Mia, hast du unsere Zimmerschlüssel?«

Mia versuchte ruhig zu bleiben: »Die hast du in deine Jackentasche gesteckt. Sie zeigte auf die cremefarbene Sommerjacke mit den offenen Taschen. Schau nach. Ich bin mir ganz sicher.«

Gitti wühlte nochmal. »Nicht da!«

Jekat machte mit einem »Ah!« auf sich aufmerksam und bückte sich unter den Tisch. Beim Wiederhochkommen hielt sie einen Schlüsselbund in der Hand. »Meinst du den hier?«

»Puh! Danke! Hab ich ein Glück!« Gitti wollte sie umarmen, was Jekat mit einem »Schon gut!« nicht zuließ.

Die Einzige, die nicht auf den Zwischenfall reagierte, war

Nette. Sie spulte ihren Film des Erlebten ab: »Als wir die Halle betraten …«, kurz fuhr sie sich mit den Händen über die müden Augenlider, »… lag Moritz mit dem Oberkörper auf dem Schreibtisch. Alles war voller Blut … so viel Blut habe ich noch nie gesehen«, ergänzte sie. »Sein Handy lag auf dem Boden. Er muss wohl versucht haben Hilfe zu holen.« Sie stockte. »Es war so grausam! Wir hätten ihm helfen müssen! Deshalb hatte er ja auch um Walthers Unterstützung gebeten, weil er Angst davor hatte, getötet zu werden. Wir riefen den Notarzt.« Sie kippte das Bier mit Todesverachtung hinunter und schob das leere Glas mehr als eine Armlänge von sich weg. »Ohne den Toten untersucht zu haben, versuchte der Notarzt uns zu beruhigen, meinte, Herzversagen käme nun mal in den besten Familien vor. Ich hatte meine Zweifel, ob der herbeigerufene Arzt der richtige war.«

Gitti brachte es auf den Punkt: »Das darf ja nicht wahr sein! Dieser Moritz lag doch in seiner Blutlache! Wurde er nicht erschossen?«

Zwischenfragen kamen bei Nette nicht an. »Die Männer in den weißen Anzügen …«

»Weiße Anzüge?«, fragte Gitti. »Armani?«

Mia klärte auf: »Gitti! Was ist los mit dir? Sie meint natürlich weiße Overalls, wie sie von der KTU, den Leuten von der kriminaltechnischen Untersuchung, getragen werden. Kennst du doch bestimmt aus dem Fernsehen.«

Gitti schlug sich vor den Kopf. »Natürlich! Die Aufregung. Bin ja nicht blöd!«

Nette fasste sich wieder: »Die Männer in den weißen … Overalls hatten alles abgesichert und der Arzt begann endlich mit der Untersuchung. Wir mussten rausgehen.« Sie streifte das Haargummi von ihrem Handgelenk und band die langen Haare damit hoch, hielt sich den Nacken. Um Nase und Mundwinkel war sie weiß geworden. Kein gutes Zeichen. Entweder musste sie sich gleich übergeben oder sie kippte jeden Moment um. Nichts dergleichen geschah, stattdessen sprach sie weiter: »Wir stellten uns jedenfalls nach draußen, abseits, in eine windgeschützte Nische und rangen nach Luft. Man übersah uns zunächst im hektischen Treiben der ersten Ermittlungen. Wir sahen dafür die Kommissare und bekamen interne Zurufe mit, wie: *Da hat jemand experimentiert. Der hat Würgemale am Hals und ein Messer im Bauch stecken! Der Nackenschuss hat es dann wirklich gebracht.*«

Der Wirt vom *Blanker Hans* kam an den Tisch und räumte die leeren Teller ab. Er sah in die entsetzt aufgerissenen Augen und offenen Münder der Gäste. »Fehlt was?«

19.

MIA WAR VÖLLIG ERSCHÖPFT. GITTI FIELEN, trotz aller Aufregung und koffeinhaltiger Getränke, zwischendurch die Augen zu.

Erst jetzt kam Ken an seinen Platz. Ken sah aus wie immer. Männer wie er veränderten sich nur operativ.

Wo hatte er sich die ganze Zeit herumgetrieben? Oder war er zwischendurch immer wieder rausgegangen und sie hatte das nicht mitbekommen, weil sie von Nettes Geschichte gefesselt gewesen war? Hauptsache, sie war informiert. Was man so informiert nannte. Mia kannte sich mit Körpersprache aus und demnach zeigten Nettes Mimik und Gestik nicht immer das, was sie sagte. Sie waren verwirrend gegensätzlich und von wem war nochmal der Spruch: »Ich lüge nicht - ich erzähle nur nicht alles«?

»Feierabend«, sagte Ken und verabschiedete sich, mit der Begründung, er brauche dringend seinen Schönheitsschlaf. Jekaterina folgte ihm. Diesmal war es umgekehrt. Aus den beiden sollte einer schlau werden. Auch Nette und Wolf wollten in ihr Hotel. Der heutige Tag saß wohl allen noch in den Knochen und jeder verarbeitete ihn anders.

Mia und Gitti kam die frühe Auflösung der Gruppe nicht ungelegen. Bevor sie sich endgültig trennten, schlug Mia vor, sich morgen zum *Elführtje* im *Inselcafé* zu treffen. Eine Nacht über alles schlafen sei immer gut, dann beruhigten sich die Gemüter und alles sei nur noch halb so wild und die toten Heringe ein dummer Jungenstreich. Ein schwacher Versuch, es harmlos zu reden.

Die beiden Freundinnen schleppten sich die Treppen hoch. Mia freute sich aufs Bett, auch wenn sie es teilen musste. Sie hatte es selbst so gebucht.

Gitti schloss die Tür auf und öffnete sie weit. »Du hast das Licht angelassen!«, sagte sie. »Welch eine Verschwendung!«

»Das wollte ich dir gerade sagen«, meinte Mia.

»Ich war's nicht!« Sie stemmte die Hände in die Hüften. »Darauf achte ich immer! Auch bei mir zu Hause. Bin ja nicht Krösus.«

»Du musst es aber gewesen sein!«

»Ja, ich hatte mal mehr auf dem Konto. Das stimmt.«

»Gitti! Ich meine: Du warst als Letzte im Bad und ich gab dir den Schlüssel, damit du das Zimmer hinter dir abschließen konntest. Ich habe dann vor der Tür auf dich gewartet. Schon vergessen?«

»Klar erinnere ich mich daran.« Gitti hielt ihr den Schlüssel vor die Nase und ließ ihn baumeln. »Das stimmt.«

Mia seufzte. Sie stellte ihre Ersatztasche auf den Stuhl - gut, dass sie eine mitgenommen hatte - und ging Richtung Bad.

Gitti versperrte ihr den Weg. Sie sah ihr tief in die Augen. »Das mit dem Schlüssel stimmt, Mia. Nur nicht das mit dem angelassenen Licht!«

An Schlaf war nicht zu denken. Mia hatte Mühe ihre Freundin Gitti zu beruhigen, die ihr diesmal Vorwürfe machte, sie auf die Insel verschleppt zu haben, wo sie nicht so schnell wegkämen, wenn es wirklich brenzlig werden würde und ihnen womöglich der Mörder aus irgendeinem Grund gefolgt sei … nicht auszudenken, was als Nächstes passiert. Sie holte einmal tief Luft und phantasierte weiter: »Was, wenn er sich im Schrank versteckt hat? Mia! Und er alles mitgehört hat?« Sie zog sich die Decke über den Kopf. Dumpf klang es an Mias Ohr: »Schaust du nach? Bitte!«

Mia war nicht so ängstlich. »Gitti! Als wenn hier jemand wäre. Das hätten wir gemerkt! Ich war bereits am Schrank und habe meine Schlafsachen rausgeholt. Niemand hat sie mir angereicht.« Dass sie fast umgekippt wäre, als sie die Schranktür geöffnet hatte, sagte sie lieber nicht. Wenn es bei Gitti zu Hause im Kleiderschrank auch so aussah, wusste sie endlich, warum ihre Freundin immer dieselben Sachen trug, weil sie in dem Kleiderknäuel auf dem Schrankboden nichts wiederfand. Aber dann sollte sie doch bitteschön die Finger von ihren Sachen lassen. Mia hatte Mühe gehabt, ihr Schlafshirt zu finden. Mit ihr darüber zu diskutieren war heute Abend unmöglich. »Schlaf jetzt! Sonst kommt der böse Sandmann.«

»Du machst dich über mich lustig!« Sie kam bis zum Kinn unter der Decke hervor.

»Nein, mache ich nicht. Ich checke nur die Fakten. Also, im Bad war auch niemand, auch nicht in der Dusche. Den hättest du dann antreffen müssen. Die Gardine habe ich problemlos zuziehen können. Niemand stand dahinter.«

Gitti nickte. Sie knipste ihre Nachttischlampe aus, griff sich in den Mund und holte die Zahnprothese heraus. Mit einem plumpsenden Geräusch landete sie im bereitstehenden Wasserglas. Ängstlich sah sie zu Mia, die sie beobachtet hatte.

»Dafür musst du dich nicht schämen!«, sagte Mia. »Ab einem gewissen Alter …«

»Ist nur ein Provisorium.«

»Und wenn nicht, wäre es auch egal, Gitti.«

»Danke.« Sie seufzte.

»Bitte.« Mia löschte nun auch ihr Licht.

Gitti flüsterte: »Mia? Siehst du mal nach?«

»Wonach?«

»Unterm Bett!«

Mia hüpfte im Sitzen auf und ab, dass es nur so wippte. »Der ist jetzt tot!«

Endlich lachte Gitti.

Mia stimmte ein. »Schlaf gut und träume was Schönes. Morgen machen wir in aller Frühe einen Spaziergang am Strand. Wirst sehen, dann schmeckt das Frühstück nochmal so gut.« Sie drehte sich zu Gitti und gab ihr einen Kuss auf die Stirn, so, wie man ihn einem Kind zur Guten Nacht gab. Manchmal war Gitti wie ein Kind, aber ein sehr liebenswertes. Es lag wohl daran, dass sie mit neun Jahren ihre Eltern verloren hatte. Seitdem war sie sehr schutzbedürftig.

Gitti seufzte. »Schlaf auch gut. Ja, alles wird … Mia? Kannst du bitte trotzdem mal unter dem Bett nachsehen? Nur so … ich weiß, es klingt albern und naiv, aber das bin ich gerne, wenn ich dadurch mein Leben retten kann. Bitte! Mia!«

»Also gut! Du hast es so gewollt. Beschwere dich nicht, wenn es hier gleich laut wird.«

Ganz langsam stand Mia vom Bett auf, bückte sich und sah darunter …

Sie schrie auf.

Gitti sprang hoch, hielt die Decke als Schutzschild vor sich.

»Warum hast du das gemacht?«, rief Mia und fischte Gittis gewonnene rote Synthetikteile unter dem Bett hervor.

»Was gemacht?«

Gitti hätte auch fragen können: »Ist es tot?« Das wäre genauso blödsinnig gewesen. Sie sah doch, dass Rock und Blazer zerschnitten waren und in Fetzen hingen. »Warum hast du dein Outfit zerschnitten und unters Bett geworfen? Gefallen dir die Teile plötzlich nicht mehr? Du hättest sie in den Kleidercontainer wer…«

»Nein! Habe ich nicht! Hilfe! Wer macht denn sowas?« Sie ließ sich nach hinten aufs Bett fallen.

20.

BIS ZUM MORGENGRAUEN HATTEN MIA UND Gitti darüber diskutiert, was zu tun ist. Ihre Diskussion drehte sich im Kreis. Mia hatte Mühe, Gitti davon zu überzeugen, dass es keinen Sinn machte, eine Hundertschaft vom Festland zu alarmieren. Aus mehrerlei Gründen: Zum einen gab es hier einen Inselpolizisten, der alles regelte und zum anderen war ja nicht wirklich etwas passiert. Gut, das Kostüm hatte es nicht überlebt, aber das war nicht wirklich tragisch. Sie hatte Gitti irgendwann in den Schlaf gepredigt.

Mia stand unter der Dusche, als die - im wahrsten Sinne des Wortes - fix und fertige Gitti die Badezimmertür öffnete und sich im Türrahmen platzierte. Sie stellte dieselben Fragen wie gestern Nacht. Mia ärgerte sich, die Antworten nicht mit ihrem Smartphone aufgenommen zu haben, dann hätte sie sie jetzt nur noch abspielen müssen. Mia hielt sich den Duschvorhang vor den nackten Körper und schaute nur seitlich mit dem Kopf heraus.

»Also nochmal, Gitti«, sagte sie. Ihr Schädel brummte. »Um diese Lappalie kümmert sich kein Polizist der Welt - nur weil das Licht angelassen wurde und ein zerschnittenes Kleidungsstück unter dem Bett lag.«

»Zwei Kleidungsstücke! Rock und Blazer!« Gitti protestierte. »Die wurden doch mit einem Messer zerschnitten!«

»Oder mit einer Schere«, antwortete Mia.

»Das macht es nicht besser!«

»Was soll der Polizist denn deiner Meinung nach tun?«

»Den Täter finden!«

»Ist klar.«

»Nach dem Tatwerkzeug suchen!«

»Ja, sicher.«

»Fingerabdrücke nehmen!«

»Träum weiter, Gitti. Wir frühstücken erst einmal in Ruhe, danach machen wir einen Strandspaziergang und gehen mit deinen Sachen zur Polizeistation. Ich warte solange draußen.« Mia grinste. »Du kannst dem Inselpolizisten deine ermordeten Sachen zeigen und ihm erzählen, wann und wie du sie aufgefunden hast. Versprich dir aber nicht zu viel davon, solange nicht wirklich was passiert ist …« Mia versuchte Gitti und sich zu besänftigen: »Weißt du was? Wir besprechen es lieber gleich in unserer Gruppe.«

»Phhh«, machte Gitti und warf die Badtür von außen zu.

Im Frühstücksraum des Hotels saßen bereits Gäste auf den rustikalen Bänken, sahen durch die Sprossenfenster direkt auf den Noorderloog, wo erste Touristen durchs Dorf gingen, einige mit Brötchentüten in der Hand.

Gitti nahm sofort Kurs auf die noch freie Bank. Für Mia war das aufgebaute Büfett wichtiger. Frisch gebackenes Brot und Brötchen, leckeres Gebäck, selbstgemachte Marmeladen, appetitlich aussehende Wurstsorten, Obst und Gemüsestücke, Müsli und Quarkspeisen hatte sie entdeckt. Sie schluckte. Wenn nun noch der Kaffee schmeckte … So, wie das himmlische Aroma durch den Frühstücksraum waberte, gab es daran keinen Zweifel.

Sie nahm sich einen Teller und legte sofort los.

Ein dunkelhaariger junger Kellner im schicken Outfit betrat den Raum. Während er charmant lächelte und hier und da die Gäste begrüßte, spähte er mit Argusaugen über die Tische, ob alles in Ordnung war. Gitti winkte ihm zu und bestellte quer durch den Raum Kaffee. Mia machte ihr ein Zeichen, deutete auf die Thermoskannen auf den Tischen. Doch sie verstand es nicht sofort, sondern hob sie hoch und schwenkte damit.

Während des Frühstücks erzählte Mia Gitti ein wenig über die Insel. »Die weißen Strände sind so herrlich weitläufig und die blauweißen Strandkörbe ...« Sie hielt inne, weil sie plötzlich vor ihrem geistigen Auge die Tote des letzten Kriminalfalls sah. Mia hoffte, dieses Bild bald mit etwas Schönerem überblenden zu können. Sie würde Gitti bitten, sich in den Korbstuhl zu setzen und sie dann in den albernsten Posen fotografieren, die die Welt je gesehen hatte - bis zum *Elführtje* im *Inselcafé*, das durften sie nicht verpassen. Noch weiter im Voraus wollte sie nicht planen. Das ging nie gut. Also, erstmal frühstücken.

Die Chefin des Hotels betrat den Raum. Sie kümmerte sich persönlich um das Wohl ihrer Gäste. Die Begrüßung war bei vielen Gästen freundschaftlich. Vermutlich kamen sie jedes Jahr hierher. Nun ging sie zum Büfetttisch, auf dem die verschiedensten Quarkspeisen standen und sah dort nach dem Rechten.

Mia hinterher. Zum Abschluss eines jeden Hotelfrühstücks füllte sie immer ein Schälchen mit Quark, Obst und Müsli.

»Haben Sie gut geschlafen?«, fragte Frau Kröger.

Mia bedankte sich erst einmal für das Erkundigen danach und bejahte es überschwänglich. Sie hatte nicht gelogen. Das Bett war tatsächlich sehr bequem - wenn man mal von dem Darunter und den anderen Umständen absah.

Die Chefin lächelte so, als habe sie nichts anderes erwartet, doch dann schlich sich Besorgnis in ihr Gesicht: »Ich hoffe, der Mann ihrer Freundin hat noch ein Zimmer auf der Insel bekommen.« Sie zeigte diskret auf Gitti.

»Gittis Mann - also ich meine, Frau Bröckskes Mann - war hier?« Mia glaubte, sich verhört zu haben.

»Ja, ich sah ihn vor der Tür stehen, wie er gerade ihr Zimmer aufschloss und wunderte mich darüber. Als ich ihn ansprach, meinte er, er habe den Schlüssel von seiner Frau Gitti bekommen und solle ein paar Sachen aus dem Zimmer holen. Er sei nachgereist und woanders untergebracht. Der Arme war ja so heiser. Konnte kaum sprechen.«

»Ja … ja … schlimme Sache«, antwortete Mia, die selbst eine belegte Stimme bekommen hatte.

»Schade, dass ich es nicht rechtzeitig gewusst habe«, sagte Frau Kröger, »sonst hätte ich Ihnen vielleicht zwei Zimmer reservieren können. Wir sind immer sehr schnell ausgebucht, wissen Sie.«

»Ach so! Jaja, das war ganz spontan.« Zu gerne hätte Mia gefragt, wie er denn aussah, aber das wäre zu auffällig gewesen.

»Hat er etwas für uns ausrichten lassen?«, fragte Mia.

Die Chefin überlegte. »Nein, hat er nicht. Das hätte ich Ihrer Freundin natürlich sofort gesagt.« Sie sah sich um und winkte Gitti zu, wollte zu ihr gehen. »Ich kann es ihr auch selbst …«

Mia antwortete etwas zu laut: »Vielen Dank! Müssen Sie nicht! Ich erledige das!«

Nein, sie konnte der Frau unmöglich einen Vorwurf machen. Jeder Gast war für seinen Schlüssel selbst verantwortlich und hatte ihn sicher aufzubewahren. Das war selbstverständlich. Moment! Mia und Gitti hatten sich nur einen Schlüssel geben lassen, weil sie zusammenbleiben wollten. Mit diesem einen Schlüssel hatte Gitti abgeschlossen, da sie als Letzte das Zimmer verlassen hatte. Im *Blanker Hans* hatte sie den Schlüsselbund vermisst. Glücklicherweise hatte Jekaterina ihn unter dem Tisch, auf dem Boden liegend, gefunden. Ihn zu verlieren, konnte leicht passieren, wenn man zwischendurch immer wieder die Jacke aus- und wieder anzog. Wechseljahre schikanierten einen schon mal. Der Schlüssel war jedenfalls immer in ihrer Tasche, oder zumindest in ihrer Nähe, auf dem Boden, geblieben. Das war sicher! Sicher? Was war schon sicher?

Nun wussten sie wenigstens, wer in ihrem Zimmer gewesen war: Gittis Mann. Nur blöd, dass Gitti keinen mehr hatte. Der war schon lange tot und von ihrem Freund Maruan hatte sie sich vor zwei Jahren getrennt.

Mia ging zurück zum Tisch. Gitti schnaubte und hielt sich den Bauch. »Puh, so ein Frühstücksbüfett ist nichts für mich. Das ist viel zu viel.«

»Du weißt, dass du nicht alles essen musst, was auf den Tischen steht?«, fragte Mia mit Galgenhumor, doch dann wurde sie ernst: »Komm, wir vertreten uns die Beine. Bis zum *Elführtje* schaffen wir ein paar Kilometer. Außerdem möchte ich dir den Utkieker zeigen - und dann gibt es da noch etwas …«

Sie gingen nach rechts den *Noorderloog* entlang und sahen links das *Inselcafé*, das sie Gitti schon mal zeigte, damit sie wusste, wo sie sich gleich aufhalten werden. Der kunstvoll geschwungene Name stand groß auf der weißen Wand über der Eingangstür. Hier hatte sich seit Mias letztem Besuch nicht viel verändert. Gut so. Es wirkte alles so vertraut. Ob Suzana vom Service-Team noch da war? Das würde sie um elf Uhr erfahren. Auch, ob sich die vier Ostfriesen immer noch trafen. Gitti musste sie unbedingt kennenlernen.

Sie bogen links in den Slurpad ein. An der nächsten Wegkreuzung zeigte Gitti auf das Hinweisschild *Polizei.*

»Mist, jetzt habe ich die zerschnittenen Klamotten vergessen«, sagte Gitti. »Wir wollten doch Anzeige erstatten.«

»Du wolltest das!«, sagte Mia. »Bitte warte damit. Ich weiß, wer deine Sachen zerschnitten hat.«

»Wer?«, rief Gitti und blieb abrupt stehen.

»Dein Mann!«

»Spinnst du?«

21.

MIT NACKTEN FÜSSEN GINGEN MIA UND GITTI am weitläufigen Sandstrand spazieren. Dass hier nicht viel los war, schien eher eine Täuschung zu sein.

Gitti hatte sich bei Mia eingehakt, nachdem sie ihr erzählt hatte, dass tatsächlich ein fremder Mann in ihrem Zimmer gewesen war.

»Bleib ruhig!«, sagte Mia. »Das passiert kein zweites Mal. Der Schlüssel bleibt bei mir. Wer ihn an sich reißen will, hat keine Chance. Ich habe ihn tief in meine enge Hosentasche gesteckt.«

»Aber … ich meine … das ist doch …« Gitti blieb stehen.

»Komm weiter!«, beschwichtigte Mia. »Gleich wissen wir mehr. Mal hören, ob Jekaterinas geschenkte Sachen auch aufgeschlitzt wurden. Wenn ja, muss es der Schlitzer auf die Klamotten aus der Halle abgesehen haben. Aber warum?«

Gitti stoppte wieder: »Wo ist dein Jeansanzug?« Vor ihrem geistigen Auge musste sie ihn zerstückelt auf dem Boden liegen sehen, so wie sie guckte.

Mia erschrak selbst. Wieso hatte sie nicht sofort danach geschaut? Weil sie in der Aufregung nicht mehr daran gedacht hatte. Ganz einfach.

»Ach was!«, sagte Mia, so locker wie möglich, »dem ist nichts passiert. Den hat er bestimmt nicht gefunden. Der Anzug ist in meinem Rucksack, unter dem Sessel versteckt.« Am liebsten wäre sie sofort losgerannt, um nachzusehen. Stattdessen: »Wir fragen erstmal Jekaterina, was mit ihren Sachen ist - aber unauffällig. Sollte da ein Zusammenhang bestehen, müssen wir mit den anderen darüber reden. Aber noch wollen wir die Pferde nicht scheu machen.«

»Jekaterinas Klamotten? Glaub ich nicht, dass man da rankommt! Außerdem hätte sie uns das sofort im *Blanker Hans* gesagt. So wie das mit dem toten Fisch. Mist! Jetzt muss ich wieder daran denken.«

»Vielleicht - vielleicht hatte sie aber auch einen Grund, gerade das nicht zu erwähnen.«

Stille.

Mia konnte den Moment der Ruhe nicht vollständig genießen. Auch wenn sich der Sand unter ihren nackten Füßen wunderbar anfühlte, der leichte Wind ihr Gesicht streichelte und das Geräusch der schwappenden Wellen beruhigend wirkte, ratterte ihr Gehirn störend dazwischen. Sie fröstelte.

Gitti nestelte am Kragen und fuhr sich öfter durch die Haare, als der Wind sie ihr zerzausen konnte.

»Emil hast du vergessen!«, sagte Gitti. Sie streckte den Arm aus. »Da kommt er. Siehst du ihn? Da hinten. Der in den schwarzen Sachen. Ich hab recht gehabt. Er war es, der aus der Pizzeria geflüchtet war.«

Mia erkannte Emil erst, als er fast auf gleicher Höhe war und das nur an den schläfrigen Augen, die sie im ICE so müde gemacht hatten - wenn er sie überhaupt mal angesehen hatte. Diesmal führte er einen Rucksack mit sich. In seinen lässigen schwarzen Sportsachen wirkte er wie verkleidet und absolut nicht typgerecht. Jetzt hatte er sie auch gesehen. Er begrüßte sie mit einem Nicken und ging an ihnen vorbei, ohne sich einmal umzudrehen.

Gitti lief hinterher, zog ihn am Ärmel, sagte, dass er stehenbleiben solle. Das war ihre Art, Leute aufzuhalten, das kam aber nicht bei jedem gleich gut an. Mia beeilte sich, nachzukommen. Für alle Fälle.

»Hallo Emil!« Gitti säuselte, wurde dann einen Ton schärfer. »Warum so eilig? Warst du das gestern Abend in der Pizzeria? Klar warst du das!«, beantwortete sie sich selbst die Frage. »Wieso bist du vor uns geflüchtet?«

Er blieb ihr die Antwort schuldig, zog stattdessen seinen Arm ruckartig zurück. »Ach, ihr seid es! Wir sind uns im ICE begegnet, richtig?«

Mia nahm ihm das spontane Wiedererkennen nicht ab. »Ja, und in der Halle, in Leer sind wir uns auch begegnet«, ergänzte sie.

Er schob die Kappe tiefer ins Gesicht. »Wie war euer Name nochmal?« Er schielte rüber zu Mia.

Gitti war empört. Ihren Namen zu vergessen, ging gar nicht! »Ich bin Gitti und das ist Mia!«, erklärte sie ihm übertrieben kindlich und zeigte mit dem Finger auf sich und ihre Freundin.

»So ein Zufall, dass du auch hier bist«, schauspielerte nun Mia. »Verfolgst du uns etwa?«

»Könnte man meinen«, antwortete er, ohne jede Emotion. »Ich muss weiter - was erledigen.«

»Eine Frage habe ich noch«, Gitti streckte den Arm wieder aus, zog ihn aber in letzter Sekunde wieder zurück. »Als wir in der Halle waren, hast du da etwas aus dem Sortiment gekauft? Irgendetwas? Ein Kleidungsstück oder so?«

»Nein! Habe ich nicht! Ist nicht mein Stil. Schlimm genug, dass ich das alles mitmachen musste. Aber die Fragerei geht mir zu weit. Bitte lasst mich zukünftig in Ruhe! Okay?« Er grüßte wie ein Soldat, indem er zwei Finger an die Kappe setzte und mit Schwung wieder herunternahm, dann marschierte er davon.

»Der hat gelogen!«, sagte Mia. »Er hat ein Paar Schuhe mit höheren Absätzen aus der Halle mitgehen lassen. Im wahrsten Sinne des Wortes. Hat sie einfach angezogen und ist gegangen - ohne zu bezahlen.«

»Höhere Absätze? Highheels?«

»Gitti! Nein! Es gibt auch Männerschuhe mit hohen Absätzen - Blockabsätzen - damit Mann größer erscheint. Nicht nur Frauen schummeln sich manchmal größer. Größer in vier Sekunden oder so.«

»Du hättest es Walther sagen müssen, dass Emil die Schuhe geklaut hat«, fiel ihr nur dazu ein.

»Ja, hätte ich ... habe ich aber nicht. Komm weiter! Wir sollten unseren Spaziergang bis zum Utkieker schaffen. Den musst du sehen. Der ist 3,50 m groß.«

»Mit oder ohne Absätze?«

»Gitti, der ist nackt.«

»Worauf warten wir?«

Als sei es gestern gewesen stand Mia vor dem Utkieker auf der Aussichtsdüne, verfolgte seinen Blick auf die See. Mia hatte damals die Geschichte zur Entstehung der Skulptur erfahren, die der Künstler Hannes Helmke für Spiekeroog gefertigt hat.

‚De Utkieker' soll das Unheil von Spiekeroog abwenden. Das hatte wohl auch etwas mit Weitsichtigkeit und Investitionen zu tun, so genau wollte niemand mehr darüber sprechen. Das war einmal.

An den Füßen des Utkiekers lag ein Strauß halb verwelkter Blumen. Zum Andenken an den Zweimetermann, der sich selbst für den Utkieker hielt und den viele wie einen Verrückten behandelt hatten. Tragisch!

»Meine Güte, ist der groß - und so schlank, und dann die Hände und der ... ! Sehr beeindruckend!« Gitti hielt sich den Nacken. »Diese Aussicht! Fantastisch!« Sie sah auf die Uhr. »Müssen wir nicht bald mal?« Mit dem Handy in der Hand ging sie zwei, drei Schritte zurück und drückte mehrmals auf den Auslöseknopf der Kamera. Dabei hielt sie die Arme immer auf der gleichen Höhe. Eine Höhe, mit der sie sicher nicht den Kopf der Skulptur draufbekam.

Die beiden gingen den steilen Weg wieder nach unten, bogen links ab Richtung Dorf. Vor ihnen lief ein dunkelhaariger Mann in blauer Polizeiuniform. An der Leine führte er seinen Hund, der eine Weste mit der Aufschrift »Polizeihund« trug. Der Dackel lief wachsam nebenher, wie seine großen Schäferhund-Kollegen.

»Da!«, flüsterte Gitti. »Frag ihn! Los frag ihn!«

»Gitti! Ich frage nichts und du auch nicht. Bitte!« Mia suchte nach überzeugenden Argumenten. Ihr fiel tatsächlich auf die Schnelle etwas ein: »Wir haben die Sachen - das Beweismaterial - nicht dabei, außerdem sind wir jetzt im *Inselcafé* verabredet. Es ist die letzte Gelegenheit, mit Jekaterina zu sprechen, bevor sie mit der Fähre verschwindet. Jekat ist mir nicht ganz geheuer. Ich möchte sie unter die Lupe nehmen.«

Gitti ging schneller.

»Gitti! Bitte!«

Doch sie hörte nicht. Auf gleicher Höhe des Inselpolizisten geriet sie in Verzückung: »Das ist aber ein schöner Hund! Und so klein! Ich meine, so niedlich! Ich meine, so gehorsam! Darf ich ihn streicheln, oder beißt er?«

Der Polizist, mittleren Alters, blieb stehen: »Nur, wenn ich es befehle«, und kniff Mia ein Auge zu, die sich zu ihnen gesellte.

André Basold, las sie auf dem Namensschild.

Gitti interessierte etwas anderes. »Haben Sie auf dieser idyllischen Insel viel zu tun?« Es klang scheinheilig in Mias Ohren.

»Es gibt immer etwas zu tun«, antwortete er. »Grundsätzlich ist es hier aber sehr friedlich. Das SEK musste noch nie eingreifen.«

Mia begrüßte ihn: »Moin erstmal. Ist ihr Kollege, der Hauptkommissar aus Aurich, nicht mehr hier, den ich im letzten Jahr … getroffen habe?«

»Moin. Nein, der ist wieder zurück aufs Festland. Ich habe die Dienststelle fest übernommen. Wenn Sie also mal was auf dem Herzen haben, scheuen Sie sich nicht, zu mir zu kommen. Die Polizeistation ist auf dem Tranpad. Oder Sie finden mich im Dorf oder am Strand, zu Fuß, mit Hund oder auf dem Elektrofahrrad. Ganz einfach.«

Mia bedankte sich für das Angebot und wünschte einen schönen und vor allen Dingen ruhigen Tag.

»Danke, das wünsche ich Ihnen auch.«

Der Dackel bellte zur Verabschiedung. Braver Hund.

Gitti rieb sich den Oberarm. »Du hast mir wehgetan!«

»Ich wollte nur verhindern, dass du etwas Falsches sagst.«

Mia kannte keine Gnade - zumindest bei der manchmal zu geschwätzigen Gitti. »Schlafende Hunde sollte man nicht wecken. Nicht hier und jetzt - später.«

22.

WALTHER WAR FROH, DASS ER NICHT NUR EINEN Anruf frei hatte, sondern so oft telefonieren durfte, wie er mochte. Er war ein freier Mann, nicht dringend tatverdächtig, was Moritz anging und musste nicht in Untersuchungshaft. Nur, weil er einen, zugegeben, wirklich dummen Scherz gemacht hatte, wollte der Kommissar ihm lediglich Angst einjagen. Die Beamten, die ihn nach draußen begleitet hatten, ließen ihn beim Kaffeeautomaten alleine auf dem Flur sitzen, meinten, er würde wieder von ihnen hören.

Beinahe musste er laut lachen, dass er darauf hereingefallen war. Gut, dass die so chronisch unterbesetzt sind und ihm die Halle nicht auseinandernahmen. Ganz zu schweigen von den Kosten, die dadurch entstehen würden. Die waren im Budget nicht mehr drin. Das brauchten sie für die Demos mit den Rechtsradikalen, die sie in Schach halten mussten. Außerdem hatten selbst Moritz, Nette und er es seinerzeit noch nicht einmal geschafft, eine Art Bestandsaufnahme zu machen, um sich einen Überblick zu verschaffen. Das war ein Fass ohne Boden. Halle ohne Limit, eine … ach, egal.

Auf dem Weg vom Parkplatz bis zur Halle genoss er bei bestem Wetter den kurzen Spazierweg. Das Tor war, wie erwartet, nicht versiegelt und auch das Bürogebäude frei zugänglich. Walther atmete tief durch, bevor er in die stickige Halle ging. Ja, er hatte ein reines Gewissen! Ob er nun wirklich alleine mit dem Geschäft weitermachte, entschied er später. Zunächst einmal stand ein Telefonat mit Nette an. Den inneren Vorbeimarsch brauchte er jetzt.

»Ich bin's!«, meldete er sich kurz und knapp, »Walther!«, fügte er hinzu, auch wenn sie ihn längst an seiner Stimme erkannt haben musste.

»Was willst du?«

»Wo bist du?«, fragte er zurück.

»Warum willst du das wissen?«

»Weil ich dann zu dir komme. Ich muss dir etwas zeigen.«

»Ach ja? Was denn?«

»Es soll eine Überraschung sein.«

»Du musst mich nicht mehr überraschen. Nie mehr! Hörst du?«

»Ich frage mich gerade, woher du dir das Recht nimmst, so zu reagieren? Ich habe dich nicht betrogen, sondern du mich! Vergiss das nicht! Nie!«

»Komm zur Sache!«

»Ich dachte, das wäre ich bereits«, antwortete Walther. Er war froh, dass hier nirgendwo ein Spiegel hing, damit er sein Gesicht nicht sehen musste, das bestimmt blaurot angelaufen war. So fühlte es sich zumindest an. Er schnappatmete ein paar Mal. Es saß doch tiefer als gedacht.

»Bist du noch da?«, fragte Nette. »Wenn du nicht weiterreden willst, lege ich auf. Ich habe Wichtigeres zu tun, bis ich die letzte Fähr …« Sie hustete sich die Lunge aus dem Leib, versuchte Walther so abzulenken. Doch das letzte Wort war gesagt, wenn auch nicht ganz ausgesprochen.

»Aha! Jetzt weiß ich, wo du bist! Du bist auf Spiekeroog. Bist den anderen nachgereist. Wenn du meinst, du bekommst etwas aus Jekaterina heraus, hast du dich geschnitten. Nichts wird sie dir erzählen. Nichts!«

»Was wird sie mir nicht erzählen?«, fragte Nette.

»Dummer Versuch!«, antwortete Walther. »Aber, ich sage dir was anderes: Die Halle kannst du dir abschminken. Die gehört mir! Ich komme gerade vom Kommissar und habe Moritz‘ Testament überreicht bekommen. Ich bin der Begünstigte, obwohl ich nicht mit Moritz geschlafen habe! Das hast du jetzt davon!«

Nette kreischte: »Von wann ist das Testament?«

»Er hat es kurz vor seinem Tod ausgestellt. So, wie er es mir versprochen hatte und da das neueste Testament zählt … und du ja sowieso von deinem Testament den Teil mit der Unterschrift nicht hast …«, er lachte dreckig, »… und mein Datum ein jüngeres ist, schaust du in die große Röhre. Tja, hat sich alles nicht gelohnt!«

Nette schnaufte, wie eine Bergsteigerin, die den Fünftausender nicht hochkam.

Walther setzte einen drauf: »Die Halle ist für dich ab sofort tabu! Hol deine Sachen aus meiner Wohnung - aber erst nach Terminabsprache und nimm deine Scheiß Deko mit! Übrigens werde ich zukünftig mit Jekaterina zusammenarbeiten.«

»Du wirst was - mit Jekaterina?«, zischte Nette.

»Ich werde mit ihr einen Deal machen und sollte sich irgendwann mehr ergeben, wäre ich auch nicht abgeneigt!«

»Aha! Interessant! Deswegen bist du mit ihr in dein Büro gegangen. Bevor du fragst: Ja, ich habe an der Tür gelauscht und durchs Schlüsselloch geschaut. Das war auch gut so! Ich weiß alles! Sie hatte etwas dabei, das sie in Wasser aufgelöst hat. Kurz darauf hörte ich die Schüsse einer Maschinenpistole. Ich wäre beinahe vor Schreck gestorben! Wer rechnet denn damit, dass es ein Klingelton ist. Also: Womit dealt ihr? Drogen? Kokain? Neuartiges Ecstasy in Pulverform?«

»Wenn ich gewollt hätte, dass du es weißt, dann hätte ich es dir gesagt.«

Nette ließ nicht locker: »Wo hast du es her?«

»Nur so viel: Es ist nicht von mir.«

»Klar. Deshalb hat sie dich auch gefragt, was es ist. Also! Was ist es?«

Walther antwortete nicht sofort. Er trank erst einmal einen großen Schluck abgestandenes Wasser aus der PET-Flasche, weil er im Moment nichts anderes greifbar hatte. »Ich denke, du weißt alles. Sag du es mir! Ich höre!«

Das war der Schwachpunkt in seinem Abkommen mit Jekaterina. Auch sie wusste nicht, was es war, nur, dass Moritz es mit der Kleidung aus Osteuropa geschickt bekommen hatte. Es handelte sich dabei um eine Probelieferung - von einem Lieferanten, den Jekaterina bestens kannte. Der war auch der Grund, warum sie nach Leer gekommen war und mit Walther dieses Abkommen getroffen hatte.

»Schluss jetzt!«, sagte Walther. »Du hast es dir selbst zuzuschreiben. Jetzt gehe ich meinen Weg - mit Jekaterina!«

»Das wirst du nicht!«

»Oh doch, das werde ich!«

23.

MIA HIELT GITTI DIE TÜR VOM *INSELCAFÉ* AUF und ließ sie vorgehen. An ihrem »Oh« und »Ah« merkte sie, wie gut es ihr gefiel. Ohne zu schauen, welche Räume sich links und rechts befanden, ging Gitti geradeaus, den langen Flur entlang.

»Hier ist es!«, rief Mia ihr hinterher und bog rechts in die Stube ab.

Glück gehabt! Die Frühstücksgäste waren bereits gegangen und alle Tische abgedeckt. Sie setzte sich auf die Bank neben dem gusseisernen Kamin. Hier hatte sich seit dem letzten Mal nichts verändert. Sie liebte die Binsengeflechtstühle an den rustikalen Tischen und die terracottafarbenen Wände mit der ostfriesischen Deko.

Anstatt Gitti erschien Suzana vom Service-Team. Sie strahlte über das ganze Gesicht und begrüßte Mia: »Schön, Sie wiederzusehen! Herzlich willkommen! Geht es Ihnen gut?«

»Noch ja!«, scherzte Mia und versuchte auf ihren Unterarmen die Gänsehaut wegzurubbeln.

Endlich kam auch Gitti zurück. Mia konnte sich denken, wo sie gewesen war, fragte also nicht danach. Stattdessen stellte sie ihr Suzana vor und gab die Bestellung auf, nach der sie sich ein ganzes Jahr gesehnt hatte: »Einen Sanddorn-Eisbecher bitte!« Allein beim Sprechen lief ihr das Wasser im Mund zusammen. Sie schluckte mehrmals. Für Eis gab es bei Mia keine festen Zeiten. Das konnte sie Tag und Nacht essen. Das war eines ihrer Figurprobleme. Gitti schloss sich der Bestellung sofort an.

»Erst viertel vor elf!« Gitti setzte sich und tippte mit dem Finger auf die Armbanduhr. »Warum hast du mich so gescheucht? Die anderen sind auch noch nicht da!«

»Laut meiner Uhr ist es viertel nach elf«, antwortete Mia. »Das ist eine Automatik, die zieht sich durch Handbewegungen selbst auf. Ich muss wohl zu viel getan haben«, rechtfertigte sich Mia.

Gitti grinste.

Die beiden schlossen eine Wette ab, wer oder was wohl zuerst kommen würde, jemand aus der Gruppe oder ihre Eisbecher. Gitti wählte die Gruppe und schrie freudig auf, als Nette prompt die Tür öffnete, gefolgt von Ken.

Gitti machte sich mit einem »Huhu!« bemerkbar.

»Da seid ihr ja!« Nette strahlte eine gewisse Trauer aus. Ihr Gesicht war fahl, gezeichnet von dunklen Augenringen. Der schwarze lange Sommerrock und das gleichfarbige Top stachen vom hellen Teint und den blonden Haaren ab. Sie setzte sich zu Mia, Ken nahm neben Gitti Platz. Ein oberflächliches Gespräch begann.

Ken fiel nicht nur mit seiner akkuraten Kleidung wieder einmal völlig aus dem Rahmen, sondern auch mit seiner Schweigsamkeit. Mia waren solche Menschen suspekt, die selten etwas sagten, immer nur zuhörten und lauerten, was die anderen so machten. Oder ob die Ärzte mehr verpfuscht hatten, als man ohnehin schon sah? Sein größter Makel war ihr jetzt erst aufgefallen: Auf seinem sonst so glatten Hals prangte eine rotunterlaufene Strieme. Mia traute sich nicht, ihn danach zu fragen.

Er bemerkte ihren neugierigen Blick, zog den Hemdkragen höher und schloss den oberen Knopf.

»Lasst uns auf Jekaterina und Wolf warten, bevor wir beginnen«, sagte Nette, »damit ich nicht alles doppelt erzählen muss. Mir ist da noch etwas eingefallen.«

Die Eisbecher wurden an den Tisch gebracht.

Nette strich sich über den flachen Bauch und blies die Wangen auf. Bestimmt war es ihr Ausdruck der Bewunderung.

Mia bezog es nicht auf sich. Sie steckte den Löffel durch den weißen Sahneschaum bis auf den Grund, führte ihn zum Mund und ließ sich das cremige Eis auf der Zunge zergehen. Da hatte Gitti den Eisbecher schon halb leer gegessen. Nette und Ken sahen so aufmerksam zu, als säßen sie in der Jury für die perfekte Eisesserin.

»Moin.« - »Moin.« - »Moin.« - »Moin.«

Die vier Ostfriesen betraten die Stube. Ihr Blick war stur auf den Stammtisch gerichtet. Was um sie herum geschah, interessierte sie nicht. Bei der heraneilenden Suzana bestellten sie ihr *Elführtje*. Gleich würde sie die Stövchen bringen, danach den Ostfriesentee, die Kluntjes und die Sahne für die Wulkjes - vielleicht sogar einen Rum dazu. Hoffentlich nicht, denn den tranken sie zum *Elführtje* nur, wenn etwas Fürchterliches passiert war, zum Beispiel ein Toter gefunden wurde, so wie im letzten Jahr.

Mia verrenkte sich den Hals nach ihnen, wollte sich aber noch nicht zu erkennen geben. Die Vier hatten sich überhaupt nicht verändert. Das lag wohl an der Seeluft, dem Tee und den langen Spaziergängen, die man hier zwangsläufig auf der Insel machte.

Ah, doch eine Veränderung: Der große Lian hatte einen noch längeren Bart bekommen. Mia überlegte wie die Namen der anderen lauteten. Dazu hatte sie sich Eselsbrücken gebaut.

Sie legte den Eislöffel hin und ging in sich. Ja, genau! Sie hatte es sich so gemerkt: Janto Kappe, Maiko Brille, Edo Jung und Lian Bart. Zugegeben, es war ein wackliges Konstrukt, wenn auch nur einer sein Merkmal änderte.

»Wo bleiben denn die anderen?«, fragte Nette und beantwortete sich im selben Atemzug selbst die Frage: »Jekaterina liegt bestimmt noch in den Kissen und wer weiß, wo Wolf gestern Abend gelandet ist. Nach einem Absacker in unserem Hotel war er plötzlich verschwunden. Er hätte auch mal Tschö sagen können.«

Nette hatte, wie meistens, ihren Fotoapparat dabei und machte Aufnahmen von der Stube. Heimlich hielt sie die Kamera auf die vier Ostfriesen. Wenn sie das merkten, gab es Ärger.

»Hat jemand die Handynummer von Jekaterina oder Wolf?«, fragte Mia und sah Gitti an.

Die hob den leeren Eislöffel als Antwort und ließ ihn ins Glas scheppern.

Die Ostfriesen horchten auf und sahen rüber.

Mia ging in Deckung. Gut, dass der Kamin zwischen ihnen stand. Sie hatte keine Erklärung dafür, warum sie nicht sofort zu ihnen ging und sie fröhlich begrüßte. Immerhin waren sie per Du und hatten so manchen Rum miteinander getrunken, vieles beratschlagt und ausgeheckt.

Die Männer steckten wieder die Köpfe zusammen und tuschelten. Es musste etwas sehr wichtiges sein, wenn sie so gesprächig waren.

Gitti suchte immer noch in ihrer Handtasche.

Nette war genervt: »Bitte beeile dich! Jede Minute ist kostbar!«

Endlich!

»Ich rufe zuerst Jekaterina an«, sagte Gitti und tippte auf das Lautsprechersymbol, damit alle mithören konnten.

Ein lautes Freizeichen ertönte. Niemand nahm ab, dann plötzlich eine Ansage auf Russisch. Es war eine männliche Stimme.

»Bitte? Wie meinen? Können sie das wiederholen?«, rief Gitti Richtung Display.

Es wurde wiederholt - aber auf Russisch.

»Am besten auf Deutsch!«, posaunte Gitti, »Ich Deutsch!«

Die Verbindung wurde abgebrochen.

Gitti verzog das Gesicht.

Mia hielt sich erstmal zurück. Auch die Ostfriesen taten das jetzt. Stumm wie die Fische saßen sie am Tisch und regten sich nicht.

Nun kam Suzana mit einem Tablett wieder, auf dem Rumgläschen standen - vier Stück. Sie verteilte sie mit einem »Prost« an die Männer. Dabei verzog sich ihre Stirn in Sorgenfalten.

Maiko rückte die runde Brille zurecht. »Ein Jahr hatten wir Ruhe und dann das …!«

»Jo!«, sagte Lian.

»Kann man nix machen!«, meinte Edo. »Ist eben so.«

»Jo.«, sagte Janto. »Da steckt man nicht drin.«

Die Tür ging auf. Wolf kam herein.

Heute sah er um Jahre jünger aus. Das lag an seinen Jeans und dem dünnen Baumwollpulli mit Bauch, in Hellblau. Die Kleidung musste er heute Morgen auf Spiekeroog erworben haben.

Mit einem »Hallo!« setzte er sich neben Nette und bemerkte die erstaunten Gesichter. »Is was?«, fragte er.

Nette erhob die Stimme: »Wir hatten uns um elf verabredet. Jetzt ist es halb Zwölf.«

Er winkte ab. »Na und? Wir sind hier nicht in der Schule oder bei einer Prüfung.«

Sie hakte nach: »Wo warst du gestern Abend? Im Hotel warst du plötzlich verschwunden. Habe dich überall gesucht!«

Wolf zog den Oberkörper nach hinten, wie ein Hochspringer, der Anlauf nahm. »Bist du meine Ehefrau?«

Mia verstand seine Sinneswandlung nicht. So hatte sie den fröhlichen Busfahrer noch nie erlebt.

»Nein, nicht dass ich wüsste«, konterte Nette, »aber du warst nicht mehr ganz nüchtern. Hättest dich auf der Insel verlaufen oder im Meer umkommen können. Kurz nachdem du weg warst, ertönte auch noch die Sirene.«

»Ach so! Die Sirene - das war der Rettungswagen. Ja, der fuhr mir entgegen, als ich vom Kino kam. Ein seltsames Bild, wenn hier plötzlich ein Auto durch die Straßen rauscht.«

»Du warst im Kino?«, fragte Nette. Sie schien beleidigt zu sein.

»Habe ich nicht gesagt! Ich kam vom Kino. Ich stand davor und habe mir die Plakate angesehen. Da war die Spätvorstellung gerade vorbei und die Besucher strömten heraus. Dachte zuerst, die hätten einen Horrorfilm gesehen, so entsetzt und blass sahen sie aus. Bis ich hörte …«, er sprach um einiges leiser, »bis ich hörte, dass es um eine Tote ging.«

Gitti flüsterte zurück: »Im Kino ist das nichts Neues!«

Mia hingegen hatte sofort geschaltet. Sie sprang auf. »Eine Tote?«

»Schau mal an!«, sagte Lian, »Die Mia Magaloff! Kaum wird hier eine Tote gefunden, schon ist die Detektivin wieder hier.«

»Oha!«, meinte Edo.
»Prost!«, sagte Maiko.

24.

NETTE VERLOR DIE FASSUNG. »DU BIST EINE DE-tektivin?«

Mia flüsterte: »Quatsch! Ich weiß auch nicht, wie die darauf kommen. Erzähl weiter, Wolf!«

Der zuckte mit den Schultern. »Keine Ahnung. Die Frau vom Inselkino hatte alle Mühe, die Kinobesucher beisammen zu halten. Sie sollten auf den Polizisten warten, den sie verständigt hatte. Die Leute mussten befragt werden, was sie gesehen haben.«

»Was wohl?«, zischte Gitti.

»Gitti!«

»Ist doch wahr, Mia!«

»Und dann?« Mia hätte Wolf am liebsten mit einem Schlüssel aufgezogen, damit er schneller sprach. »Kennt man die Tote? Wie heißt sie? Wo kommt sie her?«

»Also doch Detektivin!« Er sah sie eindringlich an.

»Hobby! Reines Hobby! Oder nenne es Neugier, unbändige Neugier.«

Wolf entspannte sich ein wenig. »Mehr weiß ich nicht darüber! Bin gegangen. Ich war ja nicht in der Kinovorstellung und wollte nicht noch mehr Ärger bekommen.«

Mia entschuldigte sich kurz. Es war an der Zeit, die vier Ostfriesen zu fragen, ob sie mehr wussten. Dass sie ihren Besuch mit dem Auffinden der Toten in Zusammenhang brachten, war nicht so ernstgemeint, wie es geklungen hatte.

Der weißbärtige Lian umarmte Mia sogar zum ersten Mal, wenn auch nur eine Zehntelsekunde. Sie freute sich sehr darüber, denn sie mochte ihn gut leiden und setzte sich neben ihn. Er war es auch, der die Informationen brummte: »Eine Touristin haben sie gefunden - tot - im Inselkino. Sie soll eine reiche Russin gewesen sein.«

»Woher weißt du das?«, fragte Mia.

»Inselfunk. Sie lief immer mit vier von diesen teuren Handys herum - als sie noch lebte, versteht sich. Vier Stück!«

Mia drehte sich von den anderen Ostfriesen ab, kam nah an sein Ohr: »Haben sie auch gefunkt, wie sie heißt?«

»Habe ich vergessen. War ein langer komplizierter Name.« Dabei sah er ihr tief in die Augen.

Mia rätselte. Es wurde Zeit, wieder zu Gitti und den anderen an den Tisch zu gehen.

Auf dem Weg dorthin sah Mia kurz aus dem Fenster, weil sich dort etwas Dunkelblaues bewegte. Es war der Inselpolizist, der auf seinem Handy herumtippte und nun auf die Verbindung wartete.

Mia setzte sich wieder auf den ursprünglichen Platz an den Kopf der Eckbank und vermied es, sich noch einmal nach Lian umzuschauen. Die Männer sollten sich erst beruhigen und sie musste es auch.

Gitti stierte auf ihr Smartphone, das sie noch immer in der Hand hielt. Plötzlich ertönte der alte Tausendmal-Berührt-Song.

»Da ist sie!«, rief Gitti, die anstatt der Handynummer den Namen des Anrufers aufs Display gezeigt bekam - in diesem Fall der Anruferin: *Jekat*. Glücklicherweise ließ sie diesmal den Klingelton nicht minutenlang dudeln und sang mit, sondern ging sofort dran und sprach als Erste. »Jekat! Wo bist du? Wir alle warten auf dich!«

In Ken kam zwischenzeitlich Leben. Er legte einen Schein auf den Tisch. »Ich muss dann. Gibst du das der Kellnerin?«, fragte er Wolf.

»Warte doch, bis Jekat kommt.«

Ken schüttelte den Kopf. »Keine Zeit!«

»Lass wenigstens deine Nummer hier, damit wir dich erreichen können«, rief Mia ihm hinterher.

Ken winkte ab. Mia rechnete jetzt fest damit, dass Gitti sie hatte. Fragen durfte sie nicht, denn …

»Jekat?«, Gitti kroch bald in den Hörer.

Mia verstand die Welt nicht mehr. Hatten die Ostfriesen sie tatsächlich auf den Arm genommen? Sie bedauerte es, dass sich die Lautsprecherfunktion von Gittis Handy von alleine ausgestellt hatte und sie nicht wieder darauf gedrückt hatte.

Nette rief dazwischen: »Jekat soll sofort kommen! Ich habe eine Nachricht für sie!« Ihre Gesichtszüge verkrampften sich dabei.

Aber Gitti war mit Staunen und Sprechen beschäftigt: »Ach so! Nein! Ja! Im *Inselcafé*. Gut. Bis gleich.«

»Wird ja auch Zeit!«, sagte Nette.

Gitti bekam rote Flecken am Hals und im Ausschnitt. »Das war der Inselpolizist. Er wartet draußen auf mich. Es geht um Jekaterina. Ihr muss was zugestoßen sein.«

»Wieso rufen die dich an?«, fragte Nette.

»Weil er in ihrem Handy meine Nummer unter *Verpasste Anrufe* gesehen hat.« Gitti wischte sich den Mund ab, obwohl es lange her war, dass sie den Eisbecher gegessen hatte. »Mia, begleitest du mich? Bitte!«

»Klar!«, sagte Mia. Sie stöhnte auf. »Hatte Jekat keine Code-Sperre in ihren *iPhones*?«

»Anscheinend.« Gitti zuckte mit den Schultern. »Habe ich auch nicht.«

»Ich komme mit!« Nette stand auf. »Das wird mir hier alles zu brenzlig. «

Wolf sah den Frauen fassungslos hinterher.

Hauptkommissar André Basold, der Inselpolizist, wollte nicht viel Aufsehen erregen, sprach eher leise und in einem lockeren Umgangston. So, als seien sie alte Bekannte - natürlich nicht, ohne die nötige Ernsthaftigkeit rüberzubringen. Sie stellten sich abseits von der Straße, seitlich vor ein Ferienhaus.

»Es geht um …«, er sah auf seine Notizen, »Jekaterina Iwanowa Leonowa. Wer von den Damen ist Gitti Bröckskes?« Er sah Nette an. Die zeigte rüber zu Gitti, die den Finger gehoben hatte.

»Ich bin es! Was ist mit Jekat? Wo ist sie?«

»Sie ist … war … im Inselkino. Nun ist sie … woanders.« Er beobachtete Gitti, wie sie reagierte.

Sie sah auf den Boden.

Sein Blick wanderte zu Mia und Nette.

Die Frauen schwiegen.

»Gleich erkläre ich mehr«, sagte der Polizist und wieder an Gitti gewandt: »Bitte sagen Sie mir nur kurz, was Sie von ihr wollten.«

»Wir waren im *Inselcafé* verabredet. Mia, meine Freundin, und ich haben eine Reise gewonnen, müssen Sie wissen.«

»Eine Reise nach Spiekeroog. Wie schön!«

»Nein, nach Leer. Leer ist auch schön«, sagte Gitti, »aber was uns da erwartete war nicht so schön …« Sie sah rüber zu Nette.

»Ich kann alles erklären«, meinte die nur.

Der Polizist hob die Hand. »Das bitte später.«

» … und überhaupt«, Gitti war nicht zu bremsen, »wir haben unter unserem Bett …« Sie holte tief Luft.

Nun mischte Mia sich ein. »Gitti! Bitte! Du musst jetzt nicht alles auf einmal erzählen. Das spielt erst einmal keine Rolle.«

»Genau. Lassen Sie uns das auf der Polizeistation klären. War Jekaterina Leonowa auch in ihrer … Gewinnergruppe?«

»Ja - nein - man weiß es nicht so genau - und der Busfahrer sitzt noch im Café.« Gitti fasste sich an die Stirn. Sie hatte es wohl selbst gemerkt, wie seltsam sich das anhörte.

Der Hauptkommissar dachte laut nach: »Den muss ich natürlich auch befragen. Bitte entschuldigen Sie mich kurz. Ich kläre das ab.« Er ging ins Café.

Mia besänftigte Gitti. »Tut mir leid, dass ich eben so laut geworden bin, aber lass ihn erstmal fragen. Wir wissen doch nicht, was los ist. Nicht, dass wir was Falsches sagen.« Sanft drückte sie Gittis Arm.

»Ach, Mia! Jekat ist tot! Wie furchtbar! So eine junge Frau!« Sie wischte sich zwei Tränen weg.

Wolf kam aus dem Café, hinter ihm der Polizist.

»Fehlt nur noch Ken«, fiel Gitti ein. »Aber der musste zwischendurch weg, hatte einen Termin.«

»Weißt du, wo er untergebracht ist? In welchem Hotel?«, griff Mia vor.

»Im selben Hotel wie Jekaterina«, antwortete sie, als müsste Mia es selbst wissen.

»In welchem?« Der Polizist schaltete sich ein.

»Keine Ahnung.« Es klang halbherzig.

Mia stupste sie an. Sie fiel ihrer Freundin ungern in den Rücken, aber sie mussten weiterkommen. »Ruf ihn an! Du hast doch seine Handynummer. Hast ihn ja hierher gelockt. Wie heißt er eigentlich mit Nachnamen?«

Der Inselpolizist machte fleißig Notizen …

Gitti schüttelte den Kopf. »Wieso soll ich das wissen? Keine Ahnung! Ich weiß noch nicht einmal, warum er mit auf die Insel gekommen ist.«

Mia wandte sich an Nette: » … dann hast du ihn mitgebracht?«

… er strich die letzte Notiz wieder durch.

»Nein, habe ich nicht! Gitti hat mich auch nicht hierherbestellt, sondern Jekaterina. Sie wollte mich unbedingt - und ohne Walther - auf Spiekeroog treffen. Es ging um eine Marketingidee.«

Mia runzelte die Stirn. Sie versuchte es ein letztes Mal, alles zu entwirren, musste dafür die Katze aus dem Sack lassen: »Und was hat Emil hier zu suchen?«

»Was? Der ist auch hier? Warum sagt mir das niemand?« Nette schien geschockt.

Gitti stammelte. »Wir haben ihn nur durch Zufall am Strand getroffen - nur kurz. Er muss am selben Tag, vielleicht sogar mit derselben Fähre wie wir gekommen sein.« Sie drehte sich zum Polizisten. »Diesen Emil kennen wir aus der Halle. Also *kennen* ist das falsche Wort«, sagte sie dem laut Seufzenden, der es aufgab, weitere Notizen zu machen.

»Kommen Sie bitte mit«, sagte er. »Es gibt viel zu klären.«

Wortlos, aber tief in Gedanken versunken, gingen sie gemeinsam Richtung Polizeistation. Von außen sah sie wie ein normales ostfriesisches Wohngebäude aus, wäre da nicht der blauweiße Leuchtkasten mit den großen weißen Buchstaben POLIZEI gewesen und hätte da nicht am Seiteneingang das

Elektro-Dienstfahrrad gestanden. André Basold sah in die Runde. »Bitte warten Sie solange vor der Tür, bis ich Sie einzeln hereinrufe. Frau Gitti Bröckskes, darf ich Sie bitten?«

»Komm! Mia! Wir sind dran!«, sagte Gitti und hakte sich bei ihr ein. Mia wehrte sich nicht. Probieren, konnten sie es ja mal.

Der Inselpolizist schloss die Eingangstür auf und ging vor.

Mia folgte ihm auf den Fersen. Der Anblick der Polizeistation war ihr sofort wieder vertraut. Doch diesmal empfand sie die Räume als weitaus sympathischer. Das hing mit dem Hauptkommissar zusammen.

Und wo war Gitti? Die stand Nägel kauend vor der halbgeöffneten Zellentür im Eingangsbereich und brauchte eine Extraaufforderung.

Gitti sprang in ihren Aussagen hin und her. Nur mit Mias Hilfe kam etwas Licht in die Sache, vermutlich durfte sie deshalb bleiben.

Nach ihren Befragungen gingen die beiden Freundinnen wieder auf die Straße zu den anderen. Da tanzte Wolf gerade seinen Raucher-Twist. Unter Beobachtung von Nette hob er jedoch diesmal die Kippe auf, zerdrückte sie nochmal mit bloßen Fingern und steckte sie in seine Jackentasche.

Mia erfüllte ihren Auftrag. »Der Nächste bitte!«, sagte sie.

»Klingt, als wären wir beim Doc«, meinte Gitti.

»Oder im Krankenhaus, oder beim Amt«, fiel Wolf ein.

Nette rastete aus: »Jekaterina ist tot und ihr macht lustige Wortspiele. Habt ihr sie noch alle? Ich geh jetzt! Ich will das endlich hinter mich bringen!«

25.

MIA FASSTE DERWEIL ZUSAMMEN: »ALSO, JEKAterina wurde tot im Inselkino aufgefunden. Mehr wissen wir nicht.«

»Das reicht mir«, sagte Wolf.

»Mir nicht!«, meinte Mia. »Ich will wissen, wer es war und wie das geschehen konnte.«

Gitti wusste es: »Das war ein verwirrter Einzeltäter, kein Terroranschlag! Liest man doch immer wieder in den Zeitungen und hört es in den Nachrichten. Bestimmt wurde sie erstochen! Heutzutage trägt fast jeder ein Messer mit sich herum.«

Wolf stimmte zu: »Ein Messer macht keinen Krach, so wie eine Pistole. Es sei denn ... das Opfer schreit laut.«

Gitti verzog das Gesicht. »Auch das fällt nicht weiter auf. In Kinofilmen schreien sie doch immer, die sind hektisch und laut. Da fliegt einem der Hubschrauber um die Ohren und der Zug braust durchs Gehirn! Unerträglich! Deswegen gehe ich auch nicht mehr ins Kino. Zuletzt war ich in Ein Schweinchen namens Babe. Das Gequieke war nicht auszuhalten - das der Kinder, meine ich.«

»Okay«, sagte Mia. »Nehmen wir mal an, sie hat geschrien.« Es fiel ihr nicht leicht, sich die Szene auszumalen. Gestern Nacht noch hatte sie mit Jekaterina in der Kneipe gesessen und sich gefragt, ob diese junge Frau nichts anderes als Mode und Luxus im Kopf hatte und wieviel Geld ihr wohl monatlich zur Verfügung stand - von ihrem reichen Mann gesponsert und von den Firmen, deren Marke sie trug und die Fotos ins Netz stellte. Das kannte man ja. Eine arme reiche Frau, deren luxuriöses Leben so plötzlich zu Ende gegangen war. »Also, angenommen, sie hat geschrien«, griff Mia den Faden wieder auf, »und man hat sie im Kino aufgrund der allgemeinen Geräuschkulisse nicht gehört, dann müsste man zumindest was gesehen haben.«

»Wieso? Die machen das Licht aus, wenn der Film beginnt«, sagte Gitti.

»Richtig, aber auch wenn ich schon länger nicht mehr im Kino war, weiß ich, dass sie eine Notbeleuchtung anlassen und die riesige Leinwand, der Film an sich, auch Licht abstrahlt. Wo saß Jekaterina? Hätten die Besucher, die hinter ihr gesessen haben, es beobachten können, wie jemand mit dem Messer ... oder saß niemand mehr hinter ihr?«

Alle zuckten mit den Schultern oder schüttelten den Kopf. Fast eine Fangfrage, dachte Mia. Wenn jetzt eine Antwort gekommen wäre, hätte es ihr zu denken geben müssen.

»Mia! Mir fällt gerade was ein.« Gitti tippte sich kurz mit dem Finger auf die Stirn. »Das Kostüm! Womöglich wurden mein Rock und der Blazer mit demselben Messer zerschnitten ... Hilfe! Wie furchtbar! Der Täter hätte uns abstechen können!«

»Hätte. Hat er aber nicht«, sagte Mia. Sie hatte sich in letzter Zeit angewöhnt, Dinge, die geschehen und gut gegangen waren, nicht mehr als eventuelle Katastrophe groß zu reden. Zumindest bemühte sie sich darum.

»Was ist passiert?« fragte Wolf.

»Welche Klamotten?«, wollte Nette wissen, die gerade von der Befragung zurückkam und nur Bruchstücke mitbekommen hatte.

»Stimmt! Das wisst ihr ja gar nicht! So weit waren wir nicht gekommen«, sagte Gitti. »Na ja, eigentlich wollte ich es sofort der Polizei melden, aber Mia war dagegen.« Sie schielte zu ihr rüber.

Die rechtfertigte sich: »Ich wollte erst klären, ob alle, die einen Hering in der Tasche hatten, auch ein Kleidungsstück zerschnitten bekommen haben. Sicher, er hätte viel Arbeit damit gehabt, sich Zugang zu verschaffen, weil wir unterschiedlich untergebracht sind.«

»Woher weißt du, dass es ein Mann war?«, fragte Nette.

»Weil die Chefin unseres Hotels einen Mann vor unserer Zimmertür erwischt hatte, der gerade aufschließen wollte. Er gab sich als Mann von Gitti aus und sagte, dass er seine Sachen abholen wolle.«

»Er muss stark erkältet gewesen sein, konnte kaum sprechen«, ergänzte Gitti. »Nur, ich habe keinen Mann, keinen gesunden und keinen kranken. Meiner lebt schon lange nicht mehr.«

Wolf nieste.

Sie sahen zu ihm.

»Bin kerngesund!« Er hob die Hände zur Abwehr.

»Na ja, derjenige könnte auch nur so getan haben, als könne er nicht sprechen.« Nein, Mia wollte nicht besserwisserisch sein, aber es wäre eine Möglichkeit gewesen.

»Woher hatte er denn euren Zimmerschlüssel?«, fiel es Wolf auf.

»Wir rätseln noch«, antwortete Mia. »Von den Hotelbetreibern nicht und Gitti und ich waren zu der Zeit mit euch im *Blanker Hans*. Der Schlüssel befand sich die ganze Zeit in Gittis Jackentasche. Nun ja, er lag mal kurzfristig auf dem Boden … weil Gitti ihn …«

Gitti bestätigte es.

Mia dachte näher darüber nach.

Nette störte sie dabei: »Aha! Derjenige hat sich tatsächlich über die Kleidung hergemacht?«

»Ja, er hat Gittis Kostüm zerschnitten und unters Bett geworfen. Das gewonnene Kostüm aus der Halle.«

Mia ärgerte sich, den Polizisten nicht näher nach der Todesart von Jekat gefragt zu haben. Von alleine erzählten die Gesetzeshüter aber auch gar nichts.

Nachdem der Inselpolizist erste Befragungen durchgeführt hatte, waren neue Ungereimtheiten aufgetaucht.

»Wohin gehen wir jetzt?«, fragte Gitti und sah Nette, Wolf und Mia an.

»Zum Strand, schlage ich vor.« Mia verlangte nach der unendlichen Weite der See, um ihre Gedanken besser sortieren zu können. Auch wenn das mit dieser Gruppe sehr optimistisch gedacht war.

Sie gingen zum nächstgelegenen Strandkorbverleih, der sich in einem Bauwagen aus dunkelbraunem Holz auf der Düne befand. Mia preschte vor und mietete zwei nebeneinanderstehende Strandkörbe an. Nachdem sie die Schlüssel für die Holzgitter bekommen hatte, wanderten sie über den breiten mit Brettern befestigten Weg hinunter und stakten durch den Sand.

Am Himmel braute sich etwas zusammen. Die Wolken türmten sich auf und hinderten die Sonne daran, zu strahlen. Das aufkommende Tief schlug sich auf die Stimmung nieder.

Gemeinsam halfen sie sich, die teilweise schwergängigen, weil versandeten Schlösser auf- und die Gitter abzubekommen. Geschafft!

Wieder sprachen sie über die zerschlitzten Sachen.

Nette wurde hysterisch: »Jetzt wird mir einiges klar! In der Halle war Walther mit Jekaterina plötzlich im Büro verschwunden. Worum es genau ging, weiß ich nicht«, sagte sie nur halb die Wahrheit, »aber sie hatten Streit bekommen.« Nette schrie kurz auf. »Das ist kein Zufall! Es hat was mit den gefälschten Marken zu tun. Vielleicht hat Walther uns die Hintermänner auf den Hals geschickt! Sie sind uns nachgereist! Die haben keine Skrupel!«

»Beruhige dich!« Mia streckte den Arm nach ihr aus, sie zuckte zurück. Mia auch. Sie musste sofort in ihr Zimmer zum Rucksack, nachschauen, ob ihr Jeansanzug unbeschadet war. Wenn das eine Designerware war, gefälscht oder nicht, dann war sie die Königin von Toga. Hätte sie den Anzug doch nur in Neuharlingersiel in einen Altkleider-Container geworfen. Auf der anderen Seite hatte sie so die Chance, den Anzug gründlich zu untersuchen - falls er noch da war.

Wolf krabbelte aus dem Strandkorb und streckte sich. Dabei fasste er sich plötzlich ans Herz und stöhnte auf.

Mias Schrecken hielt nur ein paar Sekunden an, bis sie den Grund sah, warum er es gemacht hatte. Er zog das Handy aus der Brusttasche und sprach im Flüsterton mit dem Anrufer, wobei er sich immer mehr von den Strandkörben entfernte.

Das Telefonat und Wolfs Rückkehr dauerten eine gefühlte Ewigkeit.

Er setzte sich wieder zu Nette.

Alle Augen ruhten auf ihm, niemand sagte etwas, bis Wolf auflöste:

»Das war Walther. Ich soll sofort zu ihm kommen. Er muss mich dringend persönlich sprechen.«

»Was?« Nette rückte ein Stück von ihm ab. »Wieso hat er mir das nicht gesagt?«

Wolf verdrehte die Augen. »Weil du dich von ihm getrennt hast?«

Mia und Gitti horchten auf.

In Nettes Kopf arbeitete es heftig. Mia sah es an ihren hin- und her sausenden Augäpfeln.

»Weiß er etwa, dass du auch auf Spiekeroog bist?«, fragte sie.

Wolf winkte ab.

»Ich will nicht, dass er doch noch hier aufkreuzt. Wann fährst du?«

»Gar nicht«, antwortete Wolf wahrheitsgemäß. »Ich habe die zukünftige Zusammenarbeit abgelehnt. Das ist mir zu heiß. Ich will mich zur Ruhe setzen.« Wolf zog die Kapuze seiner Outdoor-Jacke auf den Kopf. Eine Windböe blies sie ihm wieder herunter.

»Es wird stürmisch«, sagte Mia.

26.

WALTHER BELLTE IN SEIN HANDY. »WO BLEIBST du?«

»Hallo Walther.«

»Ich weiß, wie ich heiße. Wo bleibst du?«

»Ich komme nicht. Das ist mir zu heiß!«

»Denk an die Vereinbarung.«

»Mir egal. Ich bin raus!«

Walther warf einen greifbaren Gegenstand quer durch die Halle. Es schepperte. »Das wirst du bereuen! Wenn ich damit zur Polizei gehe, wird es richtig eng für dich!«

Wolf ließ sich davon nicht beeindrucken. »Überlege es dir gut, was du tust. Ein Auftragsmord ist auch für den Auftraggeber strafbar. Was meinst du, wie die sich freuen werden, wenn sie den Mord an Moritz aufklären können.«

Walther wütete: »Ich bin kein Auftraggeber! Ich habe niemanden angerufen!«

Wolf ließ nicht locker. »Wer sollte dir das wohl glauben, wenn ich denen sage, was ich mitbekommen habe?«

Walther wurde hellhörig. Was hatte Wolf genau mitbekommen und vor allen Dingen wann? Allein die Frage danach würde ihn doch verdächtig machen. Deshalb reagierte er so: »Pass auf was du sagst!« Walther klopfte mit dem Zeigefinger auf den Karton vor ihm.

»Willst du mir auch drohen?«, fragte Wolf spöttisch zurück.

Walther schwieg. Er musste erst darüber nachdenken. Aber Wolf ließ ihm keine Zeit dafür.

Er sprach weiter, mit gefährlich ruhigem Unterton: »Der

Kripobeamte wird erfahren, dass du aus Habgier gehandelt hast, du so einer bist, der für Geld und Ruhm über Leichen geht.«

Jedes Wort machte Walther aggressiver. »Bist du betrunken? Nette kann bezeugen, dass ich …«

»Könnte sie … wird sie aber nicht. Zur Not muss ich ihr gut zureden, damit sie es nicht macht«, sagte Wolf. »Außerdem, wie war das noch? Seid ihr nicht getrennt? Es ist ein Jammer mit Moritz! Da hat deine Frau endlich mal einen Lover, der es ihr gut besorgt und ihr ein finanziell sorgenloses Leben bieten kann und dann sowas.«

»Das weißt du also auch!«

»Sie hat es mir selbst gesagt, wie gut er … und wie sehr sie …«

Wolf vermied es wohl bewusst, den Satz zu Ende zu bringen, weil es sonst seinen Zweck nicht erfüllen würde.

»Hast du etwa auch mit ihr … oder woher weißt du so intime Dinge über sie?«

»Der Alkohol macht so manche Zunge lockerer. Ich habe ein wenig nachgeholfen, immer dafür gesorgt, dass ihr Glas voll war. Wir hatten ein sehr nettes Gespräch in der Hotelbar. Mehr nicht!«

»Hotelbar? Du bist auch auf Spiekeroog!«

»Ich … äh … und wenn dem so wäre? Was ändert es?«

»Eine ganze Menge! Hör zu! Ich biete dir die Partnerschaft an. Fifty-fifty. Ich habe herausgefunden, womit Moritz sonst noch so gehandelt hat. Der Lieferant möchte, dass ich damit weitermache.« Ein wenig Übertreibung musste jetzt sein.

»Er möchte? So kann man es auch sagen. Du musst! Oder glaubst du ernsthaft, dass er dich mit dem Wissen darüber laufen lässt?«

»Das wird er. Ich bin in der besseren Position … aber das erzähle ich dir alles nur persönlich und auch nur, wenn du mitmachst. Ich muss mich auf dich verlassen können! Sonst …«

»Was sonst?«

»Sonst schließe ich mich Jekaterina an und gehe einen anderen Weg.«

» … direkt in den Knast«, sagte Wolf. »Darauf wird es hinauslaufen, wenn du nicht aufpasst.«

Walther stöhnte. Das Telefonat kostete ihm so viel Kraft. Er konnte nicht mehr. »Wie meinst du das?«, fragte er dennoch.

»Wie ich es gesagt habe. Das verstehst du erst später und nochmals: Nein, ich komme nicht!«

Walther kam ein eigenartiger Gedanke: »Du! Du hast Moritz töten lassen!«

Wolf lachte schrill.

Walther hielt den Hörer vom Ohr. Zu spät. Es schmerzte.

»Wolf …? Wolf …! Sag doch was!«

27.

MIA, GITTI UND WOLF GINGEN ZUM *HOTEL ZUR alten Inselkirche* und sahen von der Straße aus ins *Café Klönstuv*. Gäste saßen vor opulent gefüllten Tellern.

Für Wolf gab es kein Halten mehr.

Gitti zog Mia am Ärmel zurück und nuschelte: »Dahinnen is si!«

»Was sagst du?«

»Lingsss.«

Mia wusste plötzlich woher Gittis schlechte Aussprache kam. Sie biss die Zähne zusammen, wollte möglichst ohne Lippenbewegungen leise sprechen. Nun fuchtelte sie wie eine Gebärdendolmetscherin mit den Händen und endlich hatte Mia es verstanden. Die Fotografin Nette lehnte an der Seitenwand des Hauses und telefonierte eindeutig mit jemanden, auf den sie nicht gut zu sprechen war.

Die beiden Freundinnen blieben vor dem Fenster des *Café Klönstuv* stehen. Mia gab Wolf ein Zeichen. Er nickte nur und winkte den Kellner heran. Nichts verstanden. Auch gut. Hauptsache, er blieb, wo er war.

Mia lauschte mit Gitti um die Wette.

Nette löste sich mit dem Rücken von der Wand und ging auf und ab. Jedes Mal, wenn sie näher kam, verstand Mia sie wieder: »Wo kann ich dich …? Sauber! Ich warte auf deinen schnellen Rückruf. Kann nicht mehr lange bleiben. Muss mich um die Halle kümmern.« Nette sah plötzlich gar nicht mehr nett aus. Besonders düster wurde ihr Gesichtsausdruck, nachdem sie Mias und Gittis Kopf um die Ecke hat schauen sehen. Da half es ihnen nichts, dass sie schnell zurückzuckten. Im Gegenteil!

»Was macht ihr denn hier? Habt ihr etwa …?«

Mia protestierte gekonnt: »Neeein! Gitti sagte gerade, schau mal da hinten, ist das nicht Nette … sollen wir fragen, ob sie eine Riesencurrywurst mit uns isst? Und während ich noch nachdachte und nachschaute, ob du es wirklich bist …«

»Hör auf! Ist schon gut. Ich habe andere Probleme«, sagte Nette.

»Fein!«, meinte Gitti, »dann lass uns gemeinsam Essen gehen.«

Damit hatte Mia nicht gerechnet, dass Nette tatsächlich mitging. Entweder knurrte ihr der Magen, oder sie wollte sich die Wartezeit bis zum vermeintlichen Anruf vertreiben. Glück für Mia.

Sie setzten sich außer Sichtweite von Wolf. Mia gab vor, zur Toilette zu gehen, informierte ihn darüber, wen sie im Schlepptau hatten und bat, nicht gestört zu werden.

Bis die Bestellungen gebracht wurden, plänkelten die Frauen oberflächliches.

Soviel Zeit musste sein.

Die großen Portionen waren schon mal ein guter Einstieg, um ins vertiefte Gespräch zu kommen.

Während Gitti wegen der Wurst den Mund vor Staunen nicht mehr zubekam, schien sich Nette über nichts mehr zu wundern. Oder kannte sie die Portionen? War sie schon einmal hier gewesen? Zugleich griffen sie zu Messer und Gabel, wünschten sich einen »Guten Appetit!«

Mia musste kurz an Ken denken. Sie hätten ihn im *Inselcafé* nicht so einfach gehen lassen dürfen. Hoffentlich verschwand er nicht mit der nächsten Fähre, bevor er vom Inselpolizisten befragt wurde.

Aber sie wollte nicht abschweifen. Nette saß vor ihr. Mia brannte es auf den Lippen und das war nicht nur wegen der pikant-scharfen Currysoße. »Nette, woher kanntest du Moritz eigentlich?«

»Wie kommst du denn jetzt darauf?«, fragte sie, antwortete aber dennoch: »Moritz und ich kennen uns schon sehr lange, noch vor Walthers Zeit. Durch den Hallenkauf vor zwei Jahren, als das Objekt zum Verkauf stand, traf ich ihn wieder. Wir waren die einzigen Bieter. Man sieht sich immer zwei Mal im Leben.«

»Den Spruch kenne ich«, sagte Gitti und sah zu Mia.

»Es war zwar eine günstige Immobilie, aber dennoch zu teuer für Walther und mich alleine. Moritz schlug vor, sie gemeinsam zu kaufen - aber ohne Kaufvertrag. Soviel Vertrauen müsse sein, sonst bräuchten sie es erst gar nicht zu machen, meinte er. Außerdem habe er eine Geschäftsidee, mit der sie bald alle ein Vielfaches von der Investition wiederbekämen, meinte er.«

»Ramschartikel?«, fragte Mia.

»Nicht nur. Die Kartonberge im Eingangsbereich der Halle mussten wir vom Vorbesitzer übernehmen. Nein, die Geschäftsidee bezog sich auf die Modeartikel. Moritz machte in Mode, obwohl er sich nicht damit auskannte. Er hatte Kontakt zu einer osteuropäischen Modefirma. Die lieferten Billig- und Fakeware. Das haben wir aber erst später mitbekommen und als wenn das nicht kriminell genug gewesen wäre, organisierte Moritz die Kaffee- und Gewinnfahrten dazu.«

»Seid ihr nie damit aufgeflogen? Da musste nur einer die

Polizei anrufen. Ich bin ehrlich, ich stand selbst kurz davor. Auch, weil der Preis für die Fotos Wucher sind«, schob Mia hinterher.

Nette setzte sich gerade hin. »Das ist Kunst!« Sie steckte sich zwei Stücke Wurst auf einmal in den Mund, sah aus wie ein Hamster kurz vorm Platzen der Backentaschen.

»Ja«, sagte Mia, »eine Kunst, den Preis so hoch zu setzen. Ich rate euch dringend davon ab, so weiter zu machen.«

Nette kaute schneller, tippte zwischendurch auf ihre Wangen und verdrehte die Augen.

Das hatte Mia zuletzt bei der Dschungelprüfung im Fernsehen gesehen, als es darum ging, irgendwelche behaarten Tierhoden zu essen.

»Ich kann dich beruhigen«, sagte Nette und rieb sich die Kehle, als wolle sie beim letzten Bissen von außen nachhelfen. »Ihr wart die letzte - sie zeichnete mit den Fingern zwei Häkchen in die Luft - Gewinnergruppe.«

»Wie wollt ihr - ohne diesen Moritz - weitermachen? Gehört die Halle jetzt euch? Soll sie verkauft werden, nachdem du dich von Walther getrennt hast?« Dranbleiben, beschwor Mia sich. Solange die, nun wieder nette, Nette so gesprächig war …

Nette sah an die Decke. »Ja, ein Wir gibt es nicht mehr. Walther wollte sich von mir trennen, da bin ich ihm zuvor gekommen und einfach abgehauen.« Ihre Augen glänzten wässrig.

Zu gerne hätte Mia nach dem Grund dafür gefragt, aber sie tat es lieber nicht - noch nicht.

»Na dann«, sagte Gitti. »Wer kümmert sich jetzt um die Halle?«

»Das wird zu klären sein!«

Mia klingelten die Ohren, so laut hatte Nette es ausgesprochen.

Ihr war es wohl auch aufgefallen, sie sah zum wiederholten Male auf ihr Handy, dessen Display dunkel blieb.

»Das reicht!« Nette stach in ihre Pommes und biss zu. »Mehr sage ich nicht. Jeder ist sich selbst der Nächste. Ist leider so!« Sie wechselte die Gesichtsfarbe ins Rötliche.

War es Wut oder Scham?

Nette sprang auf und verließ - ohne zu bezahlen - das *Café Klönstuv*. Mia winkte ihr mit einem »Hallo?« hinterher.

Kellner Serçan kam an den Tisch: »Zusammen?«

Mia und Gitti zogen um, zu Wolf an den Tisch, wollten später bezahlen. Gitti brachte Wolf sofort auf den neuesten Stand.

Mia war gedanklich einen Schritt weiter: »Wie hieß dieser Moritz nochmal mit Nachnamen?«, fragte sie in Wolfs Richtung, der es ja wissen musste.

»Moritz Meier«, sagte er.

»Meier mit ai oder ei?«

»Keine Ahnung. Ich habe nie etwas Schriftliches von ihm gesehen. Unser Geschäft lief unter: Ein Mann, ein Wort.«

Mia fragte sicherheitshalber nochmal nach: »Wir reden von ein und demselben Mann? Der, der tot in der Halle aufgefunden wurde, richtig?«

Wolf nickte nur und knickte langsam, im offenen Mund und mit der Zunge, eine letzte lange Pommesstange mittendurch. Genüsslich, kaute er darauf herum.

»Du hattest also von diesem Moritz Meier« - endlich mal ein Name, den Mia sich auf Anhieb merken konnte - »den Auftrag bekommen, die Gewinner vom Busbahnhof in Hamburg abzuholen und nach Leer zu fahren. Wie oft hast du das gemacht? Wie viele Touren kamen da so zusammen?«

Wolf stopfte ein Wurststückchen dazu. Gier hatte einen Namen: Wolf!

»Am Tag?«, fragte er zurück.

»Von mir aus«, sagte Mia.

»Manchmal eine.«

»Und in der Woche?«

»Schon mal zwei.«

»Im Monat … meine Güte, Wolf … lass dir nicht alles aus der Nase ziehen. Etwas konkreter wäre schon gut.«

»Im Monat acht. Nicht nur Leer, auch Papenburg, ganz Ostfriesland. Nicht nur Klamotten, auch Decken, Kissen, Matratzen, Pendel und Heilwasser wurde den Leuten angedreht. Habe ich aber nur beiläufig mitbekommen. Ich bin ja meistens draußen geblieben.«

»Hattest du nie Skrupel, sie dorthin zu fahren?«

»Haben Taxifahrer Skrupel, die braven Ehemänner zum Puff zu fahren, oder Ehefrauen zu ihren Liebhabern, die sie mit offenen Armen empfangen?«

Mia zuckte mit den Schultern. »Weiß nicht. Ist das nicht was anderes?«

Wolf schüttelte den Kopf. »Für mich nicht.«

»Warum hast du dir von der Provision keinen neuen Bus gekauft?«

»Wovon?« Er hielt seine rechte Hand muschelförmig ans Ohr, als könne er plötzlich nicht mehr richtig hören. »Ich war nur der Fahrer. Fett kassiert hat immer nur der Meier. Für mich hat es sich nicht gelohnt. Im Gegenteil. Ich bekam auf der Heimfahrt alles zu spüren. Die Frauen heulten, sahen zu spät ein, welche Dummheit sie gemacht hatten und die Männer wurden aggressiv, weil sie den Vertrag unterschrieben oder ihren Frauen Geld gegeben hatten und sich den Fehler nicht eingestehen wollten. Manche Opfer beschädigten sogar meinen Bus. Was meinst du, warum er so aussieht, wie er aussieht? Da soll ich mir einen neuen kaufen? Selbst wenn ich das Geld gehabt hätte, was nicht der Fall war, ich hätte es nicht getan. An Trinkgeld für das Nachhausebringen war erst recht nicht zu denken. So bekam ich pro Fahrt lediglich eine Pauschale vom jeweiligen Veranstalter. Das reichte gerade mal so für die Spritkosten. Aber man muss ja was tun. Will nicht die ganze Zeit faul auf der Couch liegen.«

»Warum bist du keine gewöhnlichen Reisetouren gefahren? An den Gardasee oder ins Sauerland, an die Mosel - schöne Touren mit gutgelaunten Leuten?«

Er sah Mia an, als wäre sie weltfremd oder käme vom Harmonie-Stern.

»Schon mal eine Reisegesellschaft erlebt - in einem Bus? Kegelclub? Skatbrüder? Rentner? Arbeitskollegen? Swingerclub?«

»Trödelmarktschwestern!«, legte Mia nach.

»Und du weißt nicht, was da abgeht?«

Mia wurde rot. »Nö-hö, wir waren immer brav.«

»Klar! Allenfalls auf der Hinfahrt - aber auch das glaube ich nicht.« Er winkte ab. »Nee, lass mal lieber! Stattdessen habe ich ans Aufhören gedacht und bin froh, dass ich es jetzt endlich gewagt habe. Sobald ich wieder auf dem Festland bin, werde ich meinen Bus verkaufen oder verschrotten lassen.« Er räusperte sich, musste etwas trinken.

»Rien ne va plus - nichts geht mehr«, sagte Mia und rieb sich den Magen. Sie schob den Teller mit dem zwischenzeitlich bestellten Eis beiseite, auf dem sie leider etwas liegen lassen musste, was sonst so gar nicht ihre Art war - schon gar nicht bei Eis.

Gitti winkte den Kellner heran und verlangte die Rechnung. »Bitte zusammen«, und an Mia gewandt: »Versprochen ist versprochen.«

Wolf freute und bedankte sich, obwohl er nicht gemeint war.

Gitti nickte, ihr schien Wolf leid zu tun.

»Sehen wir uns nachher?«, fragte sie ihn.

»Klar, ich bleibe so lange wie ihr auf der Insel. Kann euch doch nicht alleine lassen! Viel zu gefährlich. Aber, wenn ihr etwas Wichtiges vorhabt, ziehe ich mich auch gerne mal zurück und gehe solange an den Strand die Möwen zählen, bis ...«

»Also, ich habe nichts vor«, unterbrach ihn Gitti. »Ich komme mit dir.«

Wolf wirkte ein wenig verlegen: »Nun ja, ich wollte im Strandkorb eine Runde schlafen.«

»Gute Idee!«, frohlockte Gitti. »Ich mach mit.« Sie wurde rot und sah schnell zu Mia. »Du hast doch sicher nichts dagegen.«

Mia schwieg lieber. Gitti hatte ja recht. Sie mussten nicht immer alles zusammen machen, nur weil sie Freundinnen waren und sie gemeinsam diese Tour angetreten hatten. Soviel Freiraum musste sein. Wer weiß, wofür es gut war. Gitti würde Wolf löchern und ihr hinterher alles brühwarm erzählen. Das konnte sehr hilfreich sein. Außerdem war es besser, alleine aufs Zimmer zu gehen und nach dem Rucksack zu schauen.

»Gut«, sagte Mia. »Wir treffen uns gegen 17 Uhr vor dem *Café Teetied in't Witthuus.*«

»Wo ist das denn?« Gitti klang, als habe Mia einen Ort am Ende der Welt vorgeschlagen.

Da hatte Wolf schon den Inselplan gezückt und nachgesehen. Er tippte mit dem Finger auf die Stelle. »Okay! Ich weiß wo. Wir sind, von der Fähre kommend, daran vorbeigegangen. Rechts. Ein weißes Eckhaus mit einer großen Linde davor. Erinnerst du dich, Gitti? Man muss ein paar Stufen hochgehen … ein …«

Die leicht genervte Gitti winkte ab. »Schon gut, schon gut. Du wirst es mir zeigen. Und wo gehst du jetzt hin, Mia?«

»Mal schauen«, antwortete sie möglichst gleichgültig und ging sofort los, damit Gitti es sich nicht noch anders überlegte.

28.

MIA SAH AUF DAS DISPLAY UND LAS »UNTERdrückte Nummer«. Wenn sie wirklich etwas in ihrem Leben hasste, dann war es das.

»Hallo?«

»Wer ist da?« Die männliche Stimme klang schroff.

»Das ist meine Frage!« Mia ging auf Abwehr. Sie hatte nur eine Ahnung, wer es sein könnte, aber da wollte sie nicht vorgreifen.

»Walther hier! Mia? Mia Magaloff?«

»Genau!«

»Man weiß ja nie, ob man die richtige Handynummer bekommen hat«, rechtfertigte er seine Frage nach ihrem Namen. »Bevor ich jemandem etwas sage, was ihn nichts angeht …«

»Walther!« Sie hatte spontan beschlossen, ihn wieder zu duzen, damit es half. »Ich bin unterwegs und habe eigentlich keine Zeit. Es wäre gut, wenn du zur Sache kommst.«

»Deine Freundin Gitti hat mir die Nummer gegeben. Sie hat mir gesagt, du könntest mir helfen, wenn es etwas zu ermitteln gibt. Wusste gar nicht, dass du Privatdetektivin bist …«

»Na ja, wie man es nimmt. Worum geht es genau?« Mia ging ein paar Schritte schneller und setzte sich auf die Bank vor ihr.

» … hätte ich das geahnt, ich hätte dich schon in der Halle darauf angesprochen. Es geht um den Tod von …«

»… Jekaterina.«

»Nein! Wie kommst du darauf?«

»Weil sie tot ist?« Mia schoss die Hitze durch den Kopf. Oje! Hatte Nette ihn nicht angerufen und es ihm …? Oje!

»Sie ist was?«

»Tot?«, sagte Mia, aber es klang wie eine Frage, was noch idiotischer war. »Ja, Walther. Es tut mir aufrichtig leid, aber sie wurde tot aufgefunden - hier im Inselkino. Ich weiß gar nicht ...«

»Das hat Wolf getan!«, schrie er. »Wolf war es!«

Es folgte eine lange Pause, die Mia aus Pietätsgründen zuließ. Nach gefühlten zehn Minuten wagte sie es, ein »Hallo?« ins Handy zu sprechen.

»Ich kann jetzt nicht reden, ich melde mich wieder«, flüsterte er.

29.

DAS MUSSTE MIA ERST EINMAL SACKEN LASSEN. Sie stand von der Bank auf und legte einen Schritt zu, hatte umdisponiert. Bevor die ersten Besucher zur Nachmittagsvorstellung ins Inselkino kamen, wollte sie bereits dort sein. Da es zu regnen begonnen hatte, waren die Chancen hoch, früher eingelassen zu werden. Es sei denn, die Kriminaltechnik und der angeforderte Kommissar aus Aurich mussten nochmal einen Blick auf den Tatort werfen - oder der Staatsanwalt hatte den Saal noch nicht freigegeben.

Sie bog in den Noorderpad ein. Er führte auch zur *Kogge*, in der sich die Touristeninformation befand, wo man Tickets für die Veranstaltungen und Auskünfte über die Insel bekam.

Vor dem Kino sah Mia flüchtig in die Schaukästen mit den Plakaten, erfuhr, was gespielt wurde, auch wenn es für sie momentan unwichtig war.

Lange musste sie nicht warten, da schloss eine blonde, sportlich gekleidete Frau die Tür zur Eingangshalle auf.

»Das ist aber nett, dass Sie jetzt schon öffnen, obwohl ich viel zu früh hier bin«, säuselte Mia. »Zu Fuß, geht es manchmal doch schneller als gedacht.«

Die Kinofrau lächelte zaghaft. »Kein Problem. Dafür können Sie sich jetzt den besten Platz aussuchen.« Geschwind ging sie hinter den Tresen. »Sie wissen, was gespielt wird?«

Mia hätte beinahe »Nein, deswegen bin ich hier«, gesagt. Aber dann nickte sie nur. Dabei hatte sie keinen blassen Schimmer davon, denn die Plakate, vor denen sie kurz gestanden hatte, hatte sie gesehen und doch nicht gesehen. Wie das halt so ist, wenn man intensiv nachdenkt. Sie ließ sich aufklären und stimmte zu.

»Das macht dann … möchten Sie auch etwas zu trinken?«

Mia sah auf die Theke zur Flaschenbatterie mit neumodischen Getränken. Sie tippte auf eine 033-er mit Cola-Geschmack, danach wanderte ihr Blick zum leeren Popcorn-Automaten in Rot und Retro. Sie seufzte.

»Popcorn gibt es erst zur Abendvorstellung«, kam prompt die Erklärung.

Möglicherweise war es für die Kinobetreiberin ein Glücksfall, sich nicht mit dem klebrigen Maisgepufften aufhalten zu müssen, denn sie wirkte körperlich angeschlagen. Kein Wunder.

»Macht nix«, sagte Mia und reichte ihr das Geld. »Ich schau mich solange ein wenig um, wenn ich darf.«

»Kein Problem.« Es klang, als wäre es eines, doch dann hätte sie ihr erst gar nicht die Tür öffnen müssen. Mit Sicherheit kam diese Frau auch nicht gegen ihr Gefälligkeitssyndrom an, so wie Mia.

Sie reckte den Hals und entdeckte das Namensschild hinter dem Tresen, auf dem mit Filzstift der Name Thurit Basold stand. Schon in der Schule hatte Mia gute Noten bekommen, weil sie die auf dem Kopf stehende Schrift im Heft ihres Hintermannes lesen konnte.

Thurit Basold. Wobei Mia im Moment nicht wusste, ob es sich dabei wirklich um einen weiblichen Vornamen handelte. Moment mal, den Nachnamen Basold hatte sie heute schon einmal gelesen …

Sie gab ihr die Eintrittskarte. Dabei strich sie sich mehrmals mit der linken Hand über die Stirn, so als habe sie einen plötzlichen Migräneanfall bekommen.

»Geht es Ihnen nicht gut?«, fragte Mia, die wirklich besorgt war.

»Schon okay«, antwortete sie. »Die Aufregung von gestern Abend sitzt mir in den Knochen. Aber, es muss weitergehen … irgendwie. Glücklicherweise war die Kriminaltechnik sehr schnell und der Staatsanwalt gab den Tatort fix frei.«

Mia nickte. »Oh ja, das kann sonst mehrere Tage dauern - habe ich mal gehört.« Sie zeigte auf das Namensschild. »Thurit ist ein interessanter Vorname. Ihrer?«

Sie lächelte schwach. »Klar!«, und steckte es sich an.

Komm zur Sache, Mia!, mahnte sie sich. »Die Tote läuft Ihnen nach … Ich meine, es ist nicht leicht, plötzlich einer Toten zu begegnen, ähm … eine zu sehen, nicht wahr?«

Thurit nickte stumm.

Beim Fragen war Mia eingefallen, dass der Inselpolizist auch Basold hieß. Thurit schien seine Frau zu sein, oder seine unverheiratete Schwester, oder … erstmal nebensächlich.

Mia bohrte weiter: »Wer macht denn sowas? Jemanden mitten im Kinofilm erstechen! Ist denn alles sauber geworden?« Mia schämte sich fast für die letzte Frage, aber sie sollte ihren Zweck erfüllen.

Thurit sah sie entgeistert an, antwortete zögerlich. »Es war … « Sie brach den Satz ab und schüttelte sich. »Ich darf nicht zu viel sagen. André … ich meine, die Polizei, mein Mann, ist mit dem Fall beschäftigt. Ich muss weitermachen. Gleich kommen die nächsten Besucher, und dann starten wir die Vorstellung. Nehmen Sie bitte schon mal Platz.«

Bevor Mia das tat, drehte sie sich noch einmal im Vorraum um und checkte die Lage.

Links des Tresens befand sich die Doppeltür zum Kinosaal,

rechts davon die wandeinnehmende Garderobe, direkt dahinter der Flur zu den Toiletten.

Beim Betreten des in Rot-Grau gehaltenen Saals holte sie tief Luft. Es roch frisch und angenehm. Direkt hinter dem Geländer begannen die Stuhlreihen. Die breiten Polsterstühle in Rot hatten ein graues Stahlgestell mit Armlehnen. Mia zählte: Dreizehn Stück in einer Reihe und neun Reihen hintereinander. Das waren dann … Ihr gefiel auch das hellbeige Laminat. Der Boden war sicher gut abwaschbar, normalerweise … die Polster, naja, falls doch etwas … es gab sicher Ersatzstühle.

Mia hatte den direkten Blick auf die Bühne. Die große Kinoleinwand war mit einem bodenlangen grauen Vorhang verdeckt. An der rechten Wand mit den drei hohen Fenstern setzte er sich fort, war aber noch nicht zugezogen, damit Tageslicht reinkam. Ein perfekter Saal, der auch für Lesungen und andere Veranstaltungen geeignet war.

Nichts wies darauf hin, was hier gestern Abend passiert war.

Sie ging um das Geländer herum und setzte sich direkt in die oberste Reihe. Von hier aus hatte sie die beste Rundumsicht. Auch, wenn das Licht aus war? Ach …!

Mia ging zurück zu Thurit, die nun draußen vor dem Kino stand und die kühle Luft inhalierte.

»Darf ich Ihnen eine letzte Frage zum … Vorfall stellen?« Sie stellte sich zu ihr, zog die Jacke etwas enger.

»Dürfen Sie, aber ob ich antworten werde, ist fraglich.«

»Ich lasse es drauf ankommen«, sagte Mia und senkte die Stimme: »Wo hat Jekat, also ich meine, das Opfer gesessen? In welcher Reihe?«

»Wieso möchten Sie das wissen?«

»Sie war meine Bekannte und in meiner Reisegruppe.«

Zugegeben, es war eine fadenscheinige Begründung. Mehr Motivation für weiterführende Antworten musste her. »Schätze mal, Einzelheiten werden von den gestrigen Kinobesuchern ohnehin schnell im Dorf herum erzählt. Aber ich würde es gerne aus erster Hand erfahren, damit ich sicher sein kann, dass es auch stimmt. Möchte ja nicht den Gerüchten Vorschub leisten.«

Thurit atmete schwer. »Also gut. Ich sage es Ihnen: Sie saß in der ersten Reihe.«

»Hm … ganz oben? Sehr auffällig«, brummelte Mia. »Jeder musste an ihr vorbei.«

»Nein, ganz unten, erste Reihe, direkt an der Bühne. Wo sonst selten jemand freiwillig sitzen will, weil man vom ständigen Hochschauen einen steifen Nacken bekommt.«

»Ah, auf dem Rasiersitz!«, sagte Mia. »War die Vorstellung ausverkauft?«

Thurit hämmerte mehrmals mit dem Finger gegen ihre Schläfe. »Nein, war sie nicht. Ich muss weitermachen. Da hinten kommen weitere Besucher.«

Mia hätte zu gerne hundertunddrei Fragen gestellt. Zum Beispiel, wo Thurit sich während des Films aufgehalten und ob irgendjemand einen Schrei gehört oder jemand die Flucht ergriffen hatte. Ihrem Mann, dem Inselpolizisten, hatte sie es bestimmt schon erzählt. Wenigstens auf diese Verbindung war Mia gekommen.

Der Kinosaal füllte sich. Stimmengewirr, hier und da Begrüßungen per Handzeichen. Man kannte sich oder war sich zumindest auf der Insel begegnet; am Strand, beim Bäcker, im Restaurant, wo auch immer. Das Publikum war altersmäßig bunt gemischt. Nur die Kinder fehlten.

In der ersten Reihe, wo Mia sich nun hingesetzt und wo man die Tote gefunden hatte, wollte anscheinend niemand Platz nehmen. Lag sie mit dem Sich-Rundsprechen richtig? Vielleicht wäre dann aber niemand mehr gekommen.

Immer wieder sah Mia sich um und beobachtete, wie Thurit in den Raum links vor dem Saaldurchgang verschwand. Vermutlich befand sich darin das Schaltpult für die Computer- und Lichttechnik, denn kurz darauf wurde es langsam dunkel im Kinosaal. Nur das Notlicht und der Lichtkegel des Filmabspielgerätes schienen in den Raum. Spätestens nach ein paar »Pscht!« verstummten die letzten Geschwätzigen. Der Vorhang öffnete sich: Werbung donnerte durch die Lautsprecher und auf der Leinwand tobte der Bär.

Mias Nacken verkrampfte sich. Ihre Hüftdrehungen musste sie ebenfalls trainieren. Trotz aller Anstrengungen erkannte sie die Zuschauer nur schemenhaft. Im Vorführraum war es gerade so hell, dass Mia mitbekam, wie Thurit plötzlich in sich zusammensackte.

Mia schlich den Gang entlang zum Vorführraum. Sie wollte kein Aufsehen erregen und richtig, niemand sah zu ihr. Wen störte es schon, wenn jemand zur Toilette musste. Alle stierten zur Leinwand, wo der Film automatisch weiterlief und ein Höllenspektakel machte.

Vorsichtig versuchte Mia, die Tür zu öffnen. Glücklicherweise versperrten Thurits Beine nicht den Eingang. Da lag sie nun, bleich wie die Wand. Mia hatte es richtig vermutet, dass dieses plötzliche Zusammensacken nichts mit einem schnellen Bücken nach irgendwas zu tun hatte.

Sie kniete sich neben sie und spürte deutlich Thurits flachen Atem.

Mia schnappatmete für sie mit. Entschlossen zog sie einen Karton aus dem Regal hinter sich und legte die Beine der Ohnmächtigen darauf, damit sich der Kreislauf stabilisierte. Mit ein paar mittelkräftigen Schlägen auf die Wangen kam Thurit wieder zu sich. Sie rappelte sich mit Mias Hilfe auf. Den Tisch zum Abstützen benötigte sie dennoch.

»Oha!« Sie atmete schneller - viel zu schnell. »Oha!«

»Was?«, fragte Mia und sah in die Richtung, in die Thurit blickte. Auf dem Schreibtisch lag eine Seite der Regionalzeitung - an sich nichts Besonderes. Am Rand standen irgendwelche handschriftlichen Notizen. Mia beugte sich vor. Ein lückenhafter Text.

»Oha!« Thurit griff, für ihren Zustand rasend schnell, zur Kulibox, die sie auf das Geschriebene knallte. »Da muss sich mein Mann drum kümmern!«

»Um die Kugelschreiber?« Einen Versuch war es wert.

Thurit war clever. Sie fiel nicht darauf herein, sondern befreite sich aus Mias Armgriff mit einer hastigen Drehung.

»Gehen Sie jetzt!«, sagte sie.

Mia nickte ergeben. Sie ärgerte sich. Der krakelige Text auf der Zeitung war mit schwarzem Kugelschreiber geschrieben. Nur Bruchstücke hatte sie lesen können. So schrieb jemand, der es sehr eilig hatte oder in größter Not war. Über die fehlenden Wörter musste sie sich in Ruhe ihre Gedanken machen. Mia ging zum Ausgang.

Thurit folgte ihr. »Bitte warten Sie kurz!«

Mia drehte sich zu ihr. »Ja?«

»Danke.«

30.

NATÜRLICH LIESS ES MIA KEINE RUHE. WAS SIE da gesehen hatte, wollte sie auch verstehen. Sie musste wissen, was genau auf der Zeitung stand. Eine umwerfende Nachricht, im wahrsten Sinne des Wortes, oder eine Neuigkeit, eine Drohung?

Geduld war angesagt. Nicht, was den Rucksack anging. Der war etwas für sofort.

Auf dem Weg zu ihrem Hotel begegnete sie vielen Touristen mit Rollkoffern, die wohl gerade erst angekommen und auf der Suche nach ihren Unterkünften waren. Sie alle machten nun Platz für den elektrisch betriebenen Gepäckwagen der Spedition. Eine schnellere und vor allen Dingen leichtere Variante, das Gepäck direkt vor die Tür gestellt zu bekommen.

Mia ließ sich von den rasanten Schritten der anderen anstecken. Doch bei ihr war es keine Vorfreude, sondern der Wille, endlich Gewissheit zu bekommen.

Sie öffnete die Zimmertür, ging zum Sessel und bückte sich. Noch nicht einmal Staub befand sich darunter. Nichts! Rein gar nichts!

Zur Vorsicht suchte sie auch an anderen Stellen - Kleiderschrank, Bad, unter dem Bett, hinter den Vorhängen, in der Dusche … was machte sie da? Sie sollte sich vorerst damit abfinden, dass jemand das gefunden hatte, wonach er suchte. Sicher nicht nur ihren Rucksack und den schrecklich altmodischen Jeansanzug.

Mia prüfte die Tür auf Beschädigungen oder sonstige Manipulationen. Nichts dergleichen. Der Dieb musste ihn also mitgenommen haben, als er Gittis Rock und Blazer zerschnitten hatte. Warum hatte Mia nicht sofort nachgesehen? Einmal mehr ärgerte sie sich darüber.

Vorsichtshalber fragte sie Frau Kröger, ob ihr ihn den letzten Stunden etwas aufgefallen sei, ob Gittis Mann wieder aufgetaucht sei und etwas aus ihrem Zimmer holen wollte.

Sie sah Mia skeptisch an, machte sich wohl so ihre eigenen Gedanken darüber.

Besser war es, sie stellte ihr vorerst keine verdächtigen Fragen mehr. Ab an den Strand, frische Seeluft schnappen! Bei einem ausgedehnten Spaziergang wollte sie einfach mal an nichts denken und abschalten. Wenn ihr das gelingen könnte, wäre es das erste Mal in ihrem Leben.

Die sonst kräftige Sonne strahlte nur hin und wieder durch die Wolkendecke, weil sich immer mehr Wolken zusammenrotteten und das verhindern wollten. Kampf der Giganten. Die Wolken waren in der Überzahl. Mia rechnete jeden Moment mit einem fürchterlichen Platzregen.

Wo in aller Welt sollte sie sich hier unterstellen? Links und rechts Dünen und mittig der mit grauen Steinen gepflasterte Weg. Doch dann sah sie den viereckigen grauweißen Holzpavillon mit dem Türmchen und den tiefgezogenen Sprossenfenstern. Ihre Rettung!

Je näher sie kam, desto deutlicher erkannte sie es: Sie war nicht die Einzige, die hier Zuflucht gesucht hatte. Auch wenn sie nun lediglich seinen Hinterkopf mit der exakt geschnittenen dunkelhaarigen Frisur und den langen Hals erkennen konnte, so wusste sie doch, dass es Ken war. Wie ein Puppe saß er da - regungslos.

Leise öffnete Mia die Tür und posaunte: »Hallo Ken!«

Er erschrak fürchterlich, wie Menschen erschraken, wenn sie weit weg mit ihren Gedanken waren.

Ken stammelte. »Hallo … Mia … du hier? Wie hast du mich gefunden?«

»Ich habe einfach nicht nach dir gesucht«, antwortete Mia ehrlich.

Er vergrub das Gesicht in die Hände.

Was war denn jetzt los? Mia hatte das dringende Bedürfnis, ihn zu trösten. »Ach komm, das habe ich nicht so gemeint.« Sie legte eine Hand auf seine Schulter und drückte zu. Es fühlte sich schwammig an.

»Du verstehst mich nicht!«, kam die Antwort durch seine Finger.

Mia nickte nur, hütete sich davor, ihm zu sagen, dann solle er seine Hände vom Gesicht nehmen.

Er rückte auf der weißen Bank weiter in die Ecke.

Es schepperte.

Eine Sektflasche kullerte vor Mias Füße. Er entschuldigte sich dafür, nahm sie hoch und trank den spärlichen Rest aus. Sekt gegen das moralische Tief?

»Was ist passiert?«, fragte Mia leichtsinnig. Leichtsinnig deshalb, weil sie keine weiteren Todesfälle mehr vertrug, auch kein Beziehungskisten-Gejammer. Wenn, dann jammerte sie lieber selbst - über ihre eigene. Von Bodo Magaloff, dem Doktor der Chemie, hatte sie sich scheiden lassen, weil er zu sehr und zu oft bei seinen Studentinnen geforscht hatte und Hauptkommissar Mario Gern - mit dem sie gerne zusammengezogen wäre - brauchte Zeit, um über seine einstmals große Liebe hinwegzukommen, die ihn am Traualtar hatte stehenlassen, um irgendwann einen anderen zu heiraten und eine

Familie mit ihm zu gründen. Mia und die Männer? Sie könnte Bücher darüber schreiben.

Ken regte sich. Er holte tief Luft: »Ich hätte es erst gar nicht probieren dürfen! Aber ich musste es tun! Es hing so viel davon ab. Ich brauchte es so dringend!« Er wirkte wie jemand, der versucht hatte, über seine eigene Grenze zu gehen, was ihm nicht gelungen war.

»Das kann passieren«, redete Mia drauflos. »Solche Momente habe ich auch manchmal. Ich überlege dann vorher, ob es für mich wirklich so wichtig ist … lebenswichtig.«

Er stöhnte auf.

» … und wenn ja, dann nehme ich allen Mut zusammen und mache es einfach. Daran ist noch nie jemand gestorben. Wenn man versagt, ist es einfach so. Man probiert es eventuell noch einmal, und wenn das auch nicht funktioniert, dann lässt man es ganz sein. Es gibt genügend anderes.«

Mia dachte dabei an einen Mann und an die Liebe. Sicher, sie hätte »genügend andere« sagen müssen, wollte aber nicht mit der Tür ins Haus fallen.

Ging es bei ihm auch um einen Mann und die Liebe? Wenn er heterosexuell war, würde es sie wundern. Aber warum sagte er andauernd »es« und sagte nicht »Ich brauche ihn so dringend«?

»Darf ich dich was fragen?«, sagte Mia.

Ken sah auf. Seine Körperhaltung spannte sich an und signalisierte OBACHT.

»Woher kennst du Emil?«

Er bewegte seine Finger so, als würde er etwas daran abzählen. Sechs Finger hielt er anklagend hoch. Als habe er sechs Mal »etwas« getan, was er nicht tun durfte.

Manchmal wurde sie aus den Männern nicht schlau und aus Ken schon gar nicht.

»Aus der Klinik«, sagte er kurz und knapp.

Mia biss sich auf die Zunge, um ihr Gedachtes nicht auszusprechen. Sie wartete lieber ab, bis er seinen Film abspulte.

»Ist eine Weile her. Ich habe mir damals meine Nase machen lassen.«

»Ach so!«, sagte Mia. »Sieht man nicht.«

»Tatsächlich?« Fast kreischte er es.

»Ähm … ich meine, das haben die sehr gut hinbekommen. Sieht aus wie die Nase von Ken. Plastik-Ken.«

Endlich lächelte er mal.

» …und was hat Emil mit deiner OP zu tun?«

»Er war mein Zimmernachbar. Hat sich auch operieren lassen.«

»Auch die Nase?«, fragte Mia.

»Ja, die Nase und das Kinn … er musste … er brauchte es … beruflich.«

»Warum?«, fragte sie.

»Keine Ahnung warum.« Er sah nach rechts oben.

»Mmh!«, machte Mia. Sie hatte mal in einem Buch für Körpersprache gelesen, dass ein Blick nach rechts oben, ein untrügliches Zeichen für eine Lüge war. Da musste sie dranbleiben. »Was macht er?«

»Er ist selbstständig. Seinen Job möchte ich nicht haben … Ich kann das nicht!«

»Was kannst du nicht?«

Es war, als habe es einen lauten Knall gegeben, der Ken von der Bank geschreckt hatte. Er drehte sich wie eine 360 Grad-Kamera um die eigene Achse. Jetzt sah er, dass die Tür nur angelehnt war. Er schloss sie und schob einen der schweren weißen Holzstühle davor.

»Hier bist du sicher«, sagte Mia zur Beschwichtigung. »Wir sehen sofort, wenn jemand kommt.« Na gut, sie verschwieg, dass sie beide durch die großen Rundumfenster genauso gut gesehen werden konnten. Damit wollte sie sich jetzt nicht aufhalten. Sie setzte sich auf den Stuhl, mit dem Rücken zur Tür. So schnell kam hier keiner rein.

»Erzähl! Es wird dir gut tun, darüber zu sprechen. Ich behalte es für mich.«

Für den letzten Satz gab sie insgeheim keine Gewähr.

31.

KENS AUGEN GLÄNZTEN WÄSSRIG. »ICH HABE EInen Vorschuss bekommen. Seitdem weicht Emil nicht mehr von meiner Seite, zwingt mich dazu, ihn zu unterstützen.« Er hielt kurz inne, wie jemand, dem plötzlich die ganze Bandbreite seines Tuns bewusst wurde. »Ich hätte mich niemals darauf einlassen dürfen. Bin gescheitert - auf der ganzen Linie!« Er massierte seine Schläfen.

»Hast du Jekaterina auf dem Gewissen?«, fragte Mia direkt.

»Nein«, sagte Ken, kaum hörbar. Er zog den Kopf ein, hätte sich wohl am liebsten wie eine Schildkröte im Panzer verbarrikadiert.

Jemand rüttelte an der Tür, klopfte wild. Mia sah durch das Türglas Gitti und Wolf davorstehen. Schnell schob sie den Stuhl beiseite und öffnete, bevor es zerbrach.

»Was macht ihr denn hier?«, rief Gitti, so laut, dass man es auf ganz Spiekeroog hören konnte. Ihr Grinsen in den Augenwinkeln verriet alles. »Warum sperrt ihr euch ein? Stören wir etwa? Bei was?« Wenn Gitti sich einmal festgebissen hatte.

Mia wusste, was sie zu sagen hatte.

»Ach so! Na dann.« Sie drehte sich zu Wolf um, der sich die ganze Zeit hinter Gitti versteckt hielt, was ihm jedoch nur halb gelungen war. Er zog einen Gegenstand hinter dem Rücken hervor. Es war Mias Rucksack. Er überreichte ihn Mia feierlich.

»Hast du ihn etwa ...?«, fragte sie.

Er lachte kurz. »Das hat man jetzt davon! Man wird verdächtigt. Nein, natürlich nicht, sonst hätte ich ihn dir bestimmt nicht gebracht. Gitti hatte sich mit mir auf den warmen Sand gesetzt, hinter den Strandkörben. Beim Erzählen wühlte sie mit den Füßen im Sand und war dabei auf einen harten Gegenstand gestoßen. Wir haben danach gebuddelt und ihn gefunden.«

Mia sah dankbar zu ihr.

»Hier steht dein Name«, fügte Wolf hinzu. Da war Mia bereits mit dem klemmenden Reißverschluss beschäftigt. Sie fummelte und fummelte. Ihre Hände zitterten dabei. Es ging ihr nicht schnell genug.

Gitti griff ein. »Spar dir die Mühe!« Sie riss die Schnittstelle auf der Rückseite weit auf.

»Leer!«, rief Mia. »Wo ist der Jeansanzug?«

»Der Schlitzer!«, sagte Gitti leise. »Der Jeansanzug war wertvoller, als wir gedacht haben.« Sie verschränkte die Arme vor die Brust.

Mia musste ihr recht geben. »Was ist mit Jekats Kleidung aus der Halle? Als wir im *Blanker Hans* saßen, hatte sie jedenfalls nicht darüber gesprochen und da nur wir drei, also Gitti, Jekat und ich, uns Kleidung vom Ständer mit dem grünen Band aussuchen durften ...«

Gitti unterbrach sie: »Ich bin schuld!« Sie setzte sich auf den Stuhl und wurde immer kleinlauter.

»Was ist los?«, fragte Wolf. »Geht es dir nicht gut?«

»Es ist so ... hinter dem Ständer mit dem grünen Band befand sich in der Ecke ein mit Plastikfolie abgedeckter Kleiderständer. Die Teile sahen viel besser aus und ich wollte unbedingt den roten Plisseerock und den Blazer haben. Dort hing auch dein Jeansanzug, Mia. Also habe ich das grüne Band kurzerhand umgehängt.«

Mia musste trotz allem grinsen. »Gitti! Warum sagst du das erst jetzt?«

»Wer denkt denn an sowas?« In ihren Augen stauten sich Tränen. »Aber, wenn wir die Kleidung nicht haben durften, warum wurde sie dort hingestellt? Die hätte ich doch im Karton gelassen. Zwischen den anderen tausend Kartons wäre sie niemals entdeckt worden.«

»Na ja«, sagte Mia, »sie haben nicht damit gerechnet, dass jemand einfach die Folie abnimmt …«

»Hilfe! Ich habe uns damit in Gefahr gebracht! Womöglich wäre Jekat noch am Leben! Mia, sag was!«

»Was soll ich sagen …? Solange wir es nicht konkret wissen, ob es da einen Zusammenhang gibt, sollten wir uns nicht verrückt machen.« Sie knabberte an einem Fingernagel, was sie sonst nie machte.

In Ken kam wieder Leben. »Ich geh dann mal! Habe zu tun!« Er stellte sich zur vollen Größe auf.

Die Drei erschraken. Sie hatten ihn nicht mehr wahrgenommen, weil Mia die ganze Zeit mit dem Rücken vor ihm gestanden hatte.

Er ließ die leere Sektflasche achtlos zurück und drängte sich an Mia, Gitti und Wolf vorbei.

Sie sahen ihm hinterher.

Gitti hatte sich als Erste ein wenig beruhigt.

»… und dann wären da noch die toten Heringe«, warf Wolf ins Feuer. Die Flammen schlugen wieder hoch.

Totenstille.

Wolf versuchte, die Stimmung zu retten. Er ging zur Tür. »Kommt ihr mit ins *Teetied*? Ich brauche dringend eine Stärkung.«

»Was geschieht jetzt mit Jekaterina?«, fragte Wolf und goss den Ostfriesentee auf die Kluntjes, dass es nur so knisterte.

»Was soll schon mit ihr passieren? Sie kommt in einen Sarg«, sagte Mia. Sie erschreckte sich, weil es gefühllos klang, aber nicht so gemeint war.

»Nicht eingeäschert und auf See verstreut?« Das war Gitti mit einem schrägen Hang zur Romantik.

Mia seufzte: »Nein, ich glaube nicht! Das müsste ausdrücklich im Testament erwähnt sein. Selbst viele Insulaner und Spiekerooger wollen keine Seebestattung, habe ich mal gehört. Wenn einer von ihnen stirbt, wird er traditionsgemäß in einer Prozession im Sarg durchs Dorf geführt und dann auf dem Friedhof beerdigt - solange dort noch Platz ist. Alle anderen Toten bringt die Spiekeroog-Fähre aufs Festland. Leerfahrt mit Leiche. Nur Angehörige dürfen mitfahren.«

Die Drei schwiegen.

Aus der Ferne hörte Mia eine Armada aus Koffern aus dem Dorf angerollt kommen. Stimmengewirr. Touristen, deren Ferienzeit auf der Insel zu Ende war.

Da ertönte das Signal der Fähre, die gleich anlegte und neue Gäste brachte. Bis zur Abfahrt nach Neuharlingersiel würde es eine gewisse Zeit dauern. Nachdem die ankommenden Fahrgäste vom Schiff gelassen wurden, mussten erst die vollen Container von Deck und die von der Insel aufs Deck, bevor die nächsten Passagiere an Bord durften.

Gitti fiel es zuerst ein: »Hoffentlich hat man Jekats Angehörige informiert. Aber wie sollen sie das rechtzeitig schaffen, hierher zu kommen?«

»Woher kam Jekat eigentlich? Wo hat sie gewohnt?«, fragte Mia Gitti. »Weißt du es?«

»Ja, aus Berlin«, antwortete sie und hatte sofort eine Gegenfrage: »War sie eigentlich verheiratet oder hatte sie einen Partner?«

»Mal ja, mal nein«, antwortete Mia, die es im Internet recherchiert hatte und nicht schlau daraus geworden war. »Aber das muss uns jetzt nicht interessieren.«

»Phhh! Das musst du mir schon überlassen, was mich interessiert und was nicht!« Gitti schnappte ein. »Immer bevormundest du mich! Manchmal glaube ich, du hältst mich für ein dummes Ding, Mia. Ich bin schlauer als du denkst.«

Wolfs Gesicht spiegelte Unverständnis wider.

»Gitti! Nein, das tue ich nicht!« Sie legte einen Arm um sie. »Lass es uns bitte heute Abend diskutieren, wenn wir alleine sind. Das gehört nicht hierhin.«

»Oh, doch! Es stört mich schon lange! Wolf kann es ruhig hören.«

Was war nur mit Gitti los? War ihr der Tee nicht bekommen oder hatte sie heimlich zu anderen Mitteln gegriffen, die sie aggressiv werden ließen? Schokolade zum Beispiel. Vielleicht bekam ihr der Sanddorn nicht? Ein Streit mit Gitti war das Letzte, worauf Mia Lust hatte. Sie verbuchte es mal unter Nerven-blank-liegen, denn auch an ihren gab es blanke Stellen.

»Ich muss euch was sagen«, lenkte Wolf ab. »Beziehungsweise, ich habe euch nicht alles gesagt. Zum Beispiel, wen ich gestern Abend aus dem Kino habe kommen sehen.« Er machte eine Pause, wartete wohl, bis die beiden Streithennen voneinander ließen.

»Was denn noch?«, fragten sie - fast zeitgleich.

»Ken! Er hat mich nicht gesehen. Ich konnte mich schnell hinter der Schautafel verstecken.«

Mia ließ die Tasse auf den Unterteller knallen.

»Hast du das dem Polizisten …?«

Wolf verteidigte sich: »Das heißt ja nicht gleich, dass Ken Jekat umgebracht haben muss. Ich wollte ihn erst selbst darauf ansprechen, ob er mit ihr ins Kino gegangen war.«

»Wo er recht hat, hat er recht«, meinte Gitti. »Wie schnell wird jemand zu Unrecht verdächtigt.« Sie warf Mia einen mürrischen Blick zu.

Mia wurde einiges klar und doch nicht. »Das sind doch wesentliche Informationen, das hättest du doch … Du meinst, Ken wurde zwischenzeitlich vom Polizisten befragt?«

Wolf nickte zaghaft. »Davon gehe ich mal aus, dass er ihn sich zur Brust genommen hat.«

Mia blieb skeptisch. »Ken hatte mir im Pavillon gesagt, dass er einen großen Fehler begangen habe und nun zu etwas gezwungen wird.« Das mit den sechs hochgehaltenen Fingern und seinem schlechten Gewissen, ließ sie besser weg, bis sie dahintergekommen war, was er damit gemeint hatte, damit keine Panik aufkam. Deshalb ergänzte sie lieber: »Er sagte, er habe es machen müssen, weil er darauf angewiesen sei.«

»Angewiesen? Auf Geld ist man angewiesen!«, sagte die schlaue Gitti. »Nur auf Geld! Sonst auf Nichts und Niemanden!« Sie sah Mia von der Seite an, redete weiter: »Ich kann mir gut vorstellen, dass Ken besonders viel Geld benötigt - für die vielen Schönheits-OPs.«

»Wie viele waren es nochmal? Fünf oder zehn? Du hast dich doch länger mit ihm unterhalten können, Gitti.« Mia warf einfach mal eine Zahl in den Raum, weil sie wusste, ihre Freundin würde das sowieso korrigieren.

»Elf! Er möchte als lebende Ken-Puppe Karriere machen.

So wie der Ken in Amerika. Unser Ken will international bekannt werden. Das könne er nur, wenn er sich in Deutschland operieren lässt. Hier gäbe es die besten Schönheitschirurgen der Welt.«

»Das wird wohl stimmen«, meinte Mia, »wenn ich mir im Fernsehen so manche Maske der amerikanischen Schauspielerinnen und Schauspieler ansehe ... das reinste Gruselkabinett. Obwohl, ich darf nicht alle über einen Kamm scheren«, fügte sie flott hinzu.

»Tja«, sagte Wolf und seufzte. »Jeder hat so seinen Traum. Ich wollte immer schon mal einen großen, modernen Reisebus fahren, mit allem Komfort, und Leuten, die sich zu benehmen wissen. An Letzterem ist es gescheitert.« Er sah zu den Frauen, was aber nichts bedeuten sollte.

»Mal was anderes«, sagte Mia, die sich im Moment keine Sentimentalitäten leisten wollte, »wo steckt der geheimnisvolle Emil? Wusstet ihr, dass Emil Ken kennt - aus der Klinik? Emil soll sich auch unters Messer gelegt haben.« Mia sah Gitti fragend an, die es hätte wissen können, aber sie reagierte nicht darauf.

Wolf stellte eine Gegenfrage: »Warum soll Ken diesen Emil nicht kennen dürfen? Geheimnisvoller Emil? Für mich ist er eher unscheinbar. Das ist doch der, den ihr im Zug kennengelernt habt und der kurz in der Halle auftauchte, oder? Gitti hat es mir erzählt.«

Gitti nickte. »Ja, und momentan treibt er sich auf der Insel herum.«

»Doch - geheimnisvoll!«, sagte Mia. »Er hatte seinen Koffer im ICE so behütet, da fehlten nur die Handschellen zum Anketten und in der Halle übergab er ihn Ken. Klammheimlich, aber nicht heimlich genug. Ich habe es genau gesehen. Da ist was faul!«

Wolf knackte ihr Argument: »Vielleicht sind sie Geschäftspartner und es waren wichtige Unterlagen darin. So was soll es geben.«

»So? Warum erschreckten sie sich fürchterlich, als sie Gitti und mich kommen sahen?«

»Bestimmt, weil ihr ...« Wolf machte eine kurze Pause.

»Sag jetzt nichts Falsches. Ich bin geladen!« Gitti zeigte mit dem Finger auf ihn.

»Wenn ich es recht überlege«, meinte Mia, »könnte Emil sehr wohl etwas mit der Sache zu tun haben. Nenn mir einen triftigen Grund, warum er hier auf Spiekeroog ist. Das kann kein Zufall sein. Erst treffen wir ihn im Zug, dann in der Halle und nun hier. Erst gibt er sich als feiner Geschäftsmann aus und dann läuft er im schwarzen Einbrecher-Outfit herum. Vielleicht war er es, der in unserem Zimmer war und sich als dein Mann ausgegeben hat, Gitti.«

Gitti grübelte. »Meinst du wirklich? Meinst du etwa, er hat auch Jekat ...?«

Mia musste sich schütteln. Sie zog ihre Jacke enger. »Ich würde es meinen, wenn ich wüsste, warum. Aber so entzieht sich mir das Motiv. Selbst Walther hat keines - nicht bei Jekat. Also, keins, das mir auf Anhieb einfallen würde. Man bringt seine Kunden nicht um, das wäre kontraproduktiv - das gilt auch für Nette.«

»Apropos Nette«, fuhr Mia fort, »habt ihr sie die letzten Stunden gesehen?«

Wolf zuckte mit den Schultern, Gitti machte es ihm nach.

»Wieso ist sie auf die Insel gekommen, obwohl sie nach ihrer Trennung mit Walther befürchten musste, dass er ihr die Halle ausräumt, wertvolle Gegenstände beiseiteschafft oder sonstigen Blödsinn veranstaltet?« Mia rieb sich das Kinn, als hätte sie einen langen Bart und würde sich darin nachdenklich kraulen. »Leider hatte ich im *Café Klönstuv* nicht mehr die Gelegenheit, Nette danach zu fragen, was sie damit gemeint hatte: Dass das mit der Halle noch zu klären bleibt.«

Gitti lachte verspätet auf. »Wie soll Walther das wohl alleine schaffen, die Halle auszuräumen? Dafür braucht er Jahre und selbst wenn es schneller gehen sollte, wohin mit dem ganzen Ramsch?«

Wolf dachte rigoroser: »Alles verkaufen. All inclusive. So eine Halle schluckt ordentlich Kosten: Feuerversicherung, Strom, Wasser, Grundsteuer und dann das angrenzende Wohngebäude ... das will erst einmal verdient werden.«

»Alles verkaufen? Das dürfte schwierig sein«, sagte Gitti. »Es sei denn ... wenn ihr mich fragt ... die beiden wissen genau, was es mit den Hintermännern und dem Lieferanten auf sich hat. Da kann einer den anderen erpressen. Besonders Nette würde ich es zutrauen.«

»Harmlos ist sie nicht«, führte Wolf weiter aus, »Aber wir sollten uns auf Ken konzentrieren.«

Mia rauschte der Kopf. Zuviel Input, zu wenig Ergebnisse. Alles Spekulationen. Am liebsten hätte sie Aufhören gerufen, doch Wolf ließ sich durch nichts und niemanden stoppen. »Ich bleibe dabei. Mit Ken stimmt was nicht!«

Mia war derselben Meinung, aber seit dem Gespräch mit ihm tat er ihr auch ein wenig leid, was natürlich keinen Mord rechtfertigte. »Ken ist auch ein Opfer«, sagte Mia. »Ein Opfer seiner selbst. Zu Jekat hat er sich hingezogen gefühlt. Er folgte ihr auf Schritt und Tritt. Sie schien Verständnis für ihn gehabt zu haben, sie war selbst in ihrer Schönheit gefangen. Umso härter hat Ken Jekats Tod getroffen. Er fühlte sich regelrecht verantwortlich dafür, es nicht verhindert zu haben. Aber dass er sie … ich weiß nicht.«

»Leidensgenossen halten immer zusammen«, sagte Gitti und lächelte zum ersten Mal wieder Mia an.

Mia lächelte zurück. Ihr fiel - zumindest in dieser Beziehung - ein Stein vom Herzen.

Im selben Moment ärgerte sie sich wieder, nicht besser auf die ankommenden und abfahrenden Inselgäste geachtet zu haben, ob bekannte Gesichter dabei waren. Zu spät!

Die letzte Fähre - für heute - verließ den Hafen.

»Wolf!«, sagte Mia, »gibst du mir bitte mal deine Handynummer, damit wir uns hier nicht verlieren?«

»Hast du eigentlich schon meine neue Nummer, Mia?«, fragte Gitti.

32.

INSELPOLIZIST ANDRÉ BASOLD KAM MIT SEINEM Kurzhaardackel Hubert den *Süderloog* entlang. Er hatte, trotz der Toten im Inselkino, seine ruhige Ausstrahlung nicht verloren, wirkte eher so, als sei er auf Urlaub hier - wenn da nicht diese Uniform wäre. Eine Uniform mit all den Utensilien, die so richtig Schmerzen oder Kopfschmerzen bereiten konnten, falls sie zum Einsatz kamen.

Schnell überblickte er die Lage.

»Moin!«, Seine Stimme klang angenehm resolut.

Mia, Wolf und Gitti grüßten zurück.

»Sind alle Wogen geglättet?«, fragte er und blieb vor den Stufen des *Café Teetied* stehen. Der Dienstdackel ging keinen einzigen Pfotenschritt weiter als sein Chef, sondern sah zu ihm hoch, jederzeit bereit, den nächsten Befehl auszuführen.

»Wogen geglättet? Wie man's nimmt«, sagte Mia. »Es gibt so viel zum Nachdenken«, und etwas leiser, damit es nicht jeder mitbekam: »Kommen Sie mit Ihrer Ermittlung voran? Ist die Unterstützung aus Aurich hilfreich?«

Zu gerne hätte sie direkter nach den Erkenntnissen gefragt und dabei jede einzelne verdächtige Person abgearbeitet.

»Ja, beides«, antwortete er knapp und lächelte. »Einen schönen Tag noch. Schalten Sie einfach mal ab, Frau Magaloff. Den Rest machen wir schon.«

»Entschuldigung?« Eine Frau mit langen blonden Haaren trat heran. Sie war ungefähr in Mias Alter, nur nicht ganz so groß. Ihr Rollkoffer machte Ärger, war schwer zu stoppen. Dafür hatte sie den Gitarrenkoffer fest im Griff. Mia tippte auf eine Marie oder Frieda oder Heike. Die waren meist alle musikalisch. Sie war leger gekleidet und sah jetzt schon gut erholt aus, obwohl sie gerade erst angekommen war. Anscheinend hatte sie sich verlaufen, da sonst niemand mehr mit Koffer unterwegs war. Bestimmt handelte es sich bei ihr um eine Künstlerin, die hier einen Auftritt hatte. Dass sie es war, die mit den Touristen in den Dünen sang, schloss Mia aus. Diese Spiekerooger Attraktion war Eckart Strate vorbehalten, der das seit über fünfzig Jahren machte. Das stand zumindest im Aushang der Touristeninformation und das konnte sie sich merken, weil …

»Immer geradeaus und dann die dritte links bis zur *Kogge*«, antwortete der Polizist, auf die Frage, wo sie den Veranstaltungsleiter finden könne.

»Ist nicht zu verfehlen«, ergänzte er. »Sind Sie nicht die Konzertgitarristin Heike Matthiesen, die heute Abend in der Kirche spielt?«

Sie lächelte geschmeichelt und nickte.

»Meine Frau und ich kommen auch. Wir freuen uns sehr auf das Konzert.«

»Oh, das dürfen wir uns nicht entgehen lassen, Mia!« Gitti spielte die Kulturbeflissene. »Was spielen Sie denn, oder heißt es, was wird gegeben?«

Die Guitarlady lächelte: »Sie können es nennen, wie Sie möchten. Ich werde Musik von Dowland, Sanz, Pettoletti, Pratten und Scheidler spielen.«

»Aha!« Gitti verstummte vor Ehrfurcht.

Auch Mia waren die Namen nicht bekannt, da sie mehr die modernen Songs hörte und wenn sie mal das Bedürfnis nach klassischer Musik hatte, spielte sie eher die ihr bekannten

Meister wie Mozart, Bach, Schubert, Brahms und so weiter - auf dem Player ab. Weil Gitti ähnlich tickte, war Mia umso verwunderter darüber, dass sie plötzlich so tat als ob.

Gitti hatte es geschafft, ihre Gedanken zu lesen. »Musik hilft in allen Lebenslagen«, sagte sie und an die Guitarlady gewandt: »Sie müssen wissen, eigentlich steht uns momentan nicht der Sinn nach Veranstaltungen. Wir haben hier gerade ...«

Der Polizist unterbrach: »Wir wollen Frau Matthiesen doch erst einmal ankommen lassen. Außerdem braucht sie Ruhe, muss sich auf ihr Konzert vorbereiten.«

»Och, das mache ich immer eine Stunde vorher«, winkte sie ab. »Bis dahin bin ich offen für alles. Was haben Sie hier?« Sie stellte den Gitarrenkoffer wie ein rohes Ei ab.

»Es gab eine Tote während einer Vorstellung im Inselkino«, antwortete Gitti und beobachtete die Reaktion.

Der Polizist räusperte sich, was Mia darin bestärkte, sich auch im Namen ihrer Freundin zu verabschieden. Sie drückte Gitti beiseite.

Wolf bedauerte, dass er nicht zum Konzert kommen könne, da er eher der Heavy-Metal-Typ sei, was die Musikrichtung angehe.

Mia entwich ein kurzer lauter Lacher. Wenn sie sonst fast alles glaubte, bis das Gegenteil bewiesen war, aber das war eindeutig gelogen!

Er ignorierte es: »Darf ich Ihnen dafür den Weg bis zur *Kogge* zeigen und ihren Koffer bändigen? Ich muss in dieselbe Richtung.«

Die Guitarlady lächelte.

Gittis Kopf ruckte zu Mia und wieder zurück.

Wolf hatte da eine Idee, wie er die Gitarrenkünstlerin über seine Abwesenheit beim Konzert hinwegtrösten könnte: »Ich würde Sie aber gerne nach dem Konzert abholen und Ihnen die Insel zeigen, wenn Sie möchten. Das würde auch mir die Zeit ein wenig vertreiben.«

Die Musikalische nickte. »Das ist sehr nett von Ihnen. Den Kofferservice nehme ich gerne in Anspruch, aber ob ich des Nachts eine Inselführung haben möchte, glaube ich eher nicht.«

Gitti tat so, als würde es ihr nichts ausmachen, dass Wolf um die Künstlerin buhlte, aber in Wirklichkeit machte sie ein Gesicht, als seien soeben tausend Schmetterlinge in ihrem Bauch elendig verendet. Sie entschuldigte sich: »Oh, mir fällt gerade ein, ich habe heute Abend doch etwas anderes vor, kann nicht zu ihrem Konzert kommen!«, rief sie der Lady hinterher.

Mia sah Gitti entgeistert an.

»Ich geh spazieren«, brummte Gitti. »Warte nicht auf mich, Mia! Ich will alleine sein!«

Fest entschlossen marschierte sie los. Mia verabschiedete sich schnell von Polizist und Hund und lief hinterher.

»Gitti! Wolf begleitet sie nur und hilft ihr mit dem schweren Koffer! Du musst … du hast dich doch nicht etwa ver … schau an, die Gitti!«

»Lass mich!«, fauchte sie.

Mia blieb stehen. Da war nichts mehr zu retten.

33.

WALTHER WAR NOCH IMMER ÜBER JEKATERINAS Tod geschockt. Seine Garantin für ein zukünftiges Luxusleben war ihrer Rachsucht erlegen? Das zeigte einmal mehr, wie skrupellos ihr Mann war, der Lieferant von Moritz. Sie hätte wissen müssen, dass sie gegen ihn verliert. Der ließ sich nicht gerne in die Karten seiner Geschäfte schauen. Ihr Pech, dass sie dennoch dahinter gekommen war, dass der Teufel im Detail steckte und doppeltes Pech, ihren Mann damit erpressen zu wollen, damit er sich nicht scheiden ließ! Das war ihr Todesurteil gewesen. Um was für ein Zeug es sich dabei handelte, das sie in Wasser aufgelöst hatte und vor allen Dingen, wo sie es genau gefunden hatte, wusste er immer noch nicht. Das Telefonat mit ihrem Mann war dazwischen gekommen und danach hatte sie es sehr eilig gehabt.

Walther trat gegen die Kartons, die im Wege standen und schob ein paar Kleiderständer beiseite. Er brauchte Platz für die Rollwagen, die er besorgt hatte und draußen standen zwei große Container für die Beseitigung des Ramsches. Zumindest in dieser Halle musste er sich einen Überblick verschaffen, was hier gelagert wurde.

Mittlerweile glaubte er fest daran, dass Moritz die heiß umstrittene Partie unterschlagen hatte, aber gefunden hatte er sie noch nicht. Eine Mammutaufgabe! Es war so, als müsse er eine dreitausend Quadratmeter große Wiese nach seinem Ehering absuchen. Aber er war gezwungen etwas zu tun, sonst drehte er mit seinen wild wechselnden Gedanken durch und kam in die Psychiatrie. Das gönnte er Nette nicht!

Während er sich weiter durchwühlte, wurde es ihm so richtig bewusst: Beinahe wäre er in eine tödliche Falle geraten. Natürlich hatte er am Abend in der Halle die Angst von Moritz verstanden. Walther hatte am Vortag einen Anruf von jemanden bekommen, der sich als Lieferant ausgab und sagte, er kenne da einen Igor, den Walther anrufen soll, damit Moritz beseitigt wird, weil er weder die Ware noch das Geld rausgerückt hat. Die Verbindung war sehr schlecht gewesen, so als habe jemand auf einem billigen Handy vom Auto aus telefoniert. Keine Nummer, kein Name … Nur eine Drohung? Walther war zum Schein darauf eingegangen, hatte gesagt, dass er das im Leben nicht fertigbringen würde. Die Antwort darauf klang ihm noch im Ohr: »Du hast die Wahl: Entweder Moritz oder du! Ich wiederhole: Du rufst Igor an, sonst bist du selbst fällig! Merke dir die Nummer, die ich dir jetzt sage …«

Pest oder Cholera. Es war ein leichtes, sich die Nummer zu merken. Sie bestand aus mehreren gleichen Zahlen, wie bei einem Taxiunternehmen oder einer Sex-Hotline. Walther rief nicht an. Er hoffte da immer noch auf eine reine Drohung. Wer hatte also dann Igor beauftragt? Hatte noch jemand so einen Drohanruf bekommen?

Walther ächzte, nahm sich einen Karton mit eingeschweißten Strickstulpen vor. So was brauchte kein Mensch! Frauen mit Stulpen waren in etwa so attraktiv wie ein überfahrener Frosch. Diese Strickröhren benötigte man höchstens in der Taiga, um die Handgelenke warmzuhalten und da taugten sie bestimmt auch nichts. Weg damit! Nächster Karton. Das Cuttermesser rutschte beim Öffnen haarscharf an seinem Handgelenk vorbei. Er wäre elendig verblutet. Glück gehabt.

Die Freude darüber hielt nur kurz an. Wieder schweiften

seine Gedanken ab. Ja, er hatte Wolf kurz verdächtigt, es getan zu haben, weil der sich ständig mit Moritz über Kleinigkeiten gestritten hatte. Das war kein wirklicher Grund, jemanden töten zu lassen. Da musste mehr passieren. Walther hatte Wolf mit dem Verdacht provoziert, so wie er immer von Wolf provoziert wurde. Viel durfte der in der Halle nicht mitbekommen haben. Nein, Wolf war nur ein kleiner Betrüger und ließ keine Menschen töten. Er brachte sie nur um ihr Geld. Hätte er sich an die Absprache gehalten und Walther weitere »Gewinner« mit seinem Schrottbus gebracht, hätte er sich bald einen neuen Bus kaufen können und Walther wäre endlich ein paar Klamotten mehr losgeworden. Selbst schuld.

Er klappte den Karton auf. Halstücher, die eher Ur-Großmütter modern fanden, in Braun und Beige gehalten - weg damit.

Etwas weiter hinten standen Kartons mit aufgedruckten kyrillischen Buchstaben. Er arbeitete sich vor.

Auch das mit dem angebotenen Fifty-Fifty Geschäft mit Wolf machte Walther nicht mehr mit. Er sah es nicht länger ein, zu teilen - mit niemandem! Dafür benötigte er jetzt dringend einen Plan B und C.

In den Kartons mit der kyrillischen Schrift lagen Sicherungsetiketten, wie sie über dem Waschetikett eingenäht wurden. So kam man mit unbezahlter Ware nicht unbehelligt an den Detektoren am Ladenausgang vorbei. Walther hatte es selbst einmal erlebt. Das schrille Piepsen bei Alarmauslösung war mindestens genauso unangenehm wie die Blicke der anderen Kunden, die ihm den Stempel »Dieb« auf die Stirn drückten.

Walther drehte die Etiketten in seinen Händen. Wie oft hatte er sich über die Dinger aufgeregt, wenn Nette vergessen hatte, sie nach Kauf eines neuen Kleidungsstückes herauszutrennen. Nach der ersten Wäsche piekstent und verformten sich die Teile oft. Womöglich nutzten die Modefabrikanten sie längst für irgendwelche Chips, mit denen sie heimlich Daten erfassten, wussten, wo sich der Käufer gerade mit dem guten Stück aufhielt, wie oft er es trug und wenn nicht, wie lange es im Schrank lagerte. War eine gewisse Zeit überschritten, schickten sie einem den Newsletter, damit man neue Wäscheteile kaufte. Der ahnungslose Kunde schleppte also diese angeblichen Etiketten - die er selten bis nie herausschnitt - mit sich herum und wurde ausspioniert.

Verächtlich griff er in den Karton, hob eine Handvoll der weißen Stoffpads hoch. Es waren mindestens zweihundert, wenn nicht noch mehr darin. Er ließ sie wieder fallen. An Händler konnte er seine Ware schon mal nicht verkaufen, dann müsste er sie alle von Hand einnähen. Soweit durfte er nicht sinken! Weg damit!

Walther war an seine Grenzen gekommen. Bereits nach einer Stunde musste er sich strecken, im wahrsten Sinne. Er hatte sich auf die Couch im Wartebereich gelegt und stierte gegen die hohe Decke. Mit einem Blick wusste er, warum hier ein ständiger Luftzug herrschte, obwohl die Eingangstür weit entfernt und mehrfach abgeschlossen war - das System mit den achtzigtausend Schlössern hatte er vorsichtshalber beibehalten.

Im Oberlicht der Halle wies die Scheibe ein handgroßes Loch aus, genau an der Stelle, wo man zum Bügelgriff des Fensters gelangte. Hier könnte jemand eingestiegen sein. Noch nicht einmal eine Leiter wäre dafür nötig gewesen, um von außen in die Halle zu kommen und in der Halle hätte man bequem - wie bei einem Computerspiel - von Kartonstapel zu Kartonstapel hüpfen können. Aber, er wollte es nicht beschwören, vielleicht war es auch ein alter, bisher nicht behobener Glasschaden. Ihm war er jedenfalls bisher nicht aufgefallen.

Walther richtete sich wieder auf. Er sollte sich nicht mit Fragen belasten, die er nicht mehr beantwortet bekam.

Es galt, sich um die aktuellen Angelegenheiten zu kümmern.

Er wählte Nettes Nummer.

34.

MIA HATTE SICH AM ABEND AUFGERAFFT UND in die Neue Inselkirche am Tranpad begeben. An das tiefgezogene rote Spitzdach grenzte eine halbrunde Mauer, aus der der Glockenturm ragte. Insgesamt erinnerte die Kirche an ein Schiff.

Beim Betreten des Gotteshauses staunte Mia über die gewaltige Raumfreiheit nach oben. Wer hier keinen Empfang zum Allmächtigen bekam, machte etwas verkehrt. Lange Reihen mit Kirchenbänken aus hellem Holz erstreckten sich fast bis zum Altar. Doch heute Abend stand nicht die Predigt im Vordergrund, sondern das Konzert einer bekannten Sologitarristin.

Bevor Mia Veranstaltungen besuchte, informierte sie sich gerne über die jeweilige Künstlerin oder den Künstler. Am liebsten las sie die Presseinterviews dazu, um auch ein wenig Privates zu erfahren. Mittlerweile wusste sie eine ganze Menge über Heike Matthiesen. Zum Beispiel, dass die Guitarlady Musik studiert hatte, nun hauptberuflich Konzerte gab und ihr heimlicher Berufstraum Archäologin oder Diplomatin war - was mit den Kenntnissen von sieben Fremdsprachen, vier davon fließend, durchaus machbar gewesen wäre. Alle Achtung! Mia beherrschte gerade mal vier Touristen-Fremdsprachen, und das auch nur mit der Übersetzungs-App in der Hand.

Heike Matthiesen glänzte durch Abwesenheit, aber der Hocker und Mikrofonständer samt Mikro deuteten darauf hin, dass es bald losging. Die langsam eintrudelnden Konzertbesucher begrüßten sich und winkten fröhlich den Personen zu, die sie bereits kannten oder hier und dort schon mal begegnet waren. Da Mia, wie immer, die Erste war, hatte sie das Privileg, sich den besten Platz aussuchen zu können. Sie saß anstandshalber in der zweiten Reihe und hielt zwei zusätzliche Plätze frei für ganz bestimmte Personen. Ob das Angebot dankbar angenommen wurde, musste sich erst noch herausstellen. Aber da war sie recht zuversichtlich.

Da kamen sie auch schon: André Basold, der Inselpolizist und seine Frau Thurit, die Kinobetreiberin. Mia sprang auf und machte ein Zeichen, dass neben ihr Plätze frei seien.

Thurit flüsterte ihrem Mann etwas ins Ohr. Wäre sie mit ihrem Mund nicht so nah an seine Ohrmuschel gegangen, Mia hätte eventuell Lippenlesen können, aber so …

Tatsächlich kamen sie zu ihr und setzten sich so, wie Mia es sich heimlich gewünscht hatte. Thurit nahm direkt neben ihr Platz. Ob sie eifersüchtig war und ihren Mann grundsätzlich nicht neben attraktiven Frauen sitzen ließ, wusste Mia nicht, war aber auch egal.

»Guten Abend. Schön Sie hier zu sehen!«, sagte Mia. Sie tat erst einmal so, als habe sie es nicht schon vorher gewusst.

Der Inselpolizist beugte sich zu ihr rüber: »Wenn ich etwas verspreche, halte ich es auch.«

»Gut zu wissen«, sagte Mia, unterstrich diesen Satz gedanklich mit einem dicken roten Filzstift und legte ihn unter ‚Wiedervorlage ‘ ab.

Mia flüsterte: »Geht es Ihnen wieder besser, Frau Basold? Habe mir echt Sorgen um Sie gemacht, weil Sie so blass waren gestern - im Inselkino, als sie in Ohn … sie wissen schon.« Mia sah rüber zum Polizisten, doch der war mit etwas anderem beschäftigt.

»Sie können ruhig laut sprechen, André weiß Bescheid.«

Das hätte Mia auch gerne gewusst, was er wusste, und deshalb blieb sie dran.

»Dann bin ich ja erleichtert. Die Meldung in der Zeitung, die auf ihrem Tisch lag, muss sie fürchterlich erschreckt haben, oder war es die Randnotiz darauf? Leider habe ich sie nicht richtig lesen können.«

»Nein, nicht nur die Notiz. Ich hatte an dem Tag noch nichts Richtiges gegessen und da hat der Kreislauf schlappgemacht ... Über alles andere möchte ich nicht reden - darf ich nicht reden.«

Mia nickte, tat verständnisvoll: »Oh, dann war es bestimmt eine Warnung oder Drohung und betraf den Tod von Jekaterina. So was wie: ‚Du bist die nächste ... Tote ... wenn du dich nicht ... in Acht nimmst!'«

Thurit sah sie groß an. »Stammt das etwa von Ihnen?« Sie rückte von Mia ab, sah zu ihrem Mann, doch der Platz war plötzlich leer.

»Nein, natürlich nicht!«, antwortete Mia, »ich bin nur gut im Lückentexten. Wörter oder Buchstaben, die fehlen, kann ich mir leicht zusammenreimen. Hören Sie, ich muss wissen, was da genau stand, denn wenn ich es richtig vermute, wird auch unsere Gruppe aus Leer bedroht. Wir haben da ...«

»Bitte, besprechen Sie das mit meinem Mann, der arbeitet an dem Fall.« Ihr Handy vibrierte. Sie schielte darauf und las die Zeilen. »Ach, deswegen ist er gegangen. Es hat gerade die Festnahme eines Verdächtigen gegeben.« Sie wedelte mit dem Handy vor Mias Gesicht. Leider zu schnell und zu schnell packte sie es wieder weg, weil sie wohl gemerkt hatte, dass sie auch dies nicht sagen durfte.

Mia: »Soo? Wer wurde denn …«

Thurit zuckte mit den Schultern.

Am liebsten hätte Mia ihr das Handy aus der Tasche gerissen und die Nachricht selbst gelesen. Keine Chance!

Mia musste sich wieder einmal in Geduld fassen. Es dauerte nicht lange, da startete sie den zweiten Versuch. »Wenn Sie mir …«

»Pscht! Sie kommt!«, flüsterte jemand hinter ihnen.

Mia erkannte die Künstlerin kaum wieder. Die langen blonden Haare waren zu einem lockeren Dutt hochgesteckt. Sie trug eine schwarze Hose und ein elegantes helles Oberteil, ohne Knöpfe, damit die während des Spielens nicht am Lack der Gitarre schubberten oder klackerten. In der Hand hielt sie ihre Konzertgitarre, mit der sie verheiratet war, aber eine offene Ehe führte. Auch das hatte Mia in einem Interview gelesen. Es war immer gut, möglichst viel Hintergrundwissen zu haben. Wieder spukten ihr Jekaterina und ein Festgenommener durch den Kopf. Abschalten, Mia!, zwang sie sich, und wenn es nur für diese anderthalb Stunden war - Augen zu und genießen.

Heike Matthiesen setzte sich auf den Hocker, hakte einen Absatz ihrer Highheels in die Strebe und stellte den anderen fest auf den Boden, damit die Gitarre einen sicheren Halt bekam.

Die Künstlerin begrüßte freundlich lächelnd ihr Publikum, sagte kurz etwas über sich und benannte die Musikstücke, die sie nun spielen werde. Erst jetzt hörten die Letzten auf, über den heutigen Strandfund zu reden und die Location des Abendessens zu besprechen, andere wiederum stellten fix ihre Handys aus.

In der Kirche wurde es totenstill. Niemand nieste, hustete oder räusperte sich. Das wagten sie vermutlich erst wieder, wenn die Gitarre erklang und das Musikstück lauter wurde. Einen mit Hustenanfall gab es immer - und wenn es Mia selbst war.

Während das klassische Stück erklang, wurde Mia mit jedem Ton, mit jeder gezupften und geschlagenen Seite ruhiger. Mia schloss kurz die Augen und lauschte den Klängen, die mal romantisch, mystisch oder traurig waren. Fast hätte sie bei dem traurigen Stück geweint und beim nächsten fröhlichen die Arme ausgebreitet und hin und hergeschwungen. So leicht hatte sie sich gefühlt. Magische Momente, in denen sie immer wieder eine Gänsehaut bekam. Besonders das Stück mit den leisen Tönen bewies das feine Gehör der Künstlerin. Mia spürte darin den Weltschmerz des Komponisten, den die Interpretin zu dem ihrigen gemacht hatte.

Wie aufwühlend musste erst ein Flamenco-Konzert von ihr sein? Mia kribbelte es in den Füßen. Doch dann rügte sie sich, lieber den Moment zu genießen. Wie zur Strafe hämmerte das Stakkato auf sie ein.

Pause.

Die brauchte Mia dringend! Auch die Künstlerin war sichtlich erschöpft. Ein weiteres Zeichen dafür, wie sehr sie in ihrem Gitarrenspiel aufgegangen war.

Mia vertrat sich die Beine, suchte Thurit - vergeblich. Ihr ursprünglicher Plan, hierherzukommen, um die beiden Basolds gründlich auszufragen, war missglückt. Sie hatte sich erst einmal damit abgefunden, bis ... ja, bis sie Wolf auf dem Tranpad sah, in Begleitung von Ken, der ihm gerade - im Gehen! - einen ledernen Pilotenkoffer überreichte. Es war eindeutig der

Koffer von Emil. Der schlaue Wolf steckte den Koffer sofort in eine große Tragetasche, mit der Aufschrift einer Modefirma - die beste Variante, nicht damit aufzufallen. Zu allem Überfluss trennten sich die beiden sofort wieder und gingen in verschiedene Richtungen.

Mia versteckte sich unauffällig hinter einem breiten Zweimetermann, der gerade eine rauchte. Der Wind blies den Qualm in ihre Richtung. Sie musste husten und klang wie ein halskranker Bariton. Der Mann vor ihr drehte sich erschrocken um und trat ein Stück zur Seite.

Ken kam in ihre Richtung.

Mia senkte den Kopf, fiel in die Hocke und tat so, als würde sie die Senkel ihrer Schuhe zubinden. Glück gehabt! Er ging vorbei, ohne herüberzuschauen.

Seltsam, Wolf wusste doch, dass Mia zur Veranstaltung wollte und dennoch hatten sie für die Übergabe diese Straße gewählt? Sie wären besser an den Strand oder ins Hotelzimmer gegangen. Oder war es eine spontane Aktion gewesen? Wolf hatte bestimmt nicht mit einer Konzertpause gerechnet oder nicht mehr daran gedacht, weil es nicht seine Musik war. In welcher Mission waren die beiden unterwegs? Verflixte Kiste! So würde sie es nie erfahren. Nur eines war sicher, dass niemand von den beiden festgenommen worden war. Aber wer dann?

Die ersten gingen zurück in die Kirche. Durch die offenstehende Tür sah Mia, dass sich Heike Matthiesen wieder zum Mikro begab, aber noch nicht setzte.

Mia blieb draußen, stellte sich etwas abseits und nahm ihr Handy hervor. Sie hatte die Nummer vom Inselpolizisten vorsorglich gespeichert. Sie drückte auf Verbinden.

Niemand da.

Bevor das Gespräch zur Leitstelle geschaltet wurde, drückte sie es weg. So ein Blödsinn! Was sollte André Basold denn machen? Sich den Inhalt des Koffers zeigen lassen? Einfach so, oder mit welcher Begründung? Wo steckte eigentlich sein Amtskollege aus Aurich, den er als Hilfe bekommen hatte?

Mia seufzte. Nein, das dauerte ihr alles viel zu lange! Das war alles viel zu umständlich!

Sie blieb vor der geöffneten Tür stehen und schaute in die Kirche, wo die Künstlerin gerade wieder vor dem Altar Platz genommen hatte.

»Es geht weiter«, sagte ein älterer Mann, der anscheinend die Aufgabe hatte, die Tür wieder zu schließen.

»Für mich auch«, antwortete Mia und wendete sich ab.

Mia wollte Wolf einholen, doch sie hatte seine Spur bereits am Tranpad verloren. In welche der drei Richtungen könnte er gegangen sein? Sie versuchte es im Ausschlussverfahren. Geradeaus ging es zum Inselkino, das heute geschlossen hatte, rechts zum Hauptstrand, was eher unwahrscheinlich war und links wieder zurück ins Dorf.

Ach, bestimmt saß Wolf längst in seinem Hotelzimmer und öffnete gerade in diesem Moment den Koffer, erfreute sich am Inhalt - oder auch nicht, je nachdem. In welchem Hotel war er untergebracht? Darüber hatten sie nicht gesprochen. Gitti wusste es vielleicht. Aber ganz sicher schlief sie um diese Zeit und würde sich fürchterlich erschrecken, wenn Mia mitten in der Nacht anrief und nach Wolfs Hotel fragte. Nicht nur das, jeder Erklärungsversuch käme unglaubwürdig rüber.

Ein älterer Mann in Sportkleidung kam angelaufen und stoppte: »Finden Sie den Weg nicht?«, fragte er.

»Kann man so sagen«, antwortete Mia.

»Wo müssen Sie denn hin?«

»Wenn ich das wüsste«, sagte Mia wahrheitsgemäß. Doch die Wahrheit war nicht immer die beste Antwort.

»Oje!«, meinte er nur und legte wieder an Tempo zu, als fürchtete er, sich um eine Demenzkranke kümmern zu müssen.

Mia rief ihm hinterher: »Ich weiß es wieder! Ich muss nach Amerika. Wo muss ich lang?«

Der Mann lief schneller.

Also ab ins Dorf und darauf hoffen, dass Wolf den Lederkoffer immer noch bei sich trug und sich - bevor er damit aufs Zimmer ging - irgendwo stärkte.

Reines Wunschdenken.

Auf dem Weg zu ihrem Hotel kam sie an der *Givtbude* vorbei. Draußen saßen einige letzte Gäste an den rustikalen Tischen. Mia setzte sich an den freien Tisch und bestellte eine Kleinigkeit für den knurrenden Magen. Sie wusste, wenn sie hungrig schlafen ginge, wachte sie mitten in der Nacht auf und machte sich auf die Suche nach etwas Essbarem. Dann lieber gleich für Abhilfe sorgen.

Nach dem Salatteller blieb sie eine Weile sitzen und beobachtete die Menschen, die an ihr vorübergingen. Von hier aus hatte sie den Noorderloog gut im Blick. Nachtschwärmer kamen aus beiden Richtungen. Ein Pärchen hatte einen Picknickkorb dabei, möglicherweise für eine romantische Vollmondnacht am Strand, andere bummelten durchs Dorf. Der ältere Mann grüßte sie sogar und grinste abschätzig. Mia erkannte ihn von der Kirchenpforte wieder. Bestimmt dachte er jetzt, sie würde das Essen dem Konzert vorziehen. Auch nicht tragisch. Kurz nach ihm erschien die Künstlerin Heike Matthiesen. Sie musste sich bereits in der Garderobe der Kirche umgezogen haben und war wieder sportlich gekleidet. An der ausgehängten Speisekarte blieb sie stehen und trat nach Sichtung des Angebots auf die Terrasse.

»Hallo!«, winkte Mia zu ihr rüber. »Möchten Sie sich zu mir setzen?«

»Oh, hallo! Gerne!«

Sie schien Mia sofort erkannt zu haben und freute sich wirklich über das Gesellschaftsangebot. Mia hatte mal von einer Künstlerin gehört, dass sie meistens nach dem Auftritt und dem Applaus in ein tiefes Loch fiel, wenn sie alleine im Hotelzimmer saß und alles um sie herum still war.

Der Kellner brachte das bestellte Essen und die Getränke, machte darauf aufmerksam, dass um 22 Uhr geschlossen wird.

Das war zu schaffen.

Mia ließ die Guitarlady erst einmal essen und runterkommen und sagte es ihr auch, damit sie ihr Schweigen nicht missverstand.

»Nein, keine Sorge. Erzählen Sie ruhig - nur nichts Ekliges.«

»Das wird schwierig«, konterte Mia. Sie berichtete frei raus, dass es sich nicht lohne, an Gewinnspielen teilzunehmen und sie da gut aufpassen solle, falls sie überhaupt Zeit und Lust für so etwas habe, denn sie sei ja sicher viel unterwegs und überhaupt … eine Frau wie sie …

»Moment bitte mal«, flüsterte die Künstlerin. Sie legte Messer und Gabel vorsichtig auf den Teller und drehte ihren Kopf leicht zur Seite. Sie lauschte. Ob ihr eine Komposition eingefallen war?

Mia las derweil den Flyer, der auf dem Tisch lag, doch dann

siegte die Neugierde. Sie drehte ebenfalls ihren Kopf in die Richtung und machte sich sofort einen Kopf kleiner, damit die Frau, die telefonierend von hinten auf die Terrasse kam, sie nicht sah.

Es war Nette.

Da sie flüsterte, verstand Mia leider kein Wort.

Nun kam der Kellner dazu und kündigte an, dass er schon mal abkassieren müsse.

Kaum war Nette weg, regte sich die Konzertgitarristin wieder. Sie war untröstlich: »Oh, Entschuldigung. Ich war für einen Moment abgelenkt. Normalerweise mache ich so etwas nicht.«

»Nicht schlimm. Ich habe auch versucht, etwas mitzubekommen. Macht man ja automatisch, wenn jemand in der Öffentlichkeit telefoniert. Aber verstanden habe ich nichts … Sie bestimmt! Ihr Gehör muss phänomenal sein. Das ist mir auf ihrem Konzert aufgefallen.«

Sie nickte. »Deswegen war ich so erschrocken und musste zuhören.«

»Weswegen?«

Sie schüttelte den Kopf. »Ich bin mir nicht sicher, ob es schwarzer Humor war.«

»Lassen Sie es mich wissen! Ich sage es Ihnen«, antwortete Mia und trippelte mit den Füßen. »Ich kenne die Frau sehr gut und kann es einschätzen.«

»Es ging um einen … Auftragsmörder, Igor. Die Frau wiederholte ganz oft den Satz: ‚Und wenn es so wäre, Walther?‘« Die Künstlerin klemmte sich eine störende Strähne hinter das Ohr. »Müssen wir die Polizei verständigen? Ob es etwas mit der Toten im Inselkino zu tun hat? Hilfe! Eigentlich wollte ich morgen mit der letzten Fähre fahren, ob ich das noch umbuchen kann?«

»Ach so! Keine Sorge!« Mia winkte ab. »Das war ein Scherz«, log sie. »Das macht sie immer mit ihrem Mann. Die necken sich untereinander.«

Die Frauen bezahlten und verabschiedeten sich lachend.

Mia blieb das Lachen im Halse stecken.

35.

MIA HATTE ES VON DER *GIVTBUDE* AUS NICHT weit bis zu ihrem Hotelzimmer. Es lag schräg gegenüber. Viel zu kurz, um sich über das Gespräch mit der Künstlerin und vor allen Dingen über Nettes belauschtes Telefonat mit Walther klärende Gedanken zu machen.

Müde und mit dem Gefühl, heute nicht viel aufgeklärt, sondern noch mehr Rätsel aufbekommen zu haben, stieg Mia die Stufen zum Zimmer hoch. Sie sehnte sich nach ihrem Bett und, ja, auch nach Gitti, die sicher gekrümmt wie ein Embryo und leise vor sich hin schnarchend schlief. Das war übrigens auch Mias bevorzugte Schlafposition. Das gab eine gewisse Sicherheit.

In weiser Voraussicht hatte Mia sich einen zweiten Zimmerschlüssel geben lassen.

Leise schloss sie die Tür auf. Der Vollmond verlieh dem Zimmer ein diffuses Licht. Vor Schreck blieb sie im Türrahmen stehen. Entgegen ihrer Erwartungen saß Gitti hellwach auf ihrer Hälfte des Doppelbettes. Schlimmer noch - auch auf Mias Bett saß jemand.

»Gibt's das denn?« Sie traute ihren Augen nicht.

Der Mann wollte aufspringen.

Gitti hielt ihn am Arm zurück.

Er ließ sich wieder mit dem Rücken an die Wand fallen.

»Pscht! Mia! Da bist du ja endlich! Mach die Tür zu!«, forderte Gitti sie auf.

»Was … was wird das hier?« Sie trat heran, um es sich aus der Nähe zu betrachten.

Ken versuchte, sie zu beruhigen. »Bitte! Mia! Ich brauche Hilfe!«

Mia sah das blutige Taschentuch, das er auf seine Unterlippe presste.

»Zeig mal!«

Sie zuckte zurück.

Mia gab ihm die Packung Tempos aus ihrer Jackentasche.

Er nickte dankbar.

»Himmel, Ken! Was ist passiert?«, fragte sie. Auch sein sonstiges Äußere war desolat. Die Haare zerzaust, die Kleidung schmutzig und der oberste Hemdknopf war abgerissen.

Gitti sprudelte es heraus: »Ken ist da in etwas hineingeraten und wird verfolgt, weil er aussteigen will. Nicht, dass du denkst, er hat Jekaterina umgebracht, auch nicht Moritz aus der Halle! Er hat es nie vorgehabt! Er wollte doch nur … Jekat hat er auch vorher gewarnt. Aber sie hat es wohl nicht gelesen.«

Kens Augen wurden immer größer.

Mia seufzte. »Lass Ken erzählen, Gitti!«, sagte sie. Das half auch in der Notaufnahme oder bei einem Unfall, wenn das Opfer darüber reden durfte.

Ihre Freundin schnappte ein.

Ken tupfte mit seinem Taschentuch das nachgelaufene Blut ab und wurde unruhig. »Alles … nochmal sagen …?«

»Pscht! Nein, musst du nicht!« Mia sah wieder auf seine Lippe. »Sorry, Gitti! Hab nicht dran gedacht.«

Mia zog ihre Jacke aus, kickte die Schuhe weg und setzte sich neben Ken aufs Bett. Sie sah zum Denken an die Decke, entdeckte das weiße Kästchen mit rotem LED-Blinklicht - Entwarnung, nur die Kontrollleuchte des Brandmelders.

»Lass mich mal zu Mia«, sagte Gitti. Sie wechselten die Positionen. Ken stöhnte auf.

Gitti ging ganz nahe an Mias Ohr, hatte dann aber ihre Flüsterstimme nicht unter Kontrolle und rief: »Ken soll sterben!«

Ken und Mia jaulten auf.

Gitti sprach endlich leiser: »Es ist so: Ich wollte dich von der Kirche abholen und mich für mein Verhalten entschuldigen. Du weißt schon, wegen Wolf und so und weil ich nicht mit zum Konzert gekommen bin. Aber, du warst nicht mehr da und dann bin ich ein Stück den Slurpad entlang gegangen. Alleine habe ich mich nicht bis zum Strand getraut. Weißt ja, wie ich ticke.«

»Gitti, komm zur Sache!«

»Gleich auf der ersten Bank sah ich Ken sitzen. Blutüberströmt. Na gut, vielleicht nicht ganz so schlimm, aber seine Lippe blutete und er weinte. Ich habe ihn dann mit zu uns genommen, weil er am ganzen Körper zitterte. Nervenzusammenbruch oder so. Die Apotheke hatte schon geschlossen und mir war nichts Besseres eingefallen.«

»Das war gut, Gitti. Weiter!«

Gitti sah zu Ken. Er nickte.

»Ken sollte für jemanden einen Auftrag erledigen und hat dafür viel Geld versprochen bekommen. Genau das brauchte er, für seine nächste Op.«

Mia wartete erst einmal ab, bevor sie einen Kommentar dazu abgab.

»Und derjenige ist ein … ein Auftragsmörder!« Gitti riss die Augen auf. »Mia! Einer, der Menschen tötet. Ein Kopfgeldjäger! Du kennst ihn auch!«

»Ich? Meinst du Igor oder Emil?«

Ken schüttelte vorsichtig den Kopf.

»Nein, wie kommst du auf Igor?«, fragte Gitti, »Emil! Emil aus dem ICE! Der mit dem Koffer! Der hatte darin bestimmt seine Waffe und … «

Mia musste sich legen.

»Mia, was ist mit dir?«, fragte Gitti.

»Moment. Geht gleich wieder.«

»Ich habe dich gesehen«, sagte Mia und beugte sich zu Ken vor. »Du hast Wolf einen Koffer überreicht. Aber nicht irgendeinen, sondern Emils Lederkoffer, den er dir in der Halle übergeben hatte, richtig? War da eine Waffe drin?«

»Waffen«, korrigierte er. Nun redete er mit schmerzverzerrtem Gesicht drauf los, riskierte eine noch dickere Lippe.

»Für den Auftrag *Jekaterina*, die ich seit Tagen verfolgen musste. Was ich bei Moritz nicht konnte, sollte ich bei ihr ausführen und da ich einen Vorschuss verlangt und schon bekommen habe …«

»Oje!«, sagte Mia.

»Ich verfolgte Jekat weiter und nahm den Koffer mit nach Spiekeroog«, sagte Ken, »aber zu dem Zeitpunkt hatte ich mich bereits gegen meinen Auftrag entschieden. Ich wollte einfach nur raus aus dem Job. Habe mich auch nicht getraut, in den Koffer zu schauen, wollte ihn nur loswerden, musste aber Emil gegenüber bis zuletzt so tun, als wäre ich dabei. Solange, bis mir eingefallen war, wie ich unbeschadet davonkommen könnte.«

Mia war froh, dass er so viel sprach, zumindest für seine Verhältnisse. Sie hoffte, dass es lange anhielt und stellte lieber gleich die nächste Frage: »Woher wusstest du denn, dass im Koffer Waffen sind, wenn du nicht reingeschaut hast?«

»Weil Emil es mir gesagt hat - Waffen und Instruktionen.«

Er tupfte wieder an der Lippe und machte eine längere Pause.

Gitti brauchte die auch. Ihr Kopf war bedenklich rot.

Mia musste es jetzt wissen, sie durfte nicht länger warten. »Wie kam es zur Kofferübergabe mit Wolf? Wusste er von deinem Auftrag?«

»Nein! Natürlich nicht!« Ken richtete sich auf. »Das war doch nach Jekaterinas Tod. Es war mir zu brenzlig, den Koffer weiterhin zu besitzen. Ich hatte mir ein Versteck ausgedacht und auf meinem Weg dahin begegnete ich zufällig Wolf. Da kam mir die spontane Idee, ihn zu bitten, den Koffer für mich zu verwahren. So einfach kann es manchmal sein.«

Mia schüttelte den Kopf.

Auch Gitti war nicht begeistert davon. »Hast du nicht daran gedacht, dass er nachschauen könnte, was drin ist?«, fragte sie.

»Konnte er nicht. Er hätte ihn aufbrechen müssen. Nur Emil und ich kennen die Zahlenkombination. Außerdem habe ich ihm versprochen, ihn gleich am nächsten Morgen wieder abzuholen. Ich sagte, ich müsse nur irgendwohin, wo ich den Koffer nicht gebrauchen könne und habe keine Zeit mehr, ihn zum Zimmer zu bringen. Das hat er mir abgekauft.«

»Aha«, sagte Mia. »Wieso hast du bei Moritz versagt?« Mia machte sich auf eine Antwort mit viel Blut gefasst, wenn Nette bei ihrer Erzählung in der Kneipe nicht maßlos übertrieben hatte.

Auch Ken schluckte. »Emil zeigte mir bei Moritz, wie man keinesfalls mit einem Messer zustechen sollte und dass auch Erwürgen nicht so einfach sei, wie es immer dargestellt würde.

Er ließ mich mit ihm alleine, damit ich es in Ruhe probieren solle, da Moritz bereits ohnmächtig war.«

Gitti schüttelte sich. Auch Mia malte sich bildlich aus, wie die Szene ausgesehen haben könnte.

Ken lief weiß an. »Nachdem ich eine Weile gewartet hatte, legte ich meine Hände um seinen Hals und drückte - wirklich nur einmal kurz - und ging zu Emil, der in einem Versteck auf mich wartete. Er ahnte sofort, was los war. Ich beichtete es ihm. Das hätte ich nicht tun sollen, denn dann würde Moritz heute noch leben. Ich hätte den Notarzt anrufen müssen … aber ich hatte auch Angst um mein Leben. So wollten wir zurück aufs Dach, wo wir beim ersten Mal eingestiegen waren, aber da sahen wir, dass das Tor offenstand … weil Walther und Nette … Emil hatte dann eine Idee.« Ken senkte den Kopf. »Ich hasse diese weißen Overalls! Ich hasste seine Idee! Ich musste zusehen, wie er …«

»Wie er was?«, fragte Mia.

»Weißt du doch. Hat Nette doch erzählt. Nackenschuss!« Gitti hatte im *Blanker Hans* aufgepasst.

Ken nickte. »Ein zweites Mal wollte Emil mir nicht helfen. Es wurde ernst für mich. Jekaterina ständig zu verfolgen, war nicht mein Problem, aber sie umbringen? Niemals! Ich habe sogar versucht, sie zu warnen. Aber sie hat meine Nachricht wohl nicht gelesen.«

Mia wusste genau, was er meinte. Es war die Zeitung. Die Notiz auf der Zeitung im Inselkino, die Thurit gefunden und weggeräumt haben musste. Bestimmt hatte sie die Nachricht »Du bist die Nächste!« auf sich bezogen und war deshalb in Ohnmacht gekippt.

»Du hast sie also nicht …?« Gitti faltete die Hände.

»Nein! Ich war im Kino - ja - aber nur, um sie zu warnen, mehr nicht. Glaubt mir! Ich blieb danach vor dem Kino stehen, der Film hatte noch nicht begonnen, wollte wissen, ob sie wieder rauskommt. Da bekam ich den Anruf von Emil, dass es ihm zu riskant sei. Ich solle sofort verschwinden. Nichts habe ich lieber gemacht. Erst am anderen Morgen erfuhr ich von ihm, dass er es selbst übernommen hatte.«

»Ken, warum bist du nicht noch an dem Abend zur Polizei gegangen?«, fragte Gitti.

Er überlegte lange.

Viel zu lange, für Mias Begriff.

»Angst! Nackte Angst! Emil wollte aussagen, dass ich Moritz und Jekaterina getötet habe. Ehe ich mir meine Chancen ausrechnen konnte, ob mir ein Richter dieser Welt glauben würde, dass ich es nicht war, überschlugen sich die Ereignisse.«

Mia wurde allmählich der Zusammenhang klar, »Apropos Jekaterina und warnen, wolltest du uns auch warnen, mit den toten Fischen … sechs Stück … für sechs Personen? Waren es sechs Finger für sechs Fische, die du im Pavillon hochgehoben hattest?«

Er nickte.

Gitti fasste sich an den Kopf. »Da kommt doch kein Mensch drauf, wovor gewarnt werden soll! Da hätte ein Zettel dran sein müssen.«

»Ich hatte nichts zum Schreiben dabei!«, sagte Ken. »Es musste schnell gehen.«

»Ach klar!«, Gitti wusste nun, woher er die Fische hatte: »Du hast sie an der Fischbude in Neuharlingersiel mitgehen lassen, im Eimer, richtig?«

Ken schwieg betreten und zupfte ein frisches Taschentuch

aus der Packung, tupfte damit seine Lippe ab, sah darauf und zeigte es in die Runde. Glücklicherweise blutete es nicht mehr so stark wie am Anfang, musste also nicht genäht werden.

»Ja, ich weiß, mit den Fischen und auch sonst habe ich nur Fehler gemacht. Bin eben ein blutiger … also, ein Anfänger.«

»Lass die Finger davon, ein Profi zu werden«, riet Mia. »Und jetzt? Was willst du machen?«

»Wenn ich das wüsste! Emil gab mir eine allerletzte Chance, einen letzten Auftrag, die Instruktionen und Waffen dafür lägen im Koffer. Er fragte, ob ich sie noch nicht gesehen hätte und ahnte wohl, dass ich abhauen wollte. Emil meinte, er fände mich überall … und dann …« Ken fuhr sich über die Kehle.

»Dieser Kerl verfolgt dich also auf Schritt und Tritt?«, fragte Gitti. Sie sprang auf und lief zur Tür, hielt ein Ohr daran.

»Nein, nicht, dass ich es mitbekommen habe. Im Moment verlangt er in regelmäßigen Abständen Meldungen von mir und den finalen Beweis, dass mein neuer Auftrag erledigt ist. Aber da ich immer wieder Ausreden erfand und Ausflüchte suchte … war er es leid und hat mir ein Ultimatum gestellt - das läuft in 18 Stunden ab.«

»Himmel!«, rief Mia.

»Ach du Scheiße«, sagte Gitti.

»Keine Angst!«, versuchte ausgerechnet Ken zu beruhigen, »deshalb bin ich zu euch gekommen. Er rechnet damit, dass ich bei euch bin.«

»Du meinst … er rechnet nicht damit …«, korrigierte Gitti.

»Nein, so, wie ich es gesagt habe: Er rechnet damit - denn mein nächster Auftrag ist Mia!«

36.

GITTI SCHLUCHZTE: »MIA, DAS TUT MIR SO leid!«

»Versteh ich nicht!« Mia sprang auf. Nichts hielt sie mehr im Bett. »Hat Emil dir eins auf die Lippe gegeben, weil du mir nichts tun wolltest, oder was?«

»Nein. Ich weiß nicht, wer es war. Es ging alles so schnell. Ich wollte zum Strand gehen und plötzlich bekam ich von der Seite einen Gegenstand ins Gesicht gedonnert, noch bevor ich erkennen konnte, wer da neben mir ging. Ich muss wohl kurz ohnmächtig geworden sein. Danach war ich nur mit meiner Lippe beschäftigt.«

Mia pfiff sich zurück. Schluss mit der Fragerei! Es ging um ein Leben - ihr Leben. Das mit der Lippe war dagegen vollkommen unwichtig!

Sie hatte schon viel erlebt, aber so direkt stand sie noch nie auf der Abschussliste und diesen Emil musste man, verdammt nochmal, ernst nehmen und deshalb brannte ihr diese Frage auf den Lippen: »Warum soll ausgerechnet ich …?«

»Keine Ahnung«, antwortete Ken. »Auftragsmörder wissen das meistens nicht. Es hat sie nicht zu interessieren … und es ist ihnen auch egal! Hauptsache, sie bekommen die Kohle!«

Sah Mia da Gier in seinen Augen?

»Und jetzt?«, fragte Mia Ken. »Was willst du machen?«

Er sah auf den Boden. »Ich brauche das Geld.«

»Wieviel?«, fragte Gitti.

»Achttausend!«

»So wenig?« Mia, meinte, sich verhört zu haben.

»Also, ich wäre damit zufrieden«, antwortete Gitti.

»Gitti!« Mia schnappte nach Luft.

»Macht euch keine Gedanken.« Ken faltete seine Hände. »Natürlich werde ich es nicht tun. Aber helft mir! Bitte! Niemand soll mehr sterben müssen!«

»Geh zur Polizei!«, sagte Mia. »Erzähle denen, was du uns erzählt hast und sie sollen sich darum kümmern.«

»Das wäre unser Todesurteil! Bis die Polizei Beweise findet, Emil festnehmen zu können, hat er uns erledigt und sich davongemacht. Wir haben es mit einem eiskalten Killer zu tun! Ich möchte nicht wissen, wie viele Menschen er bereits auf dem Gewissen hat.«

»Ich schon«, sagte Mia, schüttelte aber dann den Kopf. »Weißt du wo er herkommt? Was hat er vorher gemacht? Wie alt ist er?«

»Nein, ich weiß nur, dass er sich zur Ruhe setzen wollte. Im Krankenhaus, in unserem Zweibettzimmer, hatten wir ein wenig Privates ausgetauscht. Fragen durfte ich nie stellen. Nur nach der OP, unter Narkoseeinwirkung, sprach er davon, dass es keinen Unterschied mache, Tiere oder Menschen zu töten. Wenn man so denkt, sei man in dem Job genau richtig und ob ich es mir für sehr viel Geld vorstellen könnte. Irgendwie hatte ich damals nur das Wort Geld gehört und war damit einverstanden gewesen, es mal zu versuchen …«

Mias Handy vibrierte, das Display leuchtete auf: Rufnummer unterdrückt. Das war Walther. Da Ken und Gitti eingeschlafen waren gab sie sich und dem Handy einen Ruck und hörte auf seine Stimme.

»Hallo Mia?«

»Ja?«

»Mia, ich bin in Not! Brauche deine Hilfe! Es ist sehr wichtig! Du bist doch noch auf Spiekeroog, oder?«

»Ja!«

»Kannst du etwas für mich herausbekommen? Bitte! Dir vertraue ich!«

Mia hörte ihm aufmerksam zu. Nun störte sie sein Anruf nicht mehr. Im Gegenteil. Wenn sich das bewahrheitete, was er ihr schnaufend erzählt hatte, ergab das eine völlig neue Sichtweise!

Doch, was sollte sie um weit nach Mitternacht ausrichten? Auf einer Skala von 1 - 10 fühlte sie sich 0,5 … besonders wenn sie aufs Bett sah.

Ken und Gitti lagen Rücken an Rücken. Gitti schnarchte und Ken brabbelte wie ein Baby etwas Unverständliches.

Mia schloss von innen die Zimmertür ab und machte das Fenster zu, bevor sie sich neben Gitti legte. Sie würde an Übermüdung sterben, wenn sie es nicht machte und das war wesentlich quälender als kurz und schmerzlos erschossen zu werden. Wovon sie im Moment aber mal nicht ausging. Sie war keiner Gefahr ausgesetzt. Ken war geläutert und den Koffer mit den Waffen hatte Wolf in seiner Obhut.

Bei dem Gedanken daran bekam Mia Bauchschmerzen.

37.

WALTHER DRÜCKTE AUF DAS ROTE HÖRERSYMbol und steckte sein Handy in die Jeanstasche. Es war die richtige Entscheidung gewesen, Mia auf Spiekeroog anzurufen, denn es würde wegen der Halle Tage dauern, bis er selbst auf die Insel kam. So viel Zeit hatte er nicht. Ursprünglich wollte Walther mit Nette telefonieren anstatt mit Mia. Doch da war er rechtzeitig von abgekommen. Bei seiner Noch-Frau galt es, geschickter vorzugehen. Sie würde ihm nie die Wahrheit sagen und demzufolge musste sie damit konfrontiert werden, bis leugnen zwecklos war. Mit den Informationen, die er über sie bekommen und Mia im Telefonat übermittelt hatte, durfte es ein Leichtes sein. Wenn sie ihrem Anwalt nicht den Auftrag gab, Walther wegen Verleumdung zu verklagen - das sollte sie lieber nicht riskieren.

Er kletterte auf einen Kartonstapel, um eine bessere Übersicht zu bekommen. Die Verkaufskarrees hatte er entsorgt. Bei ihm gab es keine Wühltische mehr und die Kleiderständer hatte er für einen schnellen Abverkauf neu sortiert. Alle Siebziger- und Achtziger-Jahre-Kleidung war in blaue Müllsäcke gewandert und in den Container geflogen, ohne Rücksicht auf karitative Kleidersammlungen.

Kaum hatte er den letzten Bissen seines Fastfoods heruntergewürgt, das er sich zwischendurch im *Drive In* besorgt hatte, klingelte das Handy. Nicht nur er konnte Rufnummern unterdrücken, andere auch.

»Wir … liefern … übermorgen!«, sagte eine männliche Stimme - dunkel - abgehackt - kompromisslos.

»Nein!«, rief Walther bestimmt, um Diskussionen von Anfang zu vermeiden. »Die Halle wird dicht gemacht. Ich bin nicht Moritz! Ich werde seine Geschäfte nicht fortführen!«

»Du musst!«, antwortete die Stimme. »Sonst … lasse ich … Igor los.«

Freizeichen.

Schon wieder dieser Igor! Gab es ihn wirklich? Walther wischte sich den Angstschweiß von der Stirn. Dass dieser russische Modemogul über Leichen ging, hatte er ja bereits bewiesen.

Er legte einen Zahn zu. Irgendwo musste das Zeug versteckt sein. Schlimm war nur, dass er nicht wusste, wo und wonach genau er suchen sollte. Das erschwerte die Sache ungemein. Warum hatte er nicht darauf bestanden, es von seinem Anrufer zu erfahren? Weil der ihm das Unwissen wieder einmal nicht abgekauft hätte?

Spätestens morgen musste er einen Schritt weiter sein und dann machte er die Halle dicht und rettete seine nackte Haut.

38.

MIA WAR ALS ERSTE WACH, SO GEGEN SECHS Uhr morgens, und ging ins Bad. Sie war von Alpträumen geschwächt, in denen sie sich alles Mögliche ausgemalt hatte. Trotzdem oder gerade deswegen war sie fest entschlossen, dem grausamen Treiben ein Ende zu bereiten und das war ihr nur mit Hilfe einiger Personen möglich. Vom Inselpolizisten brauchte sie die Information, wer festgenommen wurde. Hatte es überhaupt etwas mit Jekaterinas Tod zu tun oder handelte es sich um einen Betrunkenen, der zur Ausnüchterung in die Zelle gekommen war? Manchmal musste sie einfacher denken. Gitti und Ken sollten sich auf alle Fälle erst einmal zurückhalten. Besonders für Ken war es besser, nicht gesehen zu werden.

Mia schrieb Gitti einen Zettel und stahl sich aus dem Zimmer. Sie rief Wolf an. Besetzt. Um diese Zeit? Gleich würde sie es noch einmal versuchen und ein Treffen mit ihm in seinem Hotelzimmer vereinbaren. Zugegeben, es war nicht ganz ungefährlich, falls Wolf mehr damit zu tun hatte, als es sich ihr im Moment darstellte. Ken hatte recht, zu diesem Zeitpunkt die Polizei einzuschalten, wäre unklug und damit würde sich Ken sofort ans Messer liefern. Wenn sie etwas war, dann von seiner Unschuld überzeugt. Er hatte niemanden umgebracht und es auch nicht wirklich versucht und er würde es nie machen. Ken wollte nur eins: Geld, aber keine Menschenleben dafür opfern. Dennoch war sein Verhalten keineswegs zu entschuldigen. Sie sah ihn mit seiner OP-Sucht aber eher beim Psychiater. Er war abhängig und brauchte die körperlichen

Veränderungen, um sein Selbstwertgefühl zu stärken, um Anerkennung und Beachtung zu bekommen - sogar weltweit, als bestes Ken-Double. Diese Triebfeder war stärker als jedwede Vernunft oder Verantwortung seinem Körper gegenüber. Mehr noch, sie setzte das Gehirn lahm. So gesehen ein berechenbarer Mensch, doch das hochgesteckte Ziel und was er dafür - womöglich irgendwann einmal - bereit wäre zu tun, konnten ihn jederzeit wieder unberechenbar machen. Ein kleiner Funken Hoffnung, er könne therapierbar sein, blieb, da er zu Mia und Gitti geflüchtet war und sich ihnen geöffnet hatte. Mia hätte sonst Gitti nicht mit ihm alleine im Zimmer zurückgelassen. Außerdem stand Gitti nicht auf der Abschussliste.

Allein dieser Gedanke machte ihr wieder klar, wie gefährdet sie war. Lauerte Emil bereits an der nächsten Ecke auf sie, um seinen Auftrag lieber wieder selbst auszuführen, weil er wusste, Ken hatte seine letzte Chance ohnehin vertan? Somit wäre auch Ken in Gefahr und nicht nur sie. Ein Grund mehr, mit diesem Hintergrundwissen nicht zur Polizei zu gehen.

Wie sollte Mia das alles dem Inselpolizisten klarmachen? Sie wusste, bloße Vermutungen reichten weder dem Staatsanwalt aus, eine Untersuchungshaft zu erwirken, noch dem Haftrichter, sie anzuordnen. Nein! Dafür bedurfte es mehr Fakten und Beweise. Die wollte sie liefern, damit der Mörder und sein Auftraggeber dauerhaft hinter Gittern kamen und keine weiteren Opfer mehr zurückließen. Inwieweit sie Ken davor schützen konnte, sich verantworten zu müssen, stand in den Sternen.

Das war erst einmal zweitrangig, wenn er sich zwischenzeitlich nichts anderes zu Schulden kommen ließ.

Für Walthers Anliegen, das indirekt damit zu tun hatte, benötigte sie Wolfs Unterstützung bei jemandem, der sich noch in Sicherheit wog. Zunächst aber musste sie die Gewissheit bekommen, was sich genau in dem Koffer befand. Dass Wolf auf ihrer Seite war und helfen würde, setzte sie der Einfachheit halber voraus. Sie drückte noch einmal auf seine Nummer.

Er nahm das Gespräch an und schien erleichtert, Mias Stimme zu hören. Auch seine klang müde und geschafft. Wolf erklärte es mit dem ständigen Gedanken an den Inhalt des Koffers. Ja, es wäre gut, wenn sie sofort käme.

Im Hintergrund hörte Mia eine berauschende Morgenmusik: Der Kaffee lief durch die Maschine.

»Tasse Kaffee?«, fragte Wolf.

»Unbedingt! Nur mit Milch - zur Not auch schwarz.«

Sie setzte sich an den kleinen Esstisch mit Blick aus dem Fenster.

Wolf hantierte hinter ihr an der Küchenzeile, kam mit einem Becher Kaffee und Milch zurück. Sie vereinigte beides und überlegte zwischenzeitlich, wie umfangreich Wolfs Update sein durfte.

Nun bekam sie den Teller und ein Brötchen gereicht, mit der Entschuldigung, dass es kein frisches sei, weil das *Inselcafé* um 7:30 Uhr öffnete. »Ach, ich habe etwas vergessen!«, sagte er und zog die Besteckschublade auf. Metallisches Klimpern, das Mia eine Gänsehaut bescherte. Sie fuhr herum. Er stand mit einem langen Brotmesser hinter ihr, hielt die Klinge gegen sie gerichtet.

Mia schrie auf.

Er ließ das Messer auf den Boden fallen und umarmte sie, hielt sie ganz fest. Er flüsterte ihr ins Ohr: »Mia! Nein! Das habe ich nicht gewollt! Ich wollte dich nicht erschrecken! Ehrlich!«

Manchmal fühlte Mia sich wie ein Magnet. Wie ein Magnet für Probleme. Auch Wolf war irritiert, was da mit ihnen geschehen war. Er stammelte etwas, ging zum Bett, kniete sich davor und zog den Koffer hervor. Legte ihn vor Mia auf den Stuhl, vermied es übertrieben, ihr noch einmal so nahe zu kommen.

Mia hob den Koffer an und wog ihn mit einem Hoch- und Runterheben des Armes. Sie schätze ab, wie schwer der Inhalt wohl war. Dass darin Waffen sein könnten, hielt sie eher für unwahrscheinlich. Die waren schwerer, oder? Im Inneren schlug etwas gegen den Boden und Deckel, doch wenn es mehrere Waffen sein sollten, müssten sie beim Aneinanderschlagen metallisch klingen, falls man sie nicht in Schaumstoffklötzen oder Tüchern fixiert hatte. Noch einmal schwenkte sie den Koffer. Es blieb dabei. Ein dumpfes Geräusch von einem losen Gegenstand.

Mia hatte Wolf das mit den Waffen bisher nicht gesagt. Da hatte sie ihm eine Falle stellen wollen, doch nun war er bei ihr über jeden Zweifel erhaben.

»Und jetzt?«, fragte Wolf, »wie bekommen wir ihn auf?«

»Lass mich mal machen.« Mia war zuversichtlich.

Anstatt aber die Zahlenkombinationen zu verdrehen, schaute sie lieber genauer darauf und spielte an den Kofferknöpfen herum, rappelte und klopfte, prüfte immer wieder, ob sich was tat. Ihr fiel auf, dass auf der linken Seite eine Null nur etwas weiter verdreht war. Sie versuchte es zunächst mit der korrekt eingestellten Null und dann mit einer Neun - klack! - und auf der rechten war es die sieben, die sich vorgestellt hatte - klack!

Mia hielt inne. Noch etwas, was Ken falsch gemacht hatte. Er hatte nach dem Öffnen und seinem Erkennen, dass er nicht hineinsehen möchte die Zahlenkombination nicht mehr verdreht, sondern nur die Schlösser zugedrückt.

Oder war er gestört worden?

Mia sah Wolf an und zögerte den Moment hinaus.

»Was immer auch darin ist«, sagte sie, »lass uns in Ruhe überlegen, was wir damit machen. Keine Panik, keine Schreie … okay?«

Wolf nickte heftig. »Mach auf!«

39.

MIA RECHNETE MIT DEM SCHLIMMSTEN, WOBEI sie in dieser Situation nicht einmal wusste, was das Schlimmste wäre.

Langsam hob sie den Kofferdeckel. Obwohl der Anblick nicht besonders schön war, blieb sie erstaunlich gelassen und Wolf wirkte eher so, als frage er sich, ob das schon alles war.

»Ein Seil«, sagte er.

»Ein blauer Strick«, korrigierte Mia und schluckte schwer.

»Aha«, meinte Wolf und holte ihn mit zwei spitzen Fingern heraus, zog und zog. Am Ende befand sich der typische Galgenknoten - zum Sofortgebrauch. Solch einen Strick aus geflochtenen Kunststoffseilen verwendete man für Tampen oder Anker auf dem Boot. Sie waren reißfest, würden sicher einen Menschen mit über einhundert Kilogramm tragen können - wenn er vom Hocker sprang.

»Das kann nicht alles sein!«, sagte Mia und wühlte in den Kofferfächern.

»Also mir reicht es«, entgegnete Wolf.

»Da!« Mia zog aus einer der Seitentaschen einen Draht hervor, an dessen Enden je ein Holzknebel befestigt war. Es war die klassische Drahtschlinge, mit der man sich lautlos von hinten anschleichen und … Mia rieb sich den Hals.

Wolf betrachtete viel lieber das Seil und den kunstvollen Knoten. »Selbsttötung mit einem Strick fällt mir dazu ein«, sagte er. »Aber wozu die Drahtschlinge? Wusstest du eigentlich, dass man sich mit den eigenen Händen nicht selbst erwürgen und mit einem Seil nicht selbst erdrosseln kann?«

»Klar weiß ich das! In beiden Fällen würde die vorher schwindende Kraft nicht ausreichen, bis zum tödlichen Finale. Hat die Natur wohl so eingerichtet. Klingt logisch, ausprobiert habe ich es selbstverständlich nicht, auch niemanden sprechen können, bei dem es geklappt hat.«

Sie fingerte in den restlichen Fächern herum und fand einen bräunlichen Umschlag, zog den Zettel daraus hervor und las laut:

Neuer Versuch! Die Drahtschlinge ist für Mia Magaloff und der Strick für dich, wenn du es nicht schaffst!

Mia ließ den Draht fallen. Sie packte alles zurück in den Koffer, schloss ihn wieder, achtete peinlich darauf, die Zahlen nicht zu verstellen. »Hast du was zum Schreiben?« Sie wollte kein Risiko eingehen und sich die Zahlenkombination notieren. Sie dachte zu spät an die Fingerabdrücke, die sie überall hinterlassen hatten. Alles abzuwischen wäre ein viel größerer Fehler.

Wolf brachte ihr einen Kuli und ein Stück Serviette.

Mia steckte die beschriebene Serviette in ihre Jeanstasche.

»Okay«, sagte sie, »es gibt da noch was. Du musst mir helfen. Es geht um Nette. Sie hatte Kontakt zu Emil. Wir müssen wissen, warum und wo sie sich jetzt aufhält. Ist sie mit der Fähre zurückgefahren oder befindet sie sich noch in diesem Hotel? Kannst du das rausbekommen?«

»Ich denke schon. Wenn sie hier ist, wird sie sicher gleich um acht Uhr zum Frühstück kommen, wie gestern. Die erste Fähre geht heute um elf Uhr nach Neuharlingersiel. Bleibt genügend Zeit. Soll ich dich anrufen und sie solange in ein Gespräch verwickeln oder sie direkt etwas fragen?«

»Melde dich bitte. Ich erledige das.«

Mia stand auf und ging zur Tür. Wolf folgte ihr. Er griff blitzschnell mit seinem Arm zur Klinke und hielt sie fest, versperrte ihr so den Weg.

Mia hob die Augenbrauen. »Nanu!«, säuselte sie.

Er kam mit seinem Kopf näher, wollte sie küssen. Mia wich aus.

Er küsste das Türblatt.

»Das ist gemein!«, sagte er mit dem spitzbübischsten Blick, den Mia je gesehen hatte.

»Es ist Gitti gegenüber gemein.«

»Gitti? Wieso? Ich habe nichts mit Gitti.«

»Noch nicht«, sagte Mia und kam sich wie ein naives Schulmädchen vor. Fehlte nur noch, dass sie rot im Gesicht geworden war. Gitti hatte ihre Zuneigung zu Wolf ihr gegenüber nicht versteckt und nun kam Mia sich wie eine Verräterin vor. Als ob es im Moment keine anderen und viel wichtigeren Probleme gab.

»Gitti ist nicht mein Typ«, meinte Wolf, »aber du bist mein Mädchen.« Er startete erneut einen Versuch, umarmte sie diesmal und drückte sie an sich.

Mia nickte. Sie wand sich aus seinen Armen, täuschte an, wieder zurückgehen zu wollen - was ihm ein breites siegessicheres Grinsen bescherte - doch dann ergriff sie mit einer schnellen Drehung nach rechts die Klinke und drückte sie herunter.

Abgeschlossen!

Mia holte tief Luft. »Mach sofort die Tür auf! In solchen Dingen verstehe ich keinen Spaß! Absolut keinen Spaß!« Sie sah sich um.

Er lachte schäbig.

»So ängstlich?«, fragte er. »Du denkst immer noch, ich habe etwas mit den Mordfällen zu tun, stimmt's?«

Mias Weltbild geriet durcheinander. Sie war bisher der Meinung gewesen, gute Menschenkenntnis zu haben.

»Okay, Wolf. Bitte ganz in Ruhe. Dachte bisher immer, du wärst der gute Wolf. Doch jetzt muss ich meine Meinung ändern. Bitte spiele nicht den gekränkten und abgewiesenen Liebhaber.« Sie sah zur Küchenanrichte, scannte, was dort herumlag und zu einem Knock-Out führen könnte. Vielleicht der leere Messerblock. Sie schaute zum Esstisch, wo das Brotmesser lag, das er ihr so seltsam angereicht hatte. Bereits da war sie auf Habachtstellung gewesen, hatte es aber unter Missverständnis abgehakt.

»Verstanden?«, fragte sie noch einmal.

Wolf griff in seine Hosentasche, zog den Schlüsselbund hervor, von dem sie dachte ... egal. Er schloss tatsächlich auf und hielt die Tür sperrangelweit auf, gab ihr den Weg frei.

»Entschuldige, Mia. Es war nicht so gemeint. Es ist doch, weil ich mir so viel Hoffnung gemacht hatte, du könntest auch etwas für mich empfinden ... Entschuldige! Verzeihst du mir?«

»Schon gut«, sagte Mia. »Ist ja nichts passiert.« Sie bemühte sich, langsamer zu atmen. Ihr wurde schwindelig dabei.

»Danke! Also, ich schau mich dann gleich mal nach Nette um.«

»Lass mal! Bitte gehe nicht in den Frühstücksraum. Ich kümmere mich darum. Adieu!«

Mia atmete vor der Tür des Hotels tief durch, machte dann erst mal, dass sie weg kam. Bis acht Uhr hatte sie gut eine Stunde Zeit. Ein Strandspaziergang wäre dringend nötig.

Normalerweise. Doch was machten Ken und Gitti? Hoffentlich keinen Blödsinn. Sie hatte das dumpfe Gefühl, dort mal nach dem Rechten schauen zu müssen.

40.

MIA KLOPFTE AN DIE TÜR IHRES HOTELZIMMERS. Den Schlüssel hatte sie im Zimmer vergessen, was im Nachhinein sehr fahrlässig von ihr gewesen war. Es lag wohl daran, dass sie Gitti schnell noch einen Zettel geschrieben hatte.

Meinte sie eben laute Geräusche hinter der Tür gehört zu haben, so waren sie nun schlagartig verstummt.

Sie klopfte noch einmal und flüsterte: »Hallo? Gitti? Ken? Seid ihr da?«

Stille.

Mia wollte gerade gehen, da öffnete sich die Tür einen Spaltbreit. Gitti streckte ihren Kopf heraus. Etwas verlegen fragte sie: »Oh, schon da?«

»Wie du siehst! Mach bitte die Tür auf.«

»Pscht!«, machte Gitti, »komm schnell rein. Ich erkläre es dir.«

Die Tür flog hinter ihnen zu.

Gitti stand nur in Top und Höschen da.

»Himmel! Gitti! Was ist passiert? Du hast Blut auf deinem Bauch und am Bein. Wo ist Ken?«

Gitti kam nicht mehr zum Erklären.

Ken trat aus dem Badezimmer, nur mit Boxershorts bekleidet und erschrak fürchterlich. Genauso wie Mia, die die Augen weit aufriss und regungslos im Raum stand.

»Wie siehst du denn aus?«, rief Mia sich aus ihrem Schock zurück.

»So schlimm?«, fragte er.

Mia nickte. Dabei störte sie das Pflaster auf der Unterlippe und das Six-Pack über der Shorts weniger, als das, was sie auf seinem Kopf sah.

Ken strich sich durch die Haare. »Ich finde, Gitti hat es gut hinbekommen und weißt du was … seitdem ich die roten Haare habe, fühle ich mich erleichtert. Ich bin ein anderer Mensch geworden! Ein freier Mensch!«

Mia musste sich setzen.

Mit seinen schwarzen Haaren hatte er wie Ken ausgesehen, aber nun, mit den scheckigen rot-schwarzen, fand Mia keinen Vergleich mehr.

»Toll, nicht?« Gitti strahlte wie lange nicht mehr. »Hätte nicht gedacht, dass es so einfach ist. Gleich morgen kaufe ich mir auch eine Packung und dann färbt Ken mir die Haare. Du hast ja keine Zeit. Das machst du doch, nicht wahr, Schatz?«

Mia traute nun auch ihren Ohren nicht.

Ken legte einen Arm um sie. »Klar, mache ich das.« Er gab ihr einen Kuss - auf den Mund.

Ken wirkte für Mia wie auf Ecstasy. So gelöst hatte sie ihn noch nie erlebt. Was hatte Gitti sonst noch mit ihm angestellt?

»Was habt ihr geraucht?«, fragte Mia und schnüffelte.

Gitti protestierte: »Nein! Wie kommst du darauf? Wir hatten nur die Gelegenheit, uns lange zu unterhalten. Ich habe Ken meine Narben von den verunglückten Bauchoperationen gezeigt und ihm gesagt, dass ich bei der Gallenoperation beinahe gestorben wäre, weil … ach, die Story kennst du doch, Mia. Ja, und dann …«

Ken unterbrach Gitti und lächelte sie an. »Ich habe dich getröstet. Aber mehr sagen wir nicht. Das bleibt unter uns.«

Mia sah von einem zum anderen, bis Gitti sich als Erste

in Bewegung setzte und Kens Sachen holte. »Die pimpen wir jetzt auf!«

Gitti ging ins Bad und kam mit ihrem Kulturbeutel wieder, drückte Ken die Schere und seine Edeljeans in die Hände. »Möchtest du lieber Schlitze an den Knien oder Fransen am Saum?«

»Beides!«, entschied er heldenhaft und legte los, sein Werk zu vollbringen.

»Warte! Ich habe noch eine Idee!« Sie hielt ihren Damenrasierer in die Höhe. »Deine Frisur ist viel zu brav! Wir könnten die Seiten etwas lichten, so wie es jetzt modern ist. Lass mich mal machen!« Sie wuschelte durch seine handtuchtrockenen glatt frisierten Haare und setzte an.

Mia schrie auf: »Gitti!«

»Huch! Falscher Aufsatz! Oh!«

Ken ging ins Bad zum Spiegel und kam zurück. »Mach weiter! Sieht gut aus!« Er gab ihr einen Kuss als Dankeschön.

Mia wünschte sich zu träumen, aber sie fürchtete, es war nicht der Fall. Sie verabschiedete sich lieber schnell von den beiden, bevor sie Schlimmeres mit ansehen musste.

»Ich bin mal kurz weg!«

Doch es kam keine Reaktion. Gitti war zu sehr in ihr Spiel mit Ken vertieft.

Sie würde später ihre Freundin - alleine - ausführlich befragen, wie sie Ken bekehrt hatte … und was in sie gefahren war … und ob er auch einen anderen Namen bekommt.

41.

KOPFSCHÜTTELND, WENN SIE WIEDER AN GITTI und Ken dachte, kam Mia im Hotel an und betrat den Frühstücksraum.

Sie erkannte Nette sofort am Outfit. Diesmal durfte es wieder Indisch anmuten und goldglänzend sein. Die Haare hatte sie zu einem dicken Zopf gebunden. Nette saß vor einem Teller mit Rührei und Speck. Daneben standen eine Tasse Tee und ein Glas Orangensaft. Ihre Kleidung war zwar exotisch, aber nicht weiter verwunderlich im Vergleich zu dem, was sie jetzt sah.

Der Mann, der Mia den Rücken zukehrte und Nette gegenübersaß, war Wolf. Mia erinnerte sich, ihm gesagt zu haben, sie wolle es alleine mit ihr regeln. Anscheinend agierte er jetzt gegen Mia.

Die Beiden waren ins Gespräch vertieft und hatten Mia noch nicht gesehen. Das würde sich gleich ändern.

»Hallo Nette! Hallo Wolf! Das ist ja ein Zufall! Darf ich mich zu euch setzen?«

»Hallo Mia!« Nette bemühte sich erst gar nicht ihre Mundwinkel unter Kontrolle zu halten, sie fielen steil nach unten.

Wolf hob nur seine rechte Hand zum Gruß, sah sie dabei nicht an.

»Tut mir leid«, antwortete Nette und bot ihr keinen Platz an. »Wolf und ich haben etwas Wichtiges zu besprechen! Außerdem muss ich gleich zur Fähre. Ich reise ab.«

»Die Fähre geht um elf Uhr. Wir haben acht Uhr!«

Mia setzte sich unaufgefordert zwischen die beiden an den

Tisch und legte los: »Ich soll dir schöne Grüße von Walther ausrichten.«

»So?« Nette schaufelte etwas Rührei auf die Gabel, ließ sie auf dem Teller liegen. »Bist du sicher?«, hakte sie nach. »Nachdem, was vorgefallen ist, gehört er nicht mehr zu meinem Freundeskreis und ich bestimmt nicht zu seinem.« Sie hob die Gabel an.

Mia schob Teekanne und Zuckerpott beiseite und stützte sich mit den Armen auf dem Tisch ab. Sie kam Nette näher und sah ihr tief in die Augen. »Da kannst du sogar recht haben, dass Walther nicht gut auf dich zu sprechen ist. Das liegt bestimmt an Moritz und seinem tragischen Tod - unter anderem. Die Umstände waren für mich zunächst nicht nachvollziehbar, aber jetzt sind sie es.«

»Wie meinst du das?« Sie trank einen Schluck Tee, spielte die Gleichgültige.

Mia blickte sich um, wie viele Gäste im Frühstücksraum saßen. Es waren wenige und sie saßen weit entfernt. Also kein Problem.

»Ich habe lange mit Walther gesprochen«, leitete Mia ein. »Er ist dabei, die Halle auszuräumen und entsorgt eine Menge Klamotten und Ramsch, soweit wie er es körperlich durchhält.«

»Soll er. Ich will nichts mehr damit zu tun haben. Angeblich hat er die Halle geerbt, also muss er sich darum kümmern.«

»Wieso angeblich? Er hat sein Testament abfotografiert und mir zugeschickt.« Mia nahm ihr Handy hervor und klickte in der Fotogalerie hin und her, vergrößerte das gefundene Bild.

»Phh, ja und?«, sagte Nette nach einem sehr flüchtigen Blick, »Ich sagte doch, für mich ist die Halle gestorben. Er kann sie sich sonstwo hinstecken. Ich wüsste auch nicht, was es dich angeht.« Sie sah auf die Uhr.

Mia auch. Die Zeit raste ausnahmsweise einmal nicht, sondern zog sich wie Gummi - wie Nette.

Wolf mischte sich ein. »Möchtest du es lieber mit der Polizei besprechen, Nette? Denen sagen, dass du den Anruf von Igor entgegengenommen hast - der Moritz wegen der fehlenden Lieferung gehörig Angst machen sollte? Du sagtest Igor sinngemäß, du wüsstest Bescheid und er solle Moritz nicht nur drohen, sondern ihn beseitigen. Er bekäme eine stattliche Summe dafür.«

Nette wurde zur Furie. »Wolf! Das sagst du nur, weil es mit uns nichts wurde. Ich sollte dir entgegenkommen. Das habe ich nicht gemacht, weil dir diese Story ohnehin niemand glauben würde. Du weißt gar nichts! Nichts weißt du! Außerdem, überlege doch mal: Warum sollte ich den Auftrag gegeben haben? Na?«

Mia wusste es: »Weil Moritz dein Lover war und Igor wie gerufen kam.«

»Seit wann bringt man seinen Lover um? Sind es nicht die Ehemänner, die immer dran glauben müssen? Bist du verheiratet, Mia?«

Sie reagierte nicht auf Nettes Sticheleien.

»Gut«, sagte Mia, »dann gefällt dir das vielleicht besser: Du wolltest die Halle und das Gebäude für dich haben, so wie Moritz es dir versprochen hatte, wolltest, dass er dich im Testament als Erbin einsetzt. Dumm nur, dass du zu dem Zeitpunkt noch nicht wusstest, welchen Handel Moritz angeleiert hatte, dass es da um sehr viel mehr ging als um die Immobilien und die Fake-Ware. Du hättest davon profitiert, wenn du bei

Moritz geblieben wärst und nicht den tödlichen Auftrag gegeben hättest. Du hast also deinen Goldesel geschlachtet.«

»Was für einen Handel?« Nette schaute wie ein umzingeltes Tier hin und her, von einem Jäger zum anderen. Ihre Bewegungen wurden fahriger, die Hände zitterten ein wenig, wenn man genau hinsah.

»Überlege mal scharf!«, sagte Mia. »Ich sagte ja, Pech, dass du es erst nach Moritz' Tod mitbekommen hast ... als Walther mit Jekaterina sprach. Jekaterina zeigte ihm ein Plättchen, das sie in Wasser auflöste und wollte wissen, um was es sich dabei handelte. Das war auch der Grund, warum sie den weiten Weg nach Leer auf sich genommen hatte. Sie musste hinter den Handel ihres Mannes kommen, um ihn erpressen zu können, damit er sich nicht von ihr scheiden ließ. Da wusste sie nicht, dass er bereits Igor damit beauftragt hatte, ihr zu folgen und sie zu töten - und nur Jekaterina, sonst niemanden. Das war dir natürlich nicht bekannt.«

Nettes Blick wurde starr. »Igor ... Igor!« Sie lachte hysterisch.

»Den Auftrag, Moritz zu töten, bekam Igor also von dir und es kam ihm sehr gelegen. Den hat er als Erstes erledigt. Es war sozusagen ein Zuverdienst und ein Lehrstück für seinen Helfer, den er gerade einarbeitete. Du kennst ihn übrigens auch. Er sollte das mit Jekaterina anschließend erledigen ... und da Auftragsmörder keine Fragen stellen, sondern gegen Geld töten, war es Igor auch egal, wer ihn beauftragte und warum. Hauptsache, er bekam die Kohle.«

»Helfer? Ich kenne ihn auch?«, fragte Nette.

»Ken! Glücklicherweise hatte der es aber nicht fertiggebracht. Das war einzig und allein Igor - nein, ich sollte korrekterweise Emil sagen. Für diesen Auftrag nannte er sich Emil und nahm eine andere Identität an, damit niemand dahinter kam, dass Igor und Emil ein und dieselbe Person sind - falls er bei einem der Morde auffliegen würde - was eher unwahrscheinlich war. Aber da sorgte der kluge Mann lieber vor.«

»Wenn du das glauben willst ...« Nette sprang auf. Das Geschirr schepperte. Sie riss ihre Handtasche aus steifem Leder hoch, die an der Kante einen großen dunklen Fleck aufwies. Eindeutig Blut, dachte Mia.

Nette hatte ihren Blick bemerkt. Sie verbarg viel zu spät die Tasche hinter ihrem Rücken.

Mia war in Hochform. »Nach dem belauschten Gespräch zwischen Jekaterina und Walther, als du hörtest, dass es sich bei dem Deal um irgendwelche Plättchen handelte, bist du dahintergekommen, dass die gewinnbringende Ware in der letzten Lieferung versteckt sein musste, hast aber nichts gefunden. Dir war aufgefallen, dass Gitti, Jekat und ich jeweils Outfits von einem falschen Ständer mitgenommen hatten und auch deshalb warst du uns nachgereist und hast die Sachen gesucht und sie zerschnitten.«

»Lächerlich!« Nette setzte sich wieder.

»Ob du es bei Jekaterina geschafft hast, an die Klamotten zu kommen, weiß ich nicht«, sagte Mia. »Ich kann nicht alles wissen. Aber, was Gittis und meine Sachen angeht, kann ich es mit großer Gewissheit sagen. Gittis Rock und Blazer lagen unter dem Bett - zerschnitten. Meinen Rucksack musstest du in der Eile mitnehmen. Weil du dich mit heiserer Stimme als Gittis Mann ausgegeben hattest und in Jeans, Sweatshirt und Basecap gekleidet warst. Sagtest, du wollest dein Gepäck abholen. Da kam dir der Rucksack sehr gelegen, falls du bei deinem Rückzug wieder von der Hotelchefin gesehen worden wärest.« Mia lehnte sich zufrieden zurück.

» … und wie, bitteschön, bin ich an euren Zimmerschlüssel gekommen?«

»Hast du dich mal wegen deiner Gedächtnisschwäche untersuchen lassen? Solltest du«, spottete Mia. Sie genoss den Augenblick des Triumphes. Gestik und Mimik von Nette bewiesen ihr, dass Mia mit jedem Wort recht hatte. »Das müsstest du doch am besten wissen!«, fuhr sie fort. »Aber, ich kann es dir gerne sagen. Weißt du, bei einem Puzzle mit, sagen wir mal, vierhundert Teilen, denkt man anfangs, oje, wie soll ich das jemals schaffen, es zusammenzusetzen? Wie kann ich da den Überblick behalten? Aber wenn man erst die Ecken, dann den unteren und oberen Teil und die Seitenteile zusammenbekommen hat, ergibt es einen Rahmen. Nun findet man leichter wiederum deren Ecken, Ober- und Unterteile, auch, weil man sich besser an markanten Farben, Zeichen und Gegenständen orientieren kann …«

Nette schaltete auf stur. »Ich weiß nicht, was du meinst!«

»Ich meine, so bin ich - zugegeben spät - dahinter gekommen, dass der Schlüssel unter dem Tisch, im *Blanker Hans*, gar nicht verloren gegangen war, sondern, dass ihn jemand dorthin geworfen hatte. Laut genug war es ja in der Kneipe. Das hatte niemand gehört. Als Jekaterina ihn dann fand, ahnte ich nichts Böses. Im Gegenteil, ich freute mich, dass sie so wachsam gewesen war. Als wir die zerschnittene Wäsche fanden, überlegte ich, wie derjenige - wir gingen ja von einem Mann aus - wohl an die Schlüssel gekommen war. Ich hatte zunächst Ken in Verdacht. Aber das Puzzleteil passte irgendwie nicht dahin. Leider erst hinterher, als fast alle Teile gelegt waren, blieben einige übrig, die mir klarmachten, dass du, Nette, den Schlüssel aus Gittis Tasche gezogen haben musstest. Du hattest neben ihr gesessen und musstest den Schlüsselbund während der Gespräche in ihrer offenstehenden Jackentasche gesehen haben. Das erklärte auch, warum du so plötzlich weg warst und dann auf einmal wiederkamst. Und ich dachte ernsthaft, die Traurigkeit hätte dich überwältigt und du müsstest dir zum Runterkommen eine Pause nehmen. So kann man sich irren.«

Wolf machte große Augen. Bestimmt hatte er Mias Kombinationsgabe unterschätzt und wunderte sich nun, wie sie das alles herausbekommen hatte.

Mia legte noch einen drauf. »Möchtest du selbst sagen, was du in Gittis und meiner Kleidung gefunden hast, Nette, um was es sich bei den Plättchen handelt?«

Nette schüttelte den Kopf.

Mia seufzte laut auf. »Wolf, möchtest du es sagen?«

»Nö«, kam zurück.

»Ich auch nicht«, sagte Mia und nickte Wolf zu. Der erhob sich sofort. »Wolf, schaust du bitte mal nach Nette. Ich muss einen Anruf tätigen. Es gibt hier jemanden, den das alles interessieren könnte und der bestimmt mal in die Tasche schauen will. Ich bin mir sicher, du führst es mit dir.«

»Halt! Warte! Wir können uns sicher irgendwie einigen. Es soll euer Schaden nicht sein.«

Mia meinte Wolfs Augen glänzen zu sehen. Sie warf ihm einen strengen Blick zu.

»Okay«, sagte Mia. »Sag uns, wo es versteckt war und was es ist.«

Nette stand auf und öffnete ihre Tasche.

42.

DIE ZEIT TAT WIEDER DAS, WAS MIA VON IHR GEwohnt war - sie raste.

Wie gerne hätte Mia mehrere Dinge zugleich gemacht, zehn Teile auf einmal in ihr Kriminalfall-Puzzle eingefügt. Doch sie durfte den zappelnden Fisch Nette nicht die Angelschnur zerreißen lassen oder riskieren, dass sie samt Angel verschwand. Je länger Nette in ihrer Handtasche wühlte, desto nervöser wurde Mia. Womöglich zog sie gleich einen ganz anderen Gegenstand hervor als den, den sie sich erhoffte.

Nette überraschte. Mit Schwung knallte sie Mia die Tasche an die Lippe. Sie blutete.

Nette lief los, Wolf hinterher.

Nun war es doch gut, ihn dabei zu haben.

Nachdem Mias Lippe stark angeschwollen war, hörte die Blutung langsam auf. Wenn nun noch ihr Puls langsamer taktete, bestand die Hoffnung, dass auch sie in der Lage war, hinterherzurennen.

Mia raufte sich die Locken, raste zur Rezeption, haute auf den Tresen und forderte die Zimmernummer von Nette.

Merke: So etwas sollte man nicht mit blutbeflecktem Shirt und in diesem Zustand zu tun. Das macht die Angestellten nur auskunftsunfähig. Also raste sie die Treppen hoch und hoffte, sich nicht bald als vermeintliche Amokläuferin abführen lassen zu müssen. Es galt vielmehr, verlorene Zeit einzuholen und Nette zu stoppen, bevor sie mit ihrem Koffer und der Mörderhandtasche auf die Fähre ging, die in zirka zehn Minuten ablegte - vorausgesetzt, Mia hatte die Ungenauigkeit ihrer Uhr richtig eingerechnet. Auch im zweiten Stockwerk herrschte gähnende Leere auf den Fluren. Noch nicht einmal jemand vom Zimmerpersonal war anwesend. Vermutlich hatten sie ihre Patrouille beendet. Mia stand vor dem geschlossenen Aufzug und lauschte. Hinter der Tür rauschte er an ihr vorbei, den Leuchtziffern Glauben schenkend bis zum Erdgeschoss. Darin konnte Nette sein, günstigenfalls mit Wolf am Arm, der sie nicht mehr losließ. Oder lag er, von der Handtasche erschlagen, im Flur des dritten Stocks? Sein Zimmer befand sich in der ersten Etage. Dahin hatte er sie bestimmt nicht abgeführt.

Mia hatte die Wahl, nach oben oder nach unten.

Sie nahm die Herausforderung an und sauste zu Fuß die Treppen hinunter.

»Halt! Warten Sie!«, rief die Frau an der Rezeption ihr hinterher.

»Keine Zeit! Sonst gibt es Tote!« Zugegeben, in der Eile nicht die richtige Wortwahl. Sie würde sich später dafür entschuldigen.

Zum Glück wusste sie nun, in welche Richtung sie laufen musste. Zum Hafen ging es immer geradeaus. Tatsächlich! In der Ferne erkannte sie Nette, bepackt mit einer Fototasche. Einen Koffer hatte sie nicht dabei. Sie könnte ihn vorher aufgegeben haben.

Nette hatte es eilig, auf der Fähre unterzutauchen, so war Mias Eindruck, wenn sie den Laufschritt richtig deutete … und wo war Wolf?

Mia schnaufte. Sie blieb stehen und hielt sich im Hintergrund. Erst kamen die anreisenden Passagiere von Bord. Gelassen standen die Abfahrenden in einer Schlange und hielten ihr Ticket zum Scannen in der Hand. Nette stand nicht dort, sondern abseits, dort, wo die Ankommenden entlanggehen mussten.

Mia traf der Schlag!

Nette lief Walther entgegen und begrüßte ihn innig. Sie umarmten und küssten sich so sehr, dass alle anderen um sie herumgehen mussten. Ein Jugendlicher fotografierte sie sogar. Doch sie ließen sich nicht stören.

Walther hatte keinen Koffer und keine Tasche dabei. Nun ging er mit Nette zur Schlange der Abfahrenden, holte zwei Tickets heraus, gab Nette ihres und stellte sich mit ihr an. Sie konnten die Augen nicht voneinander lassen, flüsterten sich immer wieder gegenseitig etwas ins Ohr.

Was Mia sonst nicht gerne machte, aber diesmal tat sie es. Sie filmte die Szene mit ihrem Handy, machte sicherheitshalber ein paar Fotos, die sie auf Zoom gestellt hatte. Leider funktionierte das nicht mit dem Mikrophon. Zu gerne hätte sie gehört, wie es zu dieser spontanen Versöhnung gekommen war oder ob sie wirklich jemals getrennt waren.

Bevor die beiden Turteltäubchen sich von der Insel machten, musste Mia eingreifen und das rigoros.

»Polizeistation Spiekeroog, Hauptkommissar André Basold, Moin!«

»Mia Magaloff hier. Ich habe eine Beobachtung …«

»Moin, Frau Magaloff. Sagen Sie nicht, Sie sind immer noch auf Spurensuche?«

»Nein! Das ist nicht mehr nötig. Ich habe die Täter gefunden.«

»So?«

»Hören Sie, ich habe keine Zeit mehr! Ich stehe an der Fähre! Nette und Walther wollen gleich die Insel verlassen. Wo sind Sie jetzt? Sie müssen sofort zugreifen.«

»Nette und Walther?«, fragte er verwundert, »wer ist …«

»Bitte, das klären wir gleich. Wo sind Sie?«

»Ganz in Ihrer Nähe! Aber, Sie wissen, dass ich nicht so ohne weiteres jemanden vorläufig festnehmen kann?«

»Es ist nicht ohne weiteres. Es geht um … um … «, wenn Mia das doch nur wüsste. »Also, es geht um … Rauschgift, jede Menge Rauschgift, als Plättchen gepresst. Hochwertiges …«

»Frau Magaloff! Bitte!«

»Ja! Bitte! Bringen Sie auch Ihren Kollegen mit. Die Frau ist gewalttätig mit ihrer schweren Handtasche. Darin sind auch die Drogen! Jede Menge Drogen! Nicht nur zum Privatgebrauch! Sie kennen die Frau. Es handelt sich um Nette Bringst, die mit uns auf die Insel gekommen ist. Sie trägt eine goldfarbene Pluderhose und eine ebensolche Tunika, blonde Haare zum Zopf geflochten. Sie können sie nicht verfehlen. Niemand sonst läuft so rum. Sie hatten sie befragt, als man die Tote im Inselkino gefunden hatte. Das hat jetzt zwar nichts mit diesem Fall zu …«

Lautes Stöhnen an der anderen Leitung, dann ein Freizeichen.

Zum Glück hatte Mia mitbekommen, wie der Inselpolizist zu jemanden sagte. »Komm schnell. Zugriff an der Fähre. Es geht um Rauschgift.«

Mias Herz pochte wild. Gut, dass die Polizisten in der Nähe und alleine gekommen waren. Nichts gegen Dackel, sie liebte diese Rasse - aber, bis die mit ihren kurzen Beinchen … Mia nahm alles zurück: Vielleicht war er ein ausgebildeter Drogenhund und dann wäre es günstig … ob sie nochmal anrufen sollte?

»Pscht! Frau Magaloff! Was ist denn mit Ihnen passiert? Haben Sie sich geprügelt?«, fragte der Inselpolizist.

Mia hob erleichtert die rechte Hand zum Gruß. »Eher nicht. Ich habe mit der Tasche eins auf die Mappe bekommen.« Sie verzog tapfer die Lippen. Es schmerzte.

Diesmal war auch der Kripobeamte, die Amtshilfe aus Aurich, mit dabei. Er war an die zwei Meter groß und einen Meter breit. Wenn er sich vor einem stellte, gab es kein Weitergehen mehr. Gut so! Ihn hatte sie doch schon mal auf dieser Insel gesehen, sie wusste wo.

Die Polizisten hielten sich nicht länger auf und gingen schnurstracks zur Schlange an der Fähre. Mia folgte mit einigem Abstand in ihrem Windschatten.

Nun war der Aufgang für die Abreisenden freigegeben worden. Erste Passagiere betraten das Schiff.

Walther, jetzt mit dunkler Sonnenbrille und Käppi bekleidet, löste die Umarmung von Nette. Fast sah es so aus, als wolle er jeden Moment flüchten, was er aber nicht tat.

Dezent, wie es in der dunkelblauen Uniform überhaupt möglich war, baten sie Nette und Walther beiseite. Ihre Proteste, die Fähre bekommen zu müssen, weil wichtige Termine anstanden, zählten nicht.

Mia war gespannt, wo die Männer die Taschen durchsuchen würden und betete, dass Nette ihre Beute tatsächlich mit sich führte. Sie müsste sich sehr täuschen, wenn nicht.

Die Polizisten baten Nette und Walther mit zum Fährhaus zu kommen. Wenn sie kooperierten und ihre Taschen vorzeigten, sei die Angelegenheit schnell ausgestanden.

Nette machte Probleme, wollte wissen warum. Sie bekam die Antwort und lachte laut.

»Ach so, sagen Sie das doch gleich! Hier bitte!« Sie öffnete ihre blutbefleckte Handtasche und sah an den Polizisten vorbei.

»Bist du etwa auch bei der Polizei?«, fragte sie in Mias Richtung. Mia nickte schnell hinter deren Rücken, bevor die sich nach ihr umdrehten.

Aber so weit kam es gar nicht.

»Ja, klar! Sieht man das nicht?«, fragte die Auricher Amtshilfe zurück, die etwas missverstanden hatte.

»Habe ich es mir doch gedacht!«, sagte Nette. »Möchten Sie alles sehen?«

Beinahe hätte Mia »Ja!« gerufen, aber sie durfte ihr Glück kein zweites Mal herausfordern.

»Ja, möchten wir«, antwortete sein Kollege. Er nahm die vier Etiketten entgegen, die sie ihm reichte. Er las laut vor: ‚Vor dem Waschen entfernen'. »Kenne ich!«, sagte er und fühlte den Gegenstand darin ab.

Auch Mia kannte natürlich diese Sicherungsetiketten. Sie wusste zwar nicht, wie sie funktionierten, aber, dass sie es taten. Sie selbst durfte einmal das Kaufhaus am Eingang nicht verlassen, bevor sie den Kassenbon vorgezeigt hatte. Sie schlug sich vor die Stirn! Das war es also, was Nette in den Klamotten gesucht hatte. Der Handel bezog sich auf diese Dinger. Womöglich waren es doch Drogen und Mia hatte es nun zufällig durch ihre Notlüge aufgedeckt.

»Da ist was drin!«, rief Mia von den billigen Plätzen. »Schauen Sie nach!« Sie stürmte nach vorne und riss ihm - als angebliche Kollegin - ein Teil aus der Hand, fühlte und knetete. »Haben Sie ein Messer?«, fragte Mia und meinte damit einen der Polizisten.

Doch Nette antwortete: »In der Seitentasche!«

»Frau Magaloff!« Der Inselpolizist versuchte Mia aus dem Weg zu räuspern. Es gelang ihm nicht. »Überlassen Sie das bitte uns und gehen Sie jetzt!«

Das Nebelhorn ertönte.

Baldige Zeit zum Abfahren der Fähre.

»Hier nehmen Sie alle!«, sagte Nette großzügig. »Die sind harmlos. Nichts Giftiges! Ich schneide sie nur immer sofort raus, wenn ich neue Sachen gekauft habe, und wusste auf die Schnelle nicht wohin damit.«

»Das ist gelogen!«, rief Mia. »Die handelt damit! Auch ihr Mann! Die kommen aus Russland! Also, nicht die beiden, sondern das, was da drin ist! Die Substanz! Eine abhängig machende Substanz!« Noch immer hielt Mia das Etikett anklagend hoch.

Nette kniff die Augen zusammen. »Das kannst du behalten. So wertvoll ist das. Schenke ich dir! Geh nur nicht damit in ein Kaufhaus.«

Nun meldete sich auch Walther. »Ja, die sind harmlos, die Dinger. Erst neulich habe ich einen ganzen Karton damit weggeschmissen. Die braucht kein Mensch!«

Nette wollte das nicht hören. Sie tobte.

Der Zweimetermann hatte Schwierigkeiten, sie festzuhalten. Ihre Handtasche klemmte er sich sicherheitshalber unter einen der muskulösen Arme. André Basold half ihm, Nette zu bändigen. Walther hingegen nahm das alles gelassen hin. Er hatte sich wohl seinem Schicksal ergeben, was Nette noch wütender machte. Sie erregten immer mehr Aufsehen und mussten hier weg.

»Okay, das war es dann mit der Fähre«, sagte der Auricher

Kollege. »Kommen Sie bitte mit. Wir klären das auf der Wache.«

Mia jubilierte innerlich, hatte aber auch Bedenken, dass Nette und Walther zu früh freigelassen werden könnten und deshalb rief sie dem Inselpolizisten zu: »Ich rufe Sie heute Nachmittag an! Es gibt mehrere Gründe, warum Nette dringend in U-Haft sollte!«

Nette rief zurück: »Quittiere schon mal deinen Polizeijob, Mia! Den wirst du ohne Gehirn nicht mehr ausüben können!«

»Haben Sie das gehört?«, rief Mia. »Noch ein Grund! Drohung einer Staatsgewa … einer Staatsbürgerin …«

Sie steckte das Sicherungsetikett in ihre Jeans.

43.

WALTHER WURDE NICHT GEMEINSAM MIT NETte in die einzige Zelle geführt. Darüber war er sogar froh. Nette war für ihn unberechenbar geworden. Auch ohne ihre Handtasche. Außerdem war er ja kein Schwerverbrecher. Er hatte niemanden getötet und auch niemanden töten lassen. Bei Nette war er seit einiger Zeit nicht mehr so sicher.

»Macht es Ihnen etwas aus, wenn Sie solange ins Nebenzimmer gehen?«, fragte der Inselpolizist. »Wir möchten gerne mit ihrer Frau alleine sprechen.«

»Sicher. Kein Problem. Seien Sie vorsichtig!« Walther strich sich den Schweiß aus dem Hochrasierten. Er wurde in eine Art Wohnzimmer geführt, das am eigentlichen Polizeibüro angrenzte. Richtig heimelig sah es hier aus. Dennoch konnte sich Walther nicht so recht entspannen.

Warum war er nicht einfach in Leer geblieben? Warum hatte er sich wieder von Nette einwickeln und an der Nase herumführen lassen? Ihr Anruf bei ihm - leider erst nachdem er mit Mia gesprochen hatte - hatte ihn vom Hocker gehauen. Sie sagte, sie wisse nun, worum es sich bei dem Deal mit dem Russen handele und dass sie auch wisse, wo das Zeug ist, es aber erst später sage und dass sie ihn doch liebe ... und alles auch nur aus Liebe zu ihm getan habe, damit sie gemeinsam weitermachen können ... und Moritz nie freiwillig gegangen wäre und er sich das ganze Geld eingesackt hätte. Das alles hatte er ihr tatsächlich abgekauft. Sie wollten gemeinsam überlegen, wie Nette aus der Auftragsmördernummer wieder herauskam, damit sie nicht für fünfzehn Jahre oder länger hinter Gitter musste. Wenn sie es geschickt anstellte, könnte sie dem Lieferanten alles anhängen und Emil als Igor auffliegen lassen. Ja, das hatten sie vor und ja, sie schworen sich die ewige Liebe, machten Telefonsex und er konnte es nicht abwarten, sie zu sehen und deshalb war er mit der Fähre nach Spiekeroog gekommen, um sie sofort in die Arme zu schließen und wieder mit ihr zurückzufahren. Er hatte sich alles so schön ausgemalt.

Walther lauschte an der Tür. Nette saß nun nebenan im Büro. Sie sprach leiser, zwischendurch hörte er sogar ein Schluchzen, doch dann kehrte sie zur alten Form zurück. Er verstand alles:

»Nie hätte ich gedacht, dass Walther dazu in der Lage wäre. Er hat mich reingelegt, mich in Moritz' Arme getrieben. Ich sollte mit ihm schlafen, damit er mir die Halle und das Bürogebäude vermacht und mich in das Geschäft einweiht, das mit dem russischen Lieferanten geplant war. Danach hat er mich gezwungen, den Mörder zu beauftragen, als Liebesbeweis sozusagen. Verhaften Sie diesen Mann. Ich kann alles beschwören!«

Walther wollte gerade die Klinke hinunterdrücken, als er hörte, wie der Schlüssel im Schloss umgedreht wurde. Er warf den Tisch gegen die Wand, das Ölbild auf den Boden, dann den Fernseher durchs Fenster. Draußen wartete ein Zweimetermann in Uniform auf ihn, als Walther wie ein Hundertjähriger aus dem Fenster flüchten wollte.

Die beiden Männer kamen wieder zur Tür des Polizeibüros herein.

Walther wollte direkt auf Nette losgehen, aber er steckte schneller als er reagieren konnte, im Schwitzkasten des Polizisten und danach in der Zelle, direkt am Eingang.

»Nimm erst den Staubsauger raus!«, sagte André zu seinem Kollegen. »Man weiß ja nie.«

Walther trat gegen die Tür mit Guckloch. Er schrie, weil er hoffte, Nette würde es hören können: »Du Miststück! Dir habe ich vertraut! Dich habe ich geliebt!«

Nette sprang auf und lief in den Flur, stellte sich vor die Zellentür. »Pah, Liebe!«, rief Nette. »Was ist das schon? Jeder liebt nur sich selbst! Wer was anderes behauptet, ist ein Lügner!«

Der Polizist aus Aurich war ihr gemütlich gefolgt, da er die Haustür abgeschlossen hatte und nicht mehr viel passieren konnte.

»Genug!«, mischte er sich ein. »Das sollen sich andere anhören. Ich kümmere mich um die Überfahrt für Sie und dann sollten Sie sich besser einen Anwalt nehmen - beide!«

Nette fluchte: »Ich will meine Handtasche zurückhaben!«

»Apropos Handtasche«, sagte der Hüne. »Was ist das für ein Geschäft mit den Sicherungsetiketten? Was ist da drin?« Er nutzte die Gunst der Aufgebrachtheit.

»Ein gepresstes Naturprodukt - nicht giftig!«

»Aha! Hanf?«

»Nein! Besser!« Sie sah zur Tür. »Ich hätte es so schön haben können!«, rief sie Walther zu. An den Polizisten gewandt sagte sie: »Es ist …«

»Hast du gehört, André?«

Doch der hatte schon zum Telefon gegriffen.

44.

AUFGEWÜHLT UND MIT SCHMERZEN, WEIL SIE jetzt wieder ihre dicke Lippe spürte, kam Mia aus dem Fährhaus. Sie ging an der Fähre vorbei, die gerade ablegte. Mia sah hoch zum Oberdeck. Dort stand Wolf!

»Wolf!«, rief sie, »Wolf! Huhu! Hier unten!«

Er winkte schwach zurück, zog seinen Rollkragen über die Unterlippe.

»Du solltest doch …!«

»Habe ich!«, rief er zurück. »Die ist verrückt! Strafe … Leer … Ich sage aus … überführt.«

Die Fähre nahm an Fahrt auf und entfernte sich immer mehr.

Mia schrie in den Wind: »Ruf! Mich! An! Verstanden?«

Sie scherte sich nicht um die seltsamen Blicke der Feriengäste, für sie zählte nur, dass Wolf genickt hatte.

»Einen Sanddorn-Eisbecher, einen Cappuccino und ein großes Glas Wasser, bitte!«, bestellte Mia im *Inselcafé*. Zurück in ihr Zimmer gehen wollte sie nicht. Da sollte Gitti Ken weiter … therapieren. Das würde beiden gut tun.

Obwohl das Café gut besucht war, hatte Mia ihren Lieblingsplatz am Kamin erwischt, mit Blick auf die Tür. Hier fühlte sie sich am wohlsten.

Sie versuchte, die Geräuschkulisse auszublenden und ihre Gedanken zu sortieren. Wenn sie nachher die Polizeistation anrief, musste alles Hand und Fuß haben, durfte sie nichts durcheinander erzählen. Hoffentlich rief Wolf wirklich gleich an. Es gab da eine Wissenslücke, die Mia gerne ausgefüllt hätte. Sie drehte das Sicherungsetikett hin und her, wusste nur, dass man das Zeug rückstandslos in Wasser auflösen konnte.

Ob sie einen Selbstversuch wagen sollte?

Suzana kam in die Gaststube und überreichte ihr die Bestellung. Heute hatte sie viel zu tun und keine Zeit für einen Plausch. Das kam Mia im Moment auch gelegen. Sie nippte am Glas Wasser und zog den Eisbecher zu sich heran. Sie brauchte dringend eine Kühlung für ihre Lippe.

Während sie über die Situation im Allgemeinen und im Besonderen nachdachte, wechselten die Bestellungen und die Gäste. Es lief alles irgendwie an ihr vorbei, bis zwei Rothaarige den Raum betraten. Es war so, als ginge das Licht an. Der Mann mit den verwuschelten Haaren, den zerfetzten Jeans und dem weit aufgeknöpftem Hemd wirkte fast heruntergekommen. Die Frau war frisch errötet und glühte nicht nur im Gesicht, sondern auch auf dem Kopf - so scheckig wie der Mann, wenn nicht noch schlimmer. Mia hatte sie natürlich sofort erkannt und begrüßte sie.

»Hallo Gitti! Hallo Ken! Ihr hier und nicht im Zimmer?«, scherzte sie.

Die beiden grinsten.

»Zwischendurch muss man sich auch mal stärken«, antwortete Ken keck.

»Nein, so schlimm ist es nicht«, schwächte Gitti ab, »wie du siehst, haben wir uns künstlerisch betätigt.«

Mia nickte. »Das muss der Neid dir lassen. Du siehst mindestens zweieinhalb Jahre jünger aus.«

»Schönheit kommt von innen«, sagte ausgerechnet Ken.

Gitti hatte bei ihm ganze Arbeit geleistet - in jeder Beziehung.

»Möchtet ihr auch etwas trinken?«, fragte Mia. »Ich gebe einen aus, weil der Fall aufgeklärt ist. Nette und Walther sind abgeführt worden. Sie werden sich nun verantworten müssen. Die eine mehr, der andere weniger.«

»Oh!« Gitti sah Ken ängstlich an.

Der wurde an seine Job-Sünden erinnert. »Das werde ich auch machen müssen. Ich werde alles aussagen, was ich weiß und kann nur hoffen, dass ich ein mildes Urteil bekomme. Ich bin kein schlechter Mensch! Bitte glaubt mir! Ich ... ich war ... war verbotoxt, nicht Herr meines Verstandes und meiner Sinne schon gar nicht.«

Mia hatte Mitleid mit Ken, was nicht hieß, dass sie es gutheißen durfte. Auch Gitti sah es wohl realistisch, sonst hätte sie längst einen Heulkrampf bekommen.

»Ich weiß nun auch, womit gehandelt werden sollte«, sagte Mia und hob die Hand. »Halt, nicht ganz! Noch ist nicht bekannt, um welchen Inhaltsstoff es geht.« Sie warf das Sicherungsetikett auf den Tisch und erzählte, dass der Inhalt wasserlöslich und keinesfalls giftig sei, wie sie aus halbsicherer Quelle wusste.

Ken nahm das gefüllte Etikett auf und drückte darauf herum. Gitti reichte ihm ihre Nagelschere aus der Handtasche. Er schnitt den Stoff auf, holte das weiße Plättchen heraus und führte es zur Nase, nachdem er es gedreht und gewendet hatte. Gitti wollte auch mal riechen und Mia schloss sich an. Kurzerhand zerbröselte sie es und ließ die feinen Teilchen in ihr Wasserglas rieseln. Schließlich rührte sie mit dem Messer um und leckte daran.

»Schmeckt nach nix - riecht nach nix.« Sie schob es zu Ken und Gitti. Wie gebannt schauten alle auf das Wasserglas. Tatsächlich! Es blieb kein einziger Krümel übrig. Das Wasser war zunächst etwas trüber, aber dann wieder glasklar geworden.

»Ich möchte meine Fehler wiedergutmachen«, sagte Ken und setzte das Glas an, trank in großen Schlucken. Gitti riss es ihm aus der Hand und trank es leer.

Mia beobachtete die beiden mit offenstehendem Mund.

Keine Reaktion. Ken saß nach langer Zeit wieder stocksteif da und horchte in sich hinein. Nichts! Keine Veränderung …

Zehn Minuten später, er las gerade die Speisekarte, da bekam er sehr gut durchblutete Wangen und beste Laune, wurde albern, ja, euphorisch. Er umarmte Gitti immer wieder und flüsterte ihr etwas ins Ohr. Auch Gitti glühte.

»Ähm, Mia?«, fragte Gitti, »da das Zeug keine Wirkung zeigt, macht es dir etwas aus, wenn wir uns nochmal aufs Zimmer zurückziehen? Es gibt da etwas Wichtiges … zu erledigen. Bitte nicht böse sein. Warte nicht auf uns! Wir reden später, ja?«

Mia sah ihnen hinterher. Vielleicht täuschte sie sich, aber es sah so aus, als stützte Gitti ihn und als liefe der sonst kerzengerade Gehende plötzlich vornübergebeugt.

Ihr Handy schreckte sie aus den Gedanken.

»Wolf hier!«

»Moment!« Mia lief schnell nach draußen. »Jetzt!«

»Schieß los!«, sagte Wolf. »Was willst du wissen?«

»Wo ist der Koffer?«

»Den habe ich in meinem Hotel für dich hinterlegen lassen. Du kannst ihn dort abholen und der Polizei übergeben. Ich bin raus.«

»Der Polizist aus Aurich wird ihn gut gebrauchen können. Er müsste übrigens wieder auf seiner alten Dienststelle sein, wo auch der mysteriöse Festgenommene ist. Weißt du noch? Wir hatten ja gerätselt, um wen es sich handeln könnte«, sagte Mia, »weißt du, wer es ist? Hat Nette etwas dazu gesagt?«

»Ja, sie war in ihrer Wut sehr gesprächig, bevor sie mir die Tasche ins Gesicht schlug und flüchtete.« Wolf stöhnte.

Mia beleckte sich die angeschlagene Lippe. Bei ihr war es nur ein Streifschuss, aber dennoch sollten solche Handtaschen verboten werden.

»Sag schon!«, drängte sie. »Ist es Igor?«

»Nein, Emil. Er heißt Emil.«

Mia seufzte laut auf. »Nein, er heißt in Wirklichkeit Igor und kommt aus Russland. Emil war sein Alias-Name«, sagte sie.

»Stimmt nicht, Mia. Er heißt Emil, ist von Beruf Metzger gewesen, bis er einen Unfall hatte und im Gesicht operiert werden musste.«

»Aha.« Mias Gehirn versuchte, die Neuigkeiten zu verarbeiten.

»Woher kannte Nette ihn?«

»Er musste wohl mal was mit Nette gehabt haben, die ihn mit seiner Waffensammlung und dem Betriebsunfall hochgehen lassen wollte. Deshalb hatte er den Auftrag von Nette angenommen, aber schnell gemerkt, dass er es alleine nicht schafft und da kam ihm Ken aus dem Krankenhaus in Erinnerung, der ebenfalls dringend Geld brauchte. Jedenfalls ist dieser Emil fix und fertig. Das mit Jekaterina, die mit Walther gemeinsame Sache machen wollte und Nette im Wege stand, hat er auch gestanden.«

»Woher weißt du das?«, fragte Mia, die ihre Mörder-Puzzleteile neu legen musste. Da hatte sie wohl ein paar mit aller Gewalt in die Lücke gedrückt.

»Von Nette«, sagte Wolf. »Sie hat auf der Polizeistation alles gestanden und danach verlangt, mich anzurufen. Sie wollte es mir beweisen, dass ich nichts weiß.«

»Dann können Nette und Emil sich jetzt in der Zelle zur Ruhe setzen. Gut, dass der Koffer in Sicherheit ist.«

»Bitte bring ihn zur Polizei. Ich melde mich in Aurich und werde dort meine Aussage machen.«

Mia überlegte: »Ich glaube, ich weiß, was es mit diesem Igor auf sich hat. Er sollte nur als Drohung dienen. Vielleicht gibt es ihn auch gar nicht.«

»Da wäre ich mir nicht so sicher, Mia«, sagte Wolf. »Was wird nun aus Ken?«

»Ich werde mit ihm reden. Wo bist du jetzt?«, fragte Mia.

»In Leer. Ich habe gleich einen Termin bei einem Busunternehmer. Wer weiß, vielleicht klappt es ja. Wäre toll.«

»Oh, doch ein Reisebus? Wohin geht es da so?«

»Mannschaftsbus. Fußballmannschaft. Die haben Luxusbusse und müssen vor dem Spiel diszipliniert sein. Dass ich da nicht eher draufgekommen bin! Gibt's noch was Wichtiges? Ich muss gleich los.«

»Alles Gute, Wolf! Viel Erfolg!«

»Danke. Dir auch. Ich wünsche dir einen Mann, der geschickter ist als ich, Mia.«

»Danke. Wenn es den überhaupt gibt …«, scherzte Mia. »Leb wohl!«

45.

DA SASS SIE NUN. ALLEINGELASSEN, OHNE GITTI und ohne Zimmer, weil sie es den beiden überlassen hatte. Wenn sie ehrlich war, mochte sie auch nicht mehr auf ihrer Bettseite schlafen. Da war sie irgendwie eigen. Leider hatte Frau Kröger kein weiteres Hotelzimmer zur Verfügung und wo sie auch fragte, war nichts für ein bis zwei Tage frei, da bald die Saison begann. Es wurde lieber für eine oder zwei Wochen vermietet, damit sich der Aufwand lohnte, was ja auch verständlich war.

Normalerweise wäre Mia über Gittis Verhalten beleidigt gewesen, aber in diesem Falle gönnte sie den beiden die Zeit, die sie - noch - miteinander hatten. Ihre Partnerschaft, die sich ab sofort hoffentlich nicht nur auf das Sexuelle beschränkte, war ungewöhnlich genug und schützenswert.

Sollte Mia den Aufenthalt hier abbrechen und nach Hause fahren, mit dem Schwur, vorläufig nicht mehr hierher zu kommen, weil es immer mit Toten und Verbrechen zu tun hatte? Nein, das wäre den friedlichen Inselbewohnern und der Insel gegenüber ungerecht. Soviel passierte hier gar nicht. Es war Mia, die immer nur das Pech hatte, gerade dann anwesend zu sein, wenn etwas geschah.

Sie sah im Internet nach, wann die letzte Fähre fuhr.

Danach würde sie Gitti eine WhatsApp schicken und sie darüber informieren, dass sie in einer Stunde ihren Koffer packen komme.

Koffer gegen Koffer.

Ken sollte mit dem Koffer selbst zur Polizei gehen und ihn

dort überreichen. Wenn er bei der Wahrheit blieb und gegen Emil aussagte … und Nette gestand … und Gitti zu ihm stand …

Emil, ein ostfriesischer Metzger, auch das musste Mia erst noch verarbeiten.

Mias Miene erhellte sich.

Zwei der vier Ostfriesen betraten den Raum. Es waren Janto Kappe und Lian Bart. Besonders über Lian Bart, den großen Weißbärtigen, freute sie sich. Beim letzten Wiedersehen im *Inselcafé* hatten sie sich tief in die Augen gesehen, was ihnen vorher noch nie passiert war, obwohl sie bereits einige Ostfriesentees mit Rum zusammen getrunken hatten. Dieser Moment war ein ganz Besonderer gewesen, auch wenn das mit der toten Jekaterina im Inselkino eigentlich nicht zu toppen war.

Lian kam sofort an ihren Tisch, während Janto sich lieber mit einem Moin direkt an den Stammtisch setzte.

»Moin Mia!«, sagte auch Lian und reichte ihr die Hand, die er länger als üblich festhielt. »Wo sind deine Freunde?«

»Es waren nicht meine Freunde. Also, bis auf eine - vielleicht zwei …«, antwortete sie. »Sie sind abgereist. Also, die zwei Freunde nicht, aber die haben momentan zu tun.«

»Aha! Ja, es gibt hier immer etwas zu tun«, sagte er.

»Das stimmt. Immer wieder. Aber aus diesem Grund bin ich mein Zimmer losgeworden und nun werde ich wohl mit der letzten Fähre nach Hause fahren müssen. Dabei hätte ich mich gerne mal so richtig auf der Insel erholt. Doch nirgendwo ist ein Zimmer frei. Schade.«

»Wenn's weiter nichts ist«, sagte Lian. »Ich bin mit meinem Fremdenzimmer heute fertig geworden. Wenn du magst, kannst du es einweihen. Die erste Nacht ist kostenlos, wenn du es im Internet lobend erwähnst.«

Mia hob theatralisch beide Hände zur Abwehr: »Oh, ich lasse mich nicht bestechen!«

»Wer redet denn von Bestechung? Du musst nur bei der Wahrheit bleiben. Mehr nicht.«

»Einverstanden! Ich hole in einer Stunde meinen Koffer und ziehe zu dir.«

»Das hört sich sehr gut an. Das habe ich mir immer gewünscht. Eine Frau an meiner Seite.« Er lachte, aber es klang ernst.

Mia wurde ganz warm ums Herz. Auch sie vermisste jemanden an ihrer Seite. Jemanden, mit dem sie durch dick und dünn gehen konnte, auf den Verlass war und der bodenständig war - und einen weißen Bart trug.

»Sag mal, wie alt bist du eigentlich?«, fragte Mia.

»49 Jahre. Verwitwet. 1,90 m groß, 90 kg. Meine Hobbys sind das Fischen, Malen und Fotografieren. Wieso fragst du?«

»Nur so«, sagte Mia und strahlte wie die Mittagssonne.

Ken und Gitti waren nicht da, als Mia leise die Tür aufschloss. Sie hatte nur rotgefärbte Badetücher auf dem Bett liegen sehen. Diesmal erschrak sie nicht, weil sie wusste, dass es kein Blut war.

Sie stellte den mitgebrachten Lederkoffer auf den Sessel und legte ihre Nachricht samt Zimmerschlüssel darauf.

Immer wieder lauschte sie, ob sich Kens und Gittis Schritte näherten, aber es war totenstill auf dem Flur.

Schnell packte sie ihren Koffer und zog wenig später die Tür hinter sich zu. So eilig hatte sie noch nie ihre Sachen gepackt.

Auf dem Weg zum Ferienzimmer begegneten Lian und Mia der Kinobetreiberin Thurit mit dem Polizeihund Hubert, der wohl in Zivil unterwegs war, da seine Dienstdecke fehlte.

»Komm Hubsi! Sei nicht so stur! Nein, hier lang«, sagte sie. »Nicht zu Herrchen …« Sie sah auf: »Moin. Reisen Sie ab? Moin Lian.«

»Moin.«

Mia antwortete: »Nein, noch nicht. Ich hänge ein paar Tage dran. Ich muss auch gleich noch mit ihrem Mann sprechen …«

»Der ist nicht da. André, ich meine Herr Basold, begleitet jemanden nach Aurich.«

»Zwei Personen?«

Thurit sah Mia verblüfft an.

Mia grinste. »Mann und Frau mit rotgescheckten Haaren?«

»Wenn Sie es schon wissen, warum fragen Sie dann?«

»Ich kann es mal mit einer anderen Frage versuchen«, sagte Mia. »Weiß man schon, um welches Pulver es sich in den Sicherungsetiketten handelt? Gab es einen Schnelltest?«

»Schnelltest?« Thurit lachte. »Das stellte sich während der Befragung raus.«

»Prima! War es zufällig so eine Art Viagra auf biologischer Basis für Frauen und Männer?«

»Schon wieder so eine Frage …«

Was wurde eigentlich aus ...

Gitti: Nachdem die Wirkung des Biopotenzmittels nachließ, ging sie mit Ken, den sie auf Kevin umtaufte, und dem Koffer zur Polizei. Noch heute sind die beiden ein glückliches Paar und haben ihre Tön-Technik wesentlich verbessern können.

Ken-Kevin: Er war bei der Befragung der Polizei bei der Wahrheit geblieben, was letztendlich durch das umfangreiche Geständnis von Emil, dem Metzger a.D., bestätigt wurde. Ken-Kevin durfte als freier Mann das Polizeipräsidium verlassen und sich ganz seiner Gitti widmen. Er schwor ihr, sich nie mehr schönheitsoperieren zu lassen und nie mehr etwas zu essen oder zu trinken, von dem er nicht weiß, was es ist. Gitti musste es auch versprechen.

Walther: Er kam noch einmal mit einem blauen Auge davon - auch ohne Handtasche. Nachdem die Ermittlungen abgeschlossen waren, bekam er den Erbschein ausgehändigt und durfte über die Halle frei verfügen. Leider fand sich bis heute kein Käufer, der sie samt Inventar übernehmen will. Seine letzte Chance ist es, sie leerzuräumen. Noch immer ist er mit dieser Lebensaufgabe beschäftigt.

Nette: Sie sorgte im Frauengefängnis für Furore. Seitdem gibt es dort nur noch weibliches Personal, da die männlichen Mitarbeiter ihren Verführungskünsten der Reihe nach erlegen waren und entlassen wurden.

Emil: Er arbeitet in der Gefängnisküche, hat aber keine Aussicht auf eine vorzeitige Entlassung, da es einen Zwischenfall mit einem Kochmesser gab.

Wolf: Er ist immer noch Fußballmannschaftsbusfahrer. Er hatte zwar nicht daran gedacht, dass die Kicker nach erfolgreichem Spiel ordentlich feiern können, aber mittlerweile hat er sich daran gewöhnt. Ihm wird der nötige Respekt entgegengebracht, weil er mit solch einem Schlachtschiff als Bus sicher von einem Spiel zum anderen fährt. Mittlerweile ist er mit einer ehemaligen Fußballer-Frau verheiratet und stolzer Vater von Zwillingen - beides Söhne.

Lian Bart: Er ist überglücklich.

Mia: Sie fühlt sich immer noch auf Spiekeroog wohl. Sie ist nun schon vier Wochen auf der Insel und niemand wurde umgebracht - dennoch ist sie unschlüssig, ob sie bleiben soll. Nächste Woche geht sie erst einmal mit Lian auf das Konzert von Heike Matthiesen, die wieder auf die Insel kommt.

Reale Personen:

Thurit Basold: (ehemalige) Kinobetreiberin und Frau des Inselpolizisten auf Spiekeroog. Bei Erscheinen des Buches ist Zindi Hausmann für einen reibungslosen Verlauf im Inselkino zuständig.

André Basold: Freundlicher Inselpolizist, ständig im Einsatz. Er sorgt für Ordnung auf der Insel, wenn sie plötzlich durcheinander gerät.

Polizeidackel Hubert: wird auch Hubsi genannt und geht voller Stolz auf Streife.

Heike Matthiesen: Sologitarristin auf Konzerttournee. Immer im Einklang mit sich selbst und mit einem ausgeprägten Gehör für die leisen Töne.

Suzana: Sehr freundliche Servicekraft im *Inselcafé*, die gerne Autogramme gibt und etwas über Die Vier Ostfriesen erzählen kann.

SerÇan: Netter und aufmerksamer Kellner im *Café Klönstuv*.

Familie Kröger: Betreiber des Hotel zur alten Inselkirche.

Danksagung

MEIN BESONDERER DANK GEHT AN THURIT BAsold, die ehemalige Inselkinobetreiberin und André Basold, den Inselpolizisten. Beide haben mir bei der Recherche sehr geholfen und hin und wieder ein Auge zugedrückt, wenn Szenen aus dramaturgischen Gründen ein wenig von der Realität abwichen.

Vielen Dank an Familie Kröger vom Hotel zur alten Inselkirche, die sich sofort damit einverstanden erklärte, dass auch bei ihnen einige Szenen spielen dürfen. Dass es im Zimmer Nummer 6 so hoch hergehen würde, wusste ich zu dem Zeitpunkt noch nicht. Nomen est Omen.

Dank auch an Serçan vom Service-Team des *Café Klönstuv*, auch für die Empfehlung der leckeren Riesencurrywurst.

Wie schon im Spiekerooger Utkieker, so durften auch in diesem Roman das *Inselcafé*, Suzana und der Sanddorn-Eisbecher nicht fehlen. Vielen Dank auch an Andrea und Holger Gerdes, die das *Inselcafé* betreiben.

Dank an Ruben Franz für den spontanen Termin meiner Buchpremierenlesung im Inselkino.

Danke an Heike und Peter Gerdes vom Leda Verlag. Eigentlich sollte dieses Buch, wie auch der vorherige Roman Spiekerooger Utkieker, dort erscheinen. Aber leider hatten sie sich dazu entschlossen, den Verlag »abzugeben«.

Umso dankbarer bin ich Detlef Knut von edition oberkassel, dass er sich bereit erklärt hat, es mit mir und Mia Magaloff zu versuchen.

Natürlich darf niemals die Lektorin bei einer Danksagung

fehlen. Die Zusammenarbeit war unkompliziert und hilfreich. Ich hoffe, es hat umgekehrt genauso viel Spaß gemacht. Herzlichen Dank, liebe Deborah Emrath.

Zuguterletzt möchte ich mich bei meinen Lesern und Facebook-Freunden für die Treue bedanken. Hoffe, dieses Buch gefällt euch auch wieder und ihr empfehlt mich weiter.

Keinesfalls darf mein »kleinster Fanclub der Welt« fehlen: Uta und Enrico Kern. Euch bin ich sehr gerne zum ewigen Dank verpflichtet.

Besonders stolz bin ich auf den Walk of Fame vor dem Spiekerooger Inselbad, wo ich mit einem Klinkerstein verewigt bin. Wer ihn findet, ein Foto davon macht und mir schickt (krimischmitz@gmx.de), erhält eine kleine Überraschung. Versprochen!

Ihre

Ingrid Schmitz
www.krimischmitz.de

Dank an die LeserInnen

Liebe Leserinnen,
liebe Leser,

diese Geschichte ist hier zu Ende. Wir hoffen, sie hat Ihnen gefallen und Sie sind ein paar Stunden in die Welt dieser Geschichte eingetaucht, haben geschmunzelt, gelacht, mitgefühlt und mitgelitten. Das freut uns. Wenn Sie weiterhin Bücher dieser Autorin, dieses Autors oder unseres Verlages lesen möchten, dann reden Sie über dieses Buch. Oder twittern Sie, schreiben Sie einen kurzen Blogbeitrag oder eine Leserbewertung in Ihrem bevorzugten E-Book- oder Online-Shop.

Mund-zu-Mund-Werbung ist für AutorInnen und Verlage wie Sauerstoff für jedes Lebewesen – sie ist lebenswichtig. Lesermeinungen sind Motivation und Ansporn, so dass Sie schon bald ein weiteres Buch Ihrer Lieblingsautorin oder Ihres Lieblingsautors lesen können.

Wenn Sie mehr über unsere Bücher erfahren wollen, melden Sie sich für unseren Newsletter an.

Herzliche Grüße

Ihre
edition oberkassel